LE WALK-IN

Du même auteur

Profession espion, Éditions Hoëbeke, 2019
J'étais un autre et vous ne le saviez pas, Éditions de l'Observatoire, 2021 ; « Points », 2022

Olivier Mas

LE WALK-IN

roman

Flammarion

ISBN : 978-2-0804-5613-7

Le Walk-in est une œuvre de fiction. Les noms, personnages et événements de ce livre sont le produit de l'imagination de l'auteur. Toute ressemblance avec des événements ou des personnes existantes ou ayant existé, est purement fortuite et involontaire.

À Kate et Diane,
mes deux premiers soutiens
et mes premières lectrices

1

Comme d'habitude à cette heure-ci de la journée, les principales artères de Beyrouth étaient totalement congestionnées. Les voitures se retrouvaient pratiquement à l'arrêt, pare-chocs contre pare-chocs. Les conducteurs restaient malgré tout attentifs, le pied sur l'accélérateur, prêts à gagner quelques mètres en changeant de file dès qu'un espace se libérait. Après un bref coup de klaxon, les chauffeurs, tour à tour et sans un regard pour leurs voisins d'infortune, exécutaient leur habile manœuvre, satisfaits de leur progression dérisoire. Dans ce ballet qui alternait entre de brusques vrombissements de moteur et un immobilisme désespérant, chacun gardait son calme. C'était la routine, acceptée avec résignation, de la capitale libanaise.

Au cœur de l'embouteillage, à l'arrêt sur la quatre-voies de la rue de l'Indépendance, à une centaine de mètres de la place Sassine, Alexandre tâchait tant bien que mal de garder son calme. Il regarda sa montre pour la troisième fois en moins d'une minute. L'heure tournait et lui n'avançait pas dans son 4 x 4 Hyundai blanc. Bien sûr, il avait quitté l'ambassade de France largement en avance en prévision de la circulation. Mais sa marge était en train de fondre comme une boule de glace au soleil qui finit par dégouliner sur les doigts. Les deux mains crispées sur le volant, les lèvres serrées l'une contre l'autre, Alexandre fulminait. Coincé entre un minibus surchargé, une vieille Mercedes brinquebalante et une Porsche Cayenne aux vitres fumées, il commençait à transpirer, gagné par le stress à l'idée d'arriver en retard à son rendez-vous.

Il promena son regard à l'intérieur de l'habitacle et s'agaça en constatant que l'un des deux secrétaires du poste avait encore laissé ses bouteilles en plastique et ses mouchoirs usagés dans les rangements des portières. « Cette voiture est dégueulasse, autant à l'intérieur qu'à l'extérieur », se dit-il exaspéré. Dans son ancien régiment, ses subordonnés auraient mis un point d'honneur à laisser un véhicule nickel, le plein fait et les niveaux vérifiés. Mais à la DGSE, visiblement, l'essentiel était ailleurs. L'entretien d'une voiture, c'est tellement secondaire, tant qu'elle roule. « L'avantage, au moins, c'est que je passe inaperçu », concéda le jeune officier traitant en constatant qu'aucun des occupants du minibus ne s'intéressait à lui. Leurs regards perdus dans le vide glissaient ailleurs, recherchant un autre point d'intérêt, comme cette grande publicité colorée vantant les mérites d'un cabinet de chirurgie esthétique qui trônait au-dessus de la route.

La climatisation poussive s'échappait péniblement dans un petit bruit parasite de plastique, comme une pièce de monnaie oubliée dans le tambour d'une machine à laver. Alexandre orienta le volet de l'aérateur central vers son visage pour y diriger le faible filet d'air refroidi. Sans effet. Même en se penchant vers le flux de la clim, il transpirait de plus en plus. Et la trotteuse de sa montre continuait son mouvement inlassable, sans aucun égard pour son propriétaire qui regardait s'égrener avec impuissance les minutes, une à une. Une demi-heure déjà, alors qu'il n'avait pas roulé plus de cent mètres. Les Libanais se lamentaient à propos des embouteillages en désignant les réfugiés syriens comme les responsables de tous les maux. Trop de voitures désormais. Il y a encore quelques années, la circulation était beaucoup plus fluide.

Quelles étaient ses options ? Se garer sur le bas-côté et poursuivre en courant dans la chaleur du mois d'août ? Jouable. Mais il arriverait en nage, la chemise collée au corps, les cheveux plaqués contre sa peau par la sueur. Difficile de prendre l'ascendant sur son interlocuteur dans ces conditions. Il décida de patienter encore et d'essayer de se calmer avant que son esprit ne parte à la dérive en se persuadant du pire. Le trafic devrait s'améliorer à partir de l'échangeur de Bourj Hammoud. S'il parvenait à l'atteindre avant quinze heures, cela devrait le faire. Il lui suffirait de réduire son itinéraire de sécurité de dix minutes et il arriverait juste avant que la source ne se pointe.

Alexandre n'avait encore jamais détecté une quelconque surveillance à son encontre. Pour les services libanais, dont les moyens étaient comptés, les espions de la DGSE ne représentaient pas une menace existentielle. Le poste pouvait donc travailler à son aise, sans craindre une arrestation et un scandale diplomatique à la clé. Tant qu'il ne franchissait pas la ligne rouge. Et cette ligne rouge, au Liban, c'était le Hezbollah. Avec Jamal, qu'il s'apprêtait à retrouver pour un dernier entretien clandestin, il n'était jamais question du Parti de Dieu. Jamal ne renseignait que sur la situation dans les camps de réfugiés palestiniens, en particulier celui d'Aïn el Héloué, à la périphérie de la ville de Saïda. Le sujet n'était pas sensible. En tout cas, il ne gênait aucunement les services libanais. Des mesures de sécurité allégées et réduites à la portion congrue n'auraient donc aucune conséquence pour Alexandre. Cela lui permettrait de reprendre le contrôle de son emploi du temps.

Ces pensées positives eurent un effet immédiat. La pression de ses mains sur le volant se fit moins forte. Il se relâcha sur son siège et constata qu'il avait arrêté de transpirer. « L'influence du cerveau et de l'autosuggestion ! » se réjouit l'officier traitant. Il se concentra alors sur sa respiration pour prolonger le moment de détente qu'il avait su créer en dépit du contexte. Il le savait, la gestion du stress n'était pas son fort et il s'astreignait depuis plusieurs années à des séances quotidiennes de méditation. Avec un succès tout relatif.

Devant lui, la file de droite sembla se dégager. Il profita de l'appel d'air en imposant aux autres voitures son changement de direction autoritaire. Depuis le précédent feu rouge, l'embouteillage se résorbait doucement. Alexandre reprit définitivement confiance : il serait à l'heure.

Il venait de dépasser la pharmacie Kachouh qui lui servait de repère pour obliquer dans une petite rue étroite en contrebas, sur la droite, sans nom ni plaque qui permette de l'identifier. En général, il y avait toujours là un endroit où se garer. L'univers commençait à lui renvoyer des signaux encourageants : une place lui tendait bien les bras. Après un créneau rapidement exécuté, Alexandre put enfin se débarrasser de sa voiture et poursuivre à pied. Il regarda furtivement derrière lui, vérifiant qu'il n'était pas suivi. Il n'emprunta cette fois-ci aucun des itinéraires de sécurité qu'il avait reconnus sur zone et se dirigea directement vers le local de contact en allongeant le pas. Il dépassa sur sa gauche le petit garage de fortune où un mécanicien en t-shirt et aux épaules poilues s'affairait au milieu d'un capharnaüm de pièces détachées, à l'ombre d'un rideau métallique à moitié baissé.

Alexandre arriva au pied du modeste immeuble ocre de quatre étages qui abritait le petit local de contact. Il pianota sur le digicode et pénétra à l'intérieur du bâtiment en faisant grincer la porte d'entrée et ses plaques de rouille. Il monta les escaliers deux par deux sans croiser personne. « Parfait, la chance est avec moi », se dit-il. Face à la porte du local, il perdit un peu de temps en se mélangeant les pinceaux sur son trousseau entre la clé carrée et la ronde. Il finit par ouvrir les deux verrous sans se faire piéger par la serrure du dessus qui avait été montée à l'envers et dans laquelle il fallait tourner la clé en sens inverse.

L'appartement, habituellement non habité, restitua immédiatement toute la chaleur accumulée. Alexandre tâtonna dans le noir pour trouver le boîtier électrique et actionna le disjoncteur principal. La climatisation se mit automatiquement en marche, sans faire sauter les plombs cette fois-ci. Lors d'une précédente séance de travail avec Jamal, dans ce même local, le groupe électrogène de l'immeuble n'avait pas fonctionné. Ils avaient fait de leur mieux pour garder leur concentration pendant les deux heures qu'avait duré l'entretien mais avaient tous deux terminé en nage, assommés par la chaleur poisseuse de l'endroit. Cet épisode les avait rapprochés.

Alexandre rassembla ses idées et repensa à ses premières phrases d'accroche. Il eut à peine le temps de s'installer sur le fauteuil élimé sur lequel il s'asseyait toujours pour conduire les entretiens avec Jamal. Trois petits coups secs frappés à la porte rompirent le silence qui régnait à nouveau dans l'appartement. Le signal que tout allait bien et que la source n'avait pas été suivie. L'officier traitant de la DGSE parcourut rapidement les quelques mètres qui le séparaient de l'entrée. Il examina Jamal par l'œilleton et vérifia du même coup que le voisin de palier ne sortait pas de chez lui avant d'ouvrir la porte. Le Palestinien échangea un bref regard avec son traitant et vint s'asseoir directement en face du vieux fauteuil dont le coussin fatigué avait gardé la forme du corps d'Alexandre. Jamal nota l'absence de la traditionnelle bouteille de jus d'orange et des biscuits secs disposés dans leur petite assiette blanche. Quand l'officier français s'installa en face de lui, il remarqua son visage fermé qui tranchait avec l'attitude chaleureuse qu'il affichait systématiquement au début de leurs entretiens, pour réduire la distance et casser la glace. Sur la petite table, ni dossiers, ni stylos. L'espion n'avait rien apporté avec lui. Quelque chose clochait.

Alexandre hésita. Il allait se lancer directement dans le vif du sujet, avec la phrase qu'il venait de se répéter intérieurement à plusieurs reprises. Il choisit finalement de commencer par la question la plus banale qui soit :

— *Are you good ?*

— *Yes, al hamdulilah* [1], répondit machinalement le Palestinien qui attendait la suite.

Les entrevues avec la source se déroulaient en anglais. Heureusement pour Alexandre. Il était seulement capable, en arabe, de prononcer quelques formules de politesse. Si celles-ci étaient suffisantes pour se rendre sympathique auprès de la population locale, elles étaient largement insuffisantes pour conduire un entretien avec une source. L'exercice requérait la plus grande précision possible.

— Alors voilà, Jamal… Ce que j'ai à te dire ne va pas te plaire.

L'homme se figea sur sa chaise et planta ses yeux bruns dans ceux de l'OT[2], en attendant la suite. Sa petite taille et la légère bedaine qui comprimait les boutons de sa chemise tranchaient avec le physique athlétique d'Alexandre, forgé par les entraînements sportifs et les marches de nuit des premières années de sa carrière militaire. Pourtant, à cet instant précis, l'espion n'en menait pas large et faisait son possible pour ne rien laisser paraître.

— On a essayé ensemble de développer tes accès à la Syrie ces derniers mois, mais cela n'a hélas rien donné. Je pense que tu en as toi-même parfaitement conscience.

Alexandre marqua une pause, en observant la réaction de la source. Jamal ne bronchait pas.

1. Grâce à Dieu.

2. Officier traitant. L'abréviation OT est couramment utilisée au sein de la DGSE.

— Le service a choisi de mettre un terme à notre collaboration avec toi. La situation dans les camps palestiniens n'est plus un sujet pour Paris. Nous sommes passés à autre chose. Aujourd'hui, c'est la situation en Syrie qui devient la priorité, tu le sais : le suivi du régime de Bachar al-Assad et de l'État islamique. En remerciement pour toutes ces années de travail à notre profit, le service tient à t'offrir une prime de départ conséquente.

L'officier traitant déposa sur la table basse une enveloppe contenant des liasses de billets de cinquante dollars, puis un reçu sur un papier A4 plié en deux.

— Juste une signature sur le reçu, comme d'habitude, et ils sont à toi.

— Cela fait douze ans que je travaille pour la DGSE.

— Oui, ça fait un sacré bout de temps…

— Et vous me virez, comme ça, d'un coup, siffla le Palestinien entre les dents.

Il signa le reçu, empocha l'enveloppe en s'abstenant de compter les billets et quitta le local de contact sans un regard pour Alexandre.

2

Le trajet retour s'était déroulé sans encombre. Difficile d'anticiper le temps passé dans les embouteillages à Beyrouth. Parfois, tout se passait bien sans que l'on sache trop pourquoi. Alexandre patientait devant la lourde porte coulissante de l'entrée de l'ambassade de France réservée aux véhicules. Il venait de signaler sa présence dans l'interphone et attendait que les gardes lui ouvrent.

Ses pensées étaient encore encombrées par son entretien avec Jamal. D'un point de vue strictement professionnel, tout s'était bien passé. La mission était remplie. La source n'avait pas fait d'esclandre. Elle avait signé le reçu où elle reconnaissait avoir reçu une prime de dédommagement. Si, à l'avenir, elle cherchait des poux au service, celui-ci pourrait se retourner contre elle, en apportant la preuve qu'elle s'était livrée à des activités d'espionnage au profit de la France contre rémunération.

La somme concédée par la DGSE lors de la rupture d'une relation n'avait d'autre but que de s'éviter des ennuis dans le futur. La récompense pour le travail accompli venait loin derrière.

Mais humainement, l'échange avait été une véritable torture pour le jeune officier traitant. La déception visible du Palestinien et sa voix blanche lorsqu'il avait pris la parole après avoir appris sa disgrâce faisaient mal au cœur. Alexandre ressentait encore la tension qui s'était soudainement imposée dans le salon et l'impression étrange que les murs de la pièce se refermaient sur lui. L'espace comprimé était devenu irrespirable. Il ne pouvait s'empêcher de penser à la vie de la source désœuvrée, tâchant de joindre les deux bouts dans son camp de réfugiés d'Aïn el Héloué. Elle venait de perdre des revenus réguliers et substantiels qui lui avaient permis jusque-là de vivre dignement avec sa famille, malgré l'environnement misérable d'un camp surpeuplé où le chômage était omniprésent. Comment allait-il se tirer de ce mauvais pas ? L'officier traitant chercha à se rassurer : Jamal avait de la ressource. C'était un malin. Il rebondirait.

La haute porte blanche piquée de rouille se mit à coulisser sur ses rails dans un bruit de ferraille. Alexandre enclencha la première. Trois gardes libanais entouraient le 4 x 4. Le chef d'équipe interrogea le Français du regard pour déterminer s'ils devaient inspecter le véhicule à la recherche d'une éventuelle bombe. La routine des mesures de sécurité en zone d'insécurité : toutes les voitures devaient être contrôlées afin d'éviter un attentat à l'intérieur des murs de l'ambassade. La DGSE était exemptée de ces vérifications si le conducteur décidait de passer outre. Les gardiens libanais n'avaient pas à fouiller dans des habitacles qui pouvaient cacher des secrets ou une cargaison sensible dissimulée sous une couverture. Les contrôles étaient donc effectués en option, à la demande des membres de la DGSE. Bien souvent, il n'y avait aucune raison particulière pour se soustraire à l'inspection, mais par commodité, les agents faisaient usage de leur privilège. Un simple non de la tête et ils s'évitaient de perdre de précieuses minutes en s'engageant directement sur la rampe d'accès qui conduisait aux parkings souterrains.

Alexandre faisait office de bon élève. Par principe, il se pliait systématiquement aux contrôles de sa voiture, même s'il était convaincu que ces mesures effectuées nonchalamment par des gardes qui répétaient les mêmes gestes plus de cent fois par jour n'avaient aucune utilité opérationnelle. Les chances de déceler un dispositif qui aurait été placé par des terroristes consciencieux, dissimulé sous les sièges passagers ou à l'intérieur d'une portière préalablement démontée, étaient proches de zéro. Mais Alexandre voulait faire passer le message autour de lui : face au terrorisme, nul n'était au-dessus des lois. Chacun devait faire preuve de solidarité et participer à son niveau à la surveillance de l'espace commun. La plus grande partie du temps, bien sûr, il ne se passait rien. Sur plusieurs années. Et les vérifications se faisaient naturellement de plus en plus légères. La vigilance s'émoussait, jusqu'à ce qu'une bombe finisse un jour par détoner.

Alexandre était l'un des membres de l'ambassade les plus intimement impliqués dans ces mesures de sécurité auxquelles il ne dérogeait guère. Cette posture était inscrite dans son ADN. Il gardait en effet imprimé dans sa mémoire les récits de son père sur la guerre civile libanaise. Ce dernier était alors le chef de poste du SDECE[1]. Alexandre avait tout juste deux ans. L'ambassade de France, à cette époque, occupait le quartier de Verdun, à quelques encablures de la Corniche, en bord de mer. Le matin du lundi 24 mai 1982, le paternel était arrivé à son bureau depuis quelques minutes quand une déflagration effroyable fit voler les vitres en éclats derrière lui. La petite Renault 12 d'un membre du service économique venait d'exploser dans la cour principale juste après avoir franchi le portail de sécurité. Sur les murs du chef de poste, des morceaux de chair sanguinolents avaient été projetés au milieu des débris de verre. Son père s'était levé d'un coup et avait contemplé du haut de sa fenêtre nue un spectacle de désolation qui allait le hanter pour le restant de ses jours. Des morts et des blessés par dizaines, hommes et femmes confondus, désarticulés. Certains immobiles.

1. Service de documentation extérieur et de contre-espionnage, dénomination de la DGSE jusqu'en 1982.

D'autres poussant des cris d'épouvante, choqués par la vision de leur sang mêlé à celui de leurs collègues, avant même que la douleur ne se fraye un chemin jusqu'à leur conscience. Le corps de l'un des gendarmes de l'ambassade, que le père d'Alexandre avait reconnu immédiatement, avait été projeté dans les branches d'un arbre de la cour et gisait là, atrocement mutilé. Bien des années plus tard, lorsque le jeune officier rejoignit le secteur du contre-terrorisme, son père lui fit le récit de cette terrible journée, d'une voix lasse, toujours marqué par une vision qu'aucun être humain ne devrait jamais avoir à subir.

Un premier garde inspecta distraitement le châssis à l'aide d'une lampe de poche et d'un miroir fixés au bout d'une perche qu'il tenait à bout de bras. Dans le même temps, le chef d'équipe fit signe à Alexandre d'ouvrir le capot de sa voiture, puis il glissa ses doigts pour déplacer le loquet d'un geste précis. Le capot tenu au-dessus de sa tête, il parcourut succinctement les différents compartiments du moteur avant de refermer le tout dans un claquement de guillotine. Le troisième homme avait quant à lui ouvert le coffre arrière. Il constata qu'il était vide et qu'il était inutile de fouiller davantage. Pas de bombe. Le chef d'équipe fit comprendre d'un mouvement de la main qu'Alexandre était clair et qu'il pouvait passer. Le 4 x 4 Hyundai pénétra dans les sous-sols sombres du parking jusqu'à la place qui lui était réservée, calée entre un véhicule imposant aux vitres fumées et la Peugeot blindée du poste.

* * *

— Alors, comment ça s'est passé ? interrogea Jean, le chef de poste, lorsqu'il vit passer Alexandre devant la porte de son bureau, qu'il laissait toujours ouverte pour garder ses ouailles en ligne de mire.

— Pas trop mal. Il ne s'y attendait pas, je crois.

— Il a signé le reçu ?

Sitôt obtenue la réponse positive de son subordonné, Jean sembla se désintéresser du problème et se replongea sur son écran d'ordinateur.

— Je lirai votre compte-rendu d'entretien, lança-t-il sans relever les yeux.

Alexandre aurait bien aimé s'épancher davantage. Son chef aurait pu lui faire part de son expérience personnelle et des impressions qui avaient été les siennes lorsqu'il avait dû s'acquitter d'une mission similaire lors de ses affectations précédentes. Le jeune officier ressentait le besoin de raconter la séance en détail, jusqu'au départ de Jamal du local de contact sans un regard pour son traitant. Mais depuis qu'il avait rejoint le poste de Beyrouth, Jean s'était montré terriblement froid à son égard, sans qu'Alexandre comprenne les raisons de cette mise à distance. Les membres d'un poste de la DGSE ne faisaient-ils pas partie d'une même famille et ne devaient-ils pas se gratifier les uns les autres d'une bienveillance rassurante ?

Jean était un cinquantenaire élancé, à l'élégance toute britannique, dans ses chemises blanches toujours impeccablement repassées. Une moustache finement dessinée à la Errol Flynn apportait un surcroît de distinction à l'allure de ce cadre expérimenté. Son regard intense pouvait aisément transpercer ses interlocuteurs lorsqu'il cherchait à imposer son autorité. Mais il savait aussi se montrer enjôleur et ses yeux abandonnaient alors soudainement toute sévérité en se parant d'une douceur complice. Il passait d'une attitude à l'autre avec une surprenante facilité, comme s'il s'agissait simplement pour lui d'actionner l'interrupteur d'une lampe de salon.

Alexandre n'avait droit qu'à la version glaciale de son chef. Avec les autres membres du poste, pourtant, Jean se comportait de manière parfaitement civile. Que pouvait-il bien avoir fait pour mériter un tel traitement ? Peut-être que le chef d'Alexandre le mettait simplement à l'épreuve, pendant ces premiers mois de présence à Beyrouth. Sa rudesse disparaîtrait d'elle-même dès qu'il serait convaincu que son subordonné était à la hauteur d'un poste considéré comme l'un des plus prestigieux du service. Passer par Beyrouth, c'était presque la garantie d'une carrière accélérée au sein de la boîte, lors du retour en France. Il n'avait sans doute qu'à prendre son mal en patience.

Alexandre traversa le bureau vide dévolu aux secrétaires du poste, chargés essentiellement des tâches administratives, de l'envoi et de la réception des messages cryptés avec la Centrale, mais aussi de la sécurité des manipulations. Au bout du couloir en enfilade, dans le prolongement du bureau de Jean, se trouvait l'espace ouvert partagé par les officiers traitants du poste.

— Salut Solange ! lança joyeusement Alexandre en s'adressant à sa collègue qui lui tournait le dos.

— Salut, répondit platement la jeune femme, tout occupée à relire ses notes en préparation de la rencontre avec l'une de ses sources, prévue en début d'après-midi.

— Dis donc, j'ai failli arriver en retard à mon rendez-vous avec Jamal. Les embouteillages, ça ne s'arrange vraiment pas. Quelle galère.

Solange, qui restait concentrée sur son travail, ne prit même pas la peine de répondre. Des nattes sagement enroulées au-dessus de sa nuque dégagée et de fines lunettes de vue posées sur un joli petit nez retroussé lui donnaient un air austère qu'elle érigeait comme une barrière de protection à l'égard des éventuels fâcheux. L'intrus, en l'occurrence, c'était ce jeune homme avide d'une première réaction amicale, qui guettait attentivement les traits de son visage en espérant qu'ils s'adoucissent tout en s'asseyant à la table voisine. Alexandre prit une grande inspiration et lâcha un long soupir silencieux qu'il chargea de toute la lassitude accumulée depuis qu'il avait été présenté par Jean au reste de l'équipe. Cette fin d'après-midi du mois de juin, quelques heures après avoir été récupéré à l'aéroport, il lui avait semblé entrer en terre hostile. Il aurait été un agent russe ou iranien infiltré qu'il n'aurait pas été traité différemment. Alexandre n'avait droit qu'à des silences ou des remarques désobligeantes sur sa lenteur supposée à assimiler les contraintes de son nouvel environnement de travail. Seul Daniel, l'un des deux secrétaires, un Alsacien à l'air débonnaire dont l'embonpoint devait compliquer le boutonnage de sa chemise, se montrait accueillant à son égard. Un unique allié au milieu d'un groupe hostile, c'était bien trop peu.

3

Solange remontait tranquillement la rue Sursock, dans l'élégant quartier d'Achrafieh. Elle venait de terminer son itinéraire de sécurité et savait qu'elle ne faisait pas l'objet d'une filature. La personne chez qui elle se rendait n'était pas encore une source du service, mais Solange était consciencieuse. Il était hors de question de griller une relation qu'elle espérait faire basculer très prochainement sur un mode clandestin. Et elle n'était pas du genre à faire l'impasse sur les mesures de sécurité pour gagner du temps, ou par paresse sous la chaleur accablante de la fin de l'été. Même si elle pouvait constater sur la durée que les services libanais la laissaient systématiquement tranquille, il était hors de question pour elle de sacrifier ce qu'elle considérait comme une obligation professionnelle absolue. Elle le devait à ses sources et contacts, dont la survie était assurée par de telles mesures, et au service qui lui avait fait confiance en la nommant à ce poste exigeant. Elle pensait aussi à toutes les femmes de la boîte qui attendaient leur tour et qui espéraient obtenir des postes de même niveau de responsabilité que leurs congénères masculins. Le service avait fait quelques progrès en la matière, mais le déséquilibre était encore flagrant. Les femmes chefs de service ou de secteur se comptaient sur les doigts d'une main. Solange se mettait donc une pression supplémentaire : il lui fallait prouver à tout le système qu'une femme engagée en zone sensible, dans un pays musulman, pouvait faire aussi bien que n'importe quel mec. L'objectif de Solange, bien évidemment, était de faire encore mieux.

Un dernier regard derrière son épaule, plus par réflexe que par nécessité, et Solange pénétra dans une petite impasse sombre qui débouchait sur une porte verrouillée. Elle tapa le code d'un mouvement vif de son index et constata, amusée, que la crasse déposée sur les touches révélait très clairement le code d'accès ; il n'y avait qu'à trouver le bon ordre. Elle pénétra dans le hall mal entretenu d'un immeuble années 1930 qui tranchait avec les luxueuses bâtisses voisines habitées par les familles chrétiennes aisées du quartier. Solange prit le grand escalier en colimaçon aux larges marches de pierre en évitant l'ascenseur, comme à son habitude. Elle détestait se sentir prise au piège. Elle ne faisait exception que lorsqu'elle se rendait dans les étages les plus élevés des grandes tours d'habitation. Elle aimait alors profiter de la vue sur la ville et sur la Méditerranée. Dans ces moments-là, elle goûtait d'autant plus l'espace infini face à elle qu'elle avait été contrainte, quelques minutes plus tôt, à une montée angoissante, concentrée sur les moindres bruits suspects émanant des câbles de la cage d'ascenseur et sur les légères secousses de la cabine.

Elle s'arrêta au troisième étage, à peine essoufflée. Elle actionna la sonnette de l'entrée tout en surveillant du coin de l'œil l'autre porte du palier. Elle n'eut pas à patienter longtemps avant que la porte ne s'ouvre. La domestique la reconnut immédiatement et s'effaça pour la faire entrer. Elle conduisit Solange jusqu'au salon, sans se retourner. La jeune espionne s'assit sur le canapé en bois noir où elle prenait place habituellement en attendant la maîtresse de maison. Elle posa le sac qu'elle tenait en bandoulière à ses pieds puis, croisant les mains sur ses genoux, balaya l'espace du regard pour se réapproprier les lieux et vérifier que la pièce correspondait bien au souvenir qu'elle s'en faisait. La table basse et son plateau en nacre, le tableau du port de Tartous dans son cadre doré et la photo de mariage jaunie sur la commode : elle notait chaque détail comme si elle préparait un test de mémoire auquel elle devrait se soumettre à la fin de son entretien.

— *Sabah al Khair* [1] *!* Isabelle, lança d'un air enjoué une femme d'une soixantaine d'années bien apprêtée,

1. « Bonjour » en syro-libanais, formule à laquelle on répond par « *Sabah al Nour* ».

au chignon tiré à quatre épingles, qui venait de la rejoindre dans le salon.

— *Sabah al Nour*, Nawal, répondit Solange, tout en se levant du canapé pour saluer la propriétaire des lieux.

Elle lui adressa un sourire qu'elle voulut le plus complice possible et se réappropria sans ciller le prénom d'Isabelle, sous lequel elle se présentait à Nawal. Au fil de leurs échanges, cette dernière avait compris que la jeune Française travaillait pour les services secrets de son pays. Elle se doutait qu'Isabelle n'était pas son vrai prénom mais elle n'en prenait aucunement ombrage. Dès le début de la guerre civile syrienne, Nawal avait quitté son quartier de Bab Charki, à Damas, en rapatriant tous ses meubles, pour se réfugier à Beyrouth. Elle appartenait à la bourgeoisie chrétienne damascène. Issue d'une minorité mal considérée qui n'obtenait que de rares avantages dans le système en place, elle avait décidé, sans trop de regrets, de ne rien laisser derrière elle. Son mari était mort il y a plusieurs années, des suites d'un cancer qui s'était installé en voleur, sans symptômes, avant de tout emporter en quelques semaines. Son fils unique avait été enrôlé de force dans l'armée syrienne et avait été tué dans d'obscurs combats à Dera. Elle ne reçut jamais d'explication de la part du régime. Plus rien ne la retenait à Damas et elle vouait désormais à Bachar al-Assad une haine tenace alors qu'elle avait voulu croire au mirage du dictateur éclairé, bien plus ouvert que son père qui avait régné sur le pays d'une main de fer pendant trente ans.

Son profil d'opposante discrète au régime, mais déterminée, avait été signalé à Solange par une collègue de l'ambassade de France qui travaillait au consulat. Le courant était rapidement passé entre les deux femmes. Il faut dire que Solange avait bien manœuvré en obtenant pour Nawal un visa Schengen valable quatre ans. De quoi se rendre immédiatement sympathique. Et puis Solange parlait un arabe impeccable, littéraire, l'arabe des journaux et des diplomates bien éduqués, qu'elle essayait d'arrondir par des formules propres au dialecte syro-libanais. C'était bien sûr un avantage indéniable pour nourrir un sentiment de proximité.

Solange et Nawal s'étaient rencontrées une dizaine de fois, toujours au domicile de la Syrienne, dans son nouvel appartement de la rue Sursock, en évitant les salles de restaurant bien trop exposées aux regards. Chaque visite de la Française permettait de recentrer davantage leur relation autour du suivi de la situation en Syrie, dossier prioritaire de la diplomate sous couverture. Puis de confidences feutrées en révélations prudentes sur son travail à l'ambassade, la jeune femme s'était mise à poser des questions de plus en plus précises et insistantes. Elle souhaitait récupérer les noms des caciques du régime, obtenir des précisions sur leurs environnements familiaux, leurs adresses, des numéros de téléphone. À l'évidence, Solange n'était pas une diplomate comme les autres. Cela, Nawal l'avait rapidement compris, même si son interlocutrice avait mis un point d'honneur à ne pas brûler les étapes. Lorsque l'on a passé sa vie d'adulte à évoluer dans une dictature où pullulent les *Moukhabarat* [1], on développe une capacité étonnante à détecter tout espion qui se présente, par simple instinct de survie.

Solange avait de la chance avec Nawal. Celle-ci était pleine de ressources et, même si elle avait décidé de ne plus jamais retourner dans son pays, elle maintenait sur place de nombreux contacts. Surtout, elle avait organisé depuis quelques mois, avec des amies réfugiées comme elle, un véritable petit réseau informel de résistance passive au régime. Au travers de groupes WhatsApp, elles s'échangeaient les nouvelles du front, en faisant circuler les informations susceptibles de démontrer que le régime de Bachar était proche de la chute. Les exactions de ses sbires, assassinats ou enlèvements, étaient également scrupuleusement rapportées.

Ces dernières semaines, et c'était là une idée à laquelle Nawal tenait personnellement, le petit groupe d'opposants essayait de s'organiser pour porter assistance à toutes les familles qui désiraient soustraire

1. Terme générique utilisé dans les pays arabes pour désigner les services secrets.

leurs fils au recrutement de force dans l'armée syrienne pour servir de chair à canon. Il fallait se procurer des sauf-conduits obtenus auprès de fonctionnaires corrompus, puis identifier des intermédiaires de confiance afin de faire passer la frontière sans encombre aux jeunes hommes en fuite qui se présenteraient, désireux de trouver refuge au Liban. Cette organisation, certes encore balbutiante, était une aubaine. Elle était de nature à constituer un réseau de renseignement actif dans les principales villes syriennes, si Solange parvenait à convaincre Nawal de lui en ouvrir les portes. Mais pour cela, encore fallait-il utiliser le bon levier de recrutement sans braquer la Syrienne et gâcher la relation de confiance que l'espionne avait su tisser jusque-là. La jeune Française avait confiance en sa stratégie. Lorsqu'elle avait présenté à Jean son plan de bataille pour convaincre l'opposante de travailler pour la DGSE, le chef de poste l'avait confortée dans son choix : « Vas-y. Ça devrait le faire. »

Seulement voilà : malgré les capacités de persuasion de Solange, l'instant précis où l'officier traitant se dévoilait à sa source restait un moment charnière où prévalait l'incertitude. Elle savait que son raisonnement était juste, mais tout pouvait voler en éclats quand elle présenterait les contours clandestins de la relation future.

— Nawal, vous savez que je fais tout mon possible pour qu'il ne vous arrive rien. Jamais. J'ai bien conscience que vous pouvez faire l'objet d'une surveillance des services syriens, même ici, à Beyrouth. Ils ont d'autres chats à fouetter et leurs priorités sont ailleurs, mais l'ambassade syrienne est truffée d'espions. Rares sont les diplomates de métier.

— J'en ai bien conscience, Isabelle, et je vous en suis reconnaissante.

— Au fur et à mesure de nos conversations, je me suis progressivement rendu compte de la richesse des contacts que vous maintenez encore en Syrie. Ils m'intéressent énormément, vous savez. Mais j'ai besoin maintenant de passer à une autre étape... Une étape plus formalisée, encadrée par des mesures de sécurité accrues. Des consignes de clandestinité, notamment.

La Syrienne ne répondit pas. Un silence s'installa et Solange décida de lui laisser toute sa place. Il faut savoir accueillir les silences sans pression. Sans gêne aucune. C'est l'autre qui doit ressentir l'inconfort. Et pour rompre ce moment d'embarras, bien souvent, l'interlocuteur choisit un sujet qui va sortir de l'ordinaire. Un détail important. Il révèle ainsi ce qui lui trotte dans la tête.

— Nous nous rencontrons déjà. Je vous dis tout ce que je sais. Pourquoi changer les choses ? Continuons ainsi.

La peur du changement. De l'engagement. Solange s'y attendait.

— Nous pouvons faire plus. Et nous devons le faire. Vous vous opposez au régime de Bachar al-Assad. C'est courageux de votre part. Mais il est possible de lui porter des coups sérieux et de participer à sa chute : vous devez en être convaincue. Il faut le mettre devant ses responsabilités, exposer ses pratiques, interrompre les flux d'argent, interdire aux différents cadres et hommes d'affaires de se rendre en Europe en les plaçant sur les listes de sanctions économiques. Les moyens sont multiples.

Nawal ne quittait pas Solange des yeux. C'était plutôt bon signe.

— La France est très active dans cette lutte, croyez-le. Elle agit officiellement, mais aussi en sous-main, secrètement. Je suis, je pense que vous l'avez compris, un officier de renseignement. J'appartiens à la DGSE.

Chaque fois que Solange prononçait ce sigle, le ton de sa voix prenait une inflexion subtile, à peine perceptible. DGSE. C'est un gros mot pour un espion. En interne, ces quatre lettres ne sont jamais prononcées, comme par superstition. On dit « la boîte », « le service » ou encore « la Centrale ».

— Si nous faisons équipe toutes les deux, nous pourrons nous appuyer sur vos connaissances précises de la situation et les approfondir grâce aux capacités exceptionnelles de mon service. Nous allons vraiment pouvoir peser sur les événements et mettre fin à la guerre civile. Nous participerons à la chute de cette dictature inhumaine qui n'hésite pas à sacrifier sa propre population et qui vous a pris votre fils.

Nawal joua avec son alliance et la fit coulisser sur son index. Elle détourna le regard pour fixer ses mains, pensive. Puis elle planta à nouveau ses yeux dans ceux de Solange.

— J'ai confiance en vous, Isabelle. Qu'est-ce qui va changer pour moi si nous passons à la vitesse supérieure ? Il faut que je m'attende à quoi précisément ?

— On ne va pas changer grand-chose. Nos rencontres vont être plus fréquentes et plus régulières. Une fois par semaine. Et même davantage si nous rentrons dans un cycle opérationnel. Jamais le même jour ni la même heure.

— Un cycle opérationnel ?

— Vous verrez. Parfois le rythme du renseignement s'accélère. Cela veut dire que l'on a bien travaillé. Et que l'on va suivre une cible quasiment en temps réel. Pour pouvoir l'arrêter par exemple. Ou la prendre en photo.

— Je vois.

— On se fixe nos rendez-vous d'un entretien à l'autre. Aucune communication téléphonique entre nous. Jamais. Je vous donnerai le numéro de portable d'une personne à l'Institut français de l'ambassade. Vous l'appellerez avec la phrase code suivante : « J'ai besoin de valider un dossier étudiant pour ma nièce qui habite Alep. » Ce sera notre signal d'urgence. Cela signifiera que vous avez un problème ou un renseignement urgent à transmettre. Je viendrai vous voir à l'appartement quelques heures après. Si je suis absente, c'est un membre de mon équipe qui viendra. Je vous le présenterai bientôt.

— J'ai besoin de valider un dossier étudiant pour ma nièce qui habite Alep ?

— Oui.

— Bon. C'est simple.

Et Nawal sourit à l'idée de tout ce jeu de piste et de ces formules mystérieuses.

— Mes questions seront aussi beaucoup plus précises. Je vais être plus directive. Je vais vous donner des renseignements obtenus par mon service qu'il vous faudra confirmer. On va réactiver tous vos contacts amicaux et familiaux. Toutes les personnes qui sont encore en Syrie. Il faudra faire très attention avec elles. Ne leur accorder notre confiance qu'au compte-gouttes avant de les orienter vers nos besoins en renseignement. Dans les périodes de guerre civile, les fidélités sont fluctuantes et on ne sait jamais qui roule pour qui. Il faut éviter à tout prix d'entrer dans le radar des services. Faire attention aux dénonciations. Je vous accompagnerai pour chaque étape. Nous serons deux à réfléchir. Ensemble. C'est toujours plus efficace qu'un seul cerveau qui tourne en rond.

— Votre arabe est décidément excellent, chère Isabelle. Très précis.

— Merci, Nawal.

Lorsque Solange réalisa son itinéraire de sécurité à la fin de l'entretien, en obliquant dans les petites rues d'Achrafieh, elle fit de son mieux pour évacuer l'échange qui venait de se tenir entre les quatre murs du salon de Nawal. Elle devait retrouver toute sa concentration pour appréhender au mieux son environnement extérieur. Mais au fond d'elle, elle savait pertinemment qu'elle venait de remporter une victoire importante.

4

L'ensemble du poste avait été rassemblé à la demande de Jean. Le bureau des secrétaires, la plus grande pièce disponible dans les locaux de l'ambassade dévolus à la DGSE, servait de salle de réunion informelle. Entre l'enfilade des armoires fortes et les bureaux encombrés, l'espace libre se limitait aux écartements entre les chaises pivotantes en faux cuir. Chacun avait néanmoins trouvé sa place, adossé à la baie vitrée ou les fesses calées sur un bout de table. Les deux officiers traitants et les secrétaires faisaient face au chef du poste. Ce genre de réunion impromptue n'était pas monnaie courante avec Jean. Les circonstances inhabituelles du rassemblement du jour agrémentaient l'événement d'une tournure solennelle, sans que Jean n'eût à forcer son talent.

La matinée se terminait et les heures les plus chaudes s'installaient progressivement, malgré les stores tirés et la climatisation poussive, à peine perceptible lorsque la température grimpait. C'était d'ailleurs un sujet d'agacement récurrent des membres du poste : pourquoi faisait-il si chaud dans leurs locaux alors que le reste de la chancellerie diplomatique était baigné d'un air parfaitement réfrigéré ? L'intervention d'équipes de maintenance n'avait eu aucun effet. Dans cette partie du bâtiment, le circuit de climatisation avait été sous-dimensionné, tout simplement. Et comme l'ensemble du système de refroidissement de la chancellerie était connecté, il était impossible de descendre le thermostat sans transformer le bureau de l'ambassadeur en igloo. Il fallait donc faire avec.

— Ce que je vais dire concerne essentiellement les deux OT, mais je tiens à ce que les secrétaires l'entendent également : nous faisons partie de la même équipe et chacun doit avoir une idée précise de la direction que nous suivons. Aujourd'hui, je vais fixer le cap stratégique des mois à venir. Nous sommes en train, vous l'aurez constaté, de nous séparer de la presque totalité de nos sources. Notre cheptel se réduit comme peau de chagrin. Évidemment, ce mouvement de fond a été pensé en amont et je poursuis là un objectif très spécifique. Nos sources libanaises ont été recrutées à une époque qui n'a plus cours aujourd'hui, lorsque le Liban était un sujet diplomatique à lui tout seul. C'était l'époque du président Chirac et de son indéfectible amitié avec Rafic Hariri. Nos sources étaient parfaitement adaptées pour suivre la situation politique libanaise ou nous tenir informés de l'évolution de la menace terroriste locale. Mais aujourd'hui, c'est la Syrie qui intéresse en priorité la boîte. Et force est de constater que le poste de Beyrouth est mal armé pour faire face à cette problématique. Il n'a échappé à personne que nous n'avons aucune source de nationalité syrienne dans notre cheptel. Ce n'est pas acceptable. Nous devons donc réorienter radicalement notre axe d'effort. Beyrouth n'est plus le navire amiral du service dans son dispositif au Moyen-Orient. Et vous me connaissez suffisamment pour savoir que cela m'est absolument insupportable.

Les membres du poste réprimèrent un sourire. À l'exception d'Alexandre, qui n'avait aucune envie de rire et qui en voulait au chef de poste d'adopter une attitude distante à son égard depuis le premier jour.

— Je cherche donc à produire un choc salutaire pour que nous puissions faire notre révolution. Ce n'est pas à coups de changements cosmétiques que nous ferons bouger les lignes. Il faut frapper fort. Je vais donc vous transformer, surtout vous, Solange et Alexandre, en morts de faim. Plus de source à traiter, cela veut dire davantage de temps pour recruter de nouveaux profils. Prenez votre bâton de pèlerin et tirez tous les fils que vous pouvez. Nouez des contacts dans tous les milieux. Il y a suffisamment de Syriens qui vivent au Liban ou qui y séjournent d'une manière régulière pour que vous puissiez y faire votre marché. Solange a déjà marqué des points avec Nawal Maloyan et son recrutement semble acté, si la Centrale nous le valide. Il faut poursuivre dans cette voie.

La jeune femme ne laissa rien paraître, mais elle fut flattée par l'évocation devant les autres de son succès auprès de Nawal. Cela validait son travail d'approche entrepris depuis le mois d'avril.

— Solange, ne vous reposez pas sur vos lauriers. Il faut m'en trouver d'autres.

— Mais j'y compte bien, Jean.

— Et vous Alexandre, même si vous ne parlez pas arabe, alors que j'avais demandé à Paris un second OT arabisant, soit dit en passant, eh bien, vous devez encore plus vous sortir les doigts. J'y serai attentif.

— Ce n'est pas évident sans s'appuyer sur une source déjà recrutée pour qu'elle nous désigne des fils à tirer dans son entourage.

— Non, justement ! répondit trop brusquement Jean, dont la voix claqua comme un coup de fouet, plus fort que nécessaire, trahissant un agacement qui n'avait pas sa place dans un discours qu'il voulait posé et argumenté. Si l'on agit de la sorte, on fait comme la famille dégénérée des Bourbons d'Espagne : on crée de la consanguinité. Toutes les sources finissent par se ressembler lorsqu'on ne recrute que dans un seul et même milieu. Un tout petit bol à poissons : voilà ce que l'on obtient. Et si l'une tombe, c'est tout le cheptel qui tombe à son tour car aucune manipulation n'est suffisamment cloisonnée. Alors de l'imagination, que diable. Sortez des chemins battus. Si c'est trop difficile pour vous, Alexandre, vous n'avez rien à faire au service, et encore moins dans ce poste de

Beyrouth où l'on n'envoie normalement que les meilleurs.

Alexandre, blessé, se rembrunit mais ne souffla mot. Un chef de poste militaire aurait-il commis une telle erreur de management en critiquant l'un de ses subordonnés devant tous les autres ? Dans les armées, quand on doit corriger et dire ses quatre vérités, on le fait directement avec l'intéressé, dans la confidentialité d'un bureau à la porte fermée. C'est une règle intangible apprise dans les écoles militaires.

Jean se rendit compte qu'il était allé trop loin. Sa voix se fit plus douce et il l'accompagna même d'un sourire pour tenter de gommer l'agressivité initiale.

— Mais je n'ai aucune inquiétude sur le fait que vous finirez par trouver la solution. Solange vous y aidera.

— Je veux bien me transformer ponctuellement en chaperonne, pour la bonne cause. Mais je ne vais pas me substituer à lui non plus. À chacun de faire son boulot. Sinon, on n'y arrivera pas.

Alexandre lança un œil mauvais à sa collègue qui décidément ne faisait rien pour favoriser son intégration. Solange regardait droit devant elle, en n'offrant que son profil, le menton levé.

Bienvenue au poste de Beyrouth. Au moment du tour des questions, Alexandre ne fit aucune remarque. À la fin de la réunion, il rejoignit son bureau en silence, l'esprit encombré de pensées parasites et de ressentiments. Il parcourut distraitement les messages envoyés par Paris la veille. Puis il griffonna quelques idées sur son carnet. Des pistes pour la suite. Des personnes à interroger. Des endroits favorables où traîner le soir, pour rencontrer du monde. Mais son esprit embrumé tournait au ralenti. En relisant ses notes manuscrites, il dut se rendre à l'évidence : il n'y avait sous ses yeux aucune idée de génie, aucune baguette magique. Il allait lui falloir tâtonner et se montrer patient. La solution ne pouvait se présenter d'un seul coup, sans effort. Il avait heureusement de la ressource : il savait se montrer sympathique, attirer les confidences de ses interlocuteurs, les mettre en confiance. Il était convaincu d'avoir toutes les armes pour réussir sa mission. Lors de sa formation interne, juste après avoir intégré la DGSE, il avait réussi tous les exercices de terrain haut la main et en particulier le fameux exercice café. Lors de cette épreuve individuelle, les stagiaires étaient plongés dans un café désigné au dernier moment. Ils devaient se choisir une cible, au choix, puis engager la conversation. Et sous l'œil d'un instructeur attablé au milieu des clients, l'apprenti espion engageait la conversation pour obtenir le maximum de renseignements sur la personne abordée. Avec pour sésame ultime la récupération de son numéro de téléphone portable. Alexandre avait porté son dévolu sur un profil *a priori* difficile, un homme au costume strict qui lisait dans un coin. Une heure plus tard, il connaissait tout de lui. Son métier, ses soucis familiaux, ses voyages à l'étranger et même ce nodule au poumon qu'on lui avait détecté la semaine précédente. L'obtention du numéro de téléphone n'avait été qu'une formalité. Ils avaient prévu de se revoir très vite. Bien sûr, la rencontre ne se fit jamais. Si le stagiaire n'avait pas mis un terme de lui-même à la conversation, il serait sans doute encore attablé dans ce café du carrefour de l'Odéon. L'examinateur du service de la formation avait quitté les lieux avant même la fin de l'exercice, devant le flot de paroles qui ne tarissait pas : l'élève avait manifestement réussi son exercice. Il n'y avait plus rien à voir et le fonctionnaire n'avait pas l'intention de faire des heures sup inutilement.

Alexandre avait ce don de persuasion. Il le savait. Il finirait bien par la trouver, sa source syrienne.

5

Lorsqu'un individu est plongé dans un stress professionnel et qu'il manque de certitudes pour aller de l'avant, il est généralement conseillé de revenir aux fondamentaux. S'appuyer sur ce que l'on maîtrise déjà pour mieux se rassurer. C'est exactement ce qu'avait fait Alexandre ces dernières semaines. En bon militaire qu'il était, il avait scotché sur le mur adjacent à son bureau une carte de Beyrouth. À chaque pause, il se tenait face à la carte et tentait de la mémoriser. D'abord les différents quartiers. Puis les grands axes. Et enfin les rues secondaires. Par cœur si possible. Une fois la physionomie de la ville imprimée sur sa rétine, Alexandre chercha à faire correspondre la carte avec la réalité du terrain. Tous les après-midi, il prenait désormais place dans sa Hyundai blanche et partait à l'assaut de Beyrouth, quartier par quartier. Il voulait s'approprier la ville entière, apprendre à la connaître intimement et s'y sentir à l'aise, pour finir par y évoluer quasiment les yeux fermés, sans avoir besoin de regarder son téléphone et l'application Google Maps. Par chance, sa topographie favorisait ce processus d'apprentissage. Cette ville de bord de mer se laissait plus facilement apprivoiser que la plupart des cités tentaculaires du Moyen-Orient. La Méditerranée d'un côté, les montagnes de l'autre. Les points de repère ne manquaient pas pour retrouver son chemin, même après s'être perdu un instant dans le labyrinthe des rues et des impasses.

Alexandre répétait les mêmes exercices jour après jour : il partait d'un point connu, puis se lançait à l'aventure en engageant sa voiture au hasard des carrefours jusqu'à se perdre totalement et ne plus distinguer le nord du sud. Là, il observait les altitudes et l'orientation des axes, puis il repérait un bout de montagne qui affleurait entre deux immeubles. À la manière d'un officier marinier des temps anciens muni de son sextant, l'espion égaré ne le restait jamais très longtemps. Alexandre avait progressivement acquis une certaine aisance. Partant de n'importe quel quartier de la ville, il était ainsi capable de se frayer un chemin pour se sortir de la majorité des embouteillages. Beyrouth-Ouest et les alentours de la rue Hamra, qui s'étirait en ligne droite et était animée de jour comme de nuit, n'avaient plus de secret pour lui. Il pouvait traverser la ville sans peine, du vieux port totalement reconstruit à neuf jusqu'au quartier populaire arménien de Bourj Hammoud. En passant par l'ancienne place des Martyrs, superbe esplanade qui resplendissait de tous ses feux dans les années 1960, il constatait d'un air désolé le désastre architectural d'une ville abandonnée à des promoteurs animés par les perspectives de profits à court terme. Le large espace qui s'ouvrait jusqu'à la mer, bordé avant la guerre civile de palmiers alanguis, disparaissait progressivement à coups de constructions anarchiques. Les grues de différentes tailles s'y affairaient entre chaque pâté de maisons, diffusant une fausse image d'eldorado et de dynamisme économique. Les immeubles de luxe qui finiraient par sortir de terre resteraient désespérément à moitié vides, comme les badauds le constataient déjà en arpentant les rues désertes du centre-ville à la nuit tombée. Personne n'habitait ces quartiers trop chics pour un pays où la richesse était si mal répartie. Les milliardaires du Golfe, quant à eux, délaissaient désormais la capitale libanaise au profit de Dubaï ou d'Abu Dhabi, au fur et à mesure que le Hezbollah renforçait son emprise sur le pays. Alexandre avait même fini par trouver ses marques à Tariq El Jdideh ou à Furn El Chebbak, des secteurs moins fréquentés par les diplomates, à la densité de population élevée et où les immeubles d'habitation sans cours ni jardins étaient serrés les uns contre les autres le long de rues sans trottoirs. Les longs balcons étaient ceinturés à tous les étages de vieilles voiles d'ombrage blanchies, tirées d'un bout à l'autre des terrasses, pour tenter de bloquer la chaleur du soleil.

Il s'était en revanche rarement aventuré plus au sud, dans la Dahieh, le fief du Hezbollah. Il s'agissait de toute manière d'un territoire presque interdit pour un officier de renseignement occidental et aucune rencontre clandestine avec une source humaine ne pouvait y être envisagée. La banlieue sud était placée dans un état de siège quasi permanent et la surveillance du Hezbollah ne se relâchait jamais, recherchant d'éventuels espions israéliens ou des complices de Daech. Alexandre s'était malgré tout décidé à y effectuer une courte reconnaissance, un jeudi après-midi, pour se rendre compte de l'ambiance qui régnait dans ce réduit du Parti de Dieu régulièrement mentionné dans les messages du service. Il était parti des hauteurs de Beyrouth, sur la route de Damas, à proximité du palais présidentiel de Baabda. Puis il était redescendu vers Sin El Fil et, au lieu de filer à droite pour poursuivre sur l'échangeur qui l'aurait ramené vers l'ambassade de France, il continua tout droit sur la six-voies. Les panneaux routiers au-dessus de sa tête signalaient « Haret Hreik ». Il s'engagea en connaissance de cause vers la zone interdite, avec l'impression qu'il pénétrait dans une quatrième dimension, les sens aux aguets. Autour de lui, les photos des martyrs du Parti du Dieu tombés lors des combats en Syrie émaillaient les deux côtés du boulevard. Les drapeaux jaunes du Hezbollah avaient remplacé les drapeaux libanais. Aucun doute, Alexandre pénétrait dans le bastion du parti pro-iranien d'Hassan Nasrallah. Le volume des voitures devant lui se gonfla progressivement jusqu'à ce que sa Hyundai soit contrainte de rouler au pas. À trois cents mètres,

Alexandre pouvait apercevoir le grand check-point tenu par les miliciens chiites dans leur treillis noir qui contrôlaient les entrées et les sorties dans la Dahieh. Il retint son souffle. Les plaques diplomatiques de son 4 x 4 allaient-elles attirer l'attention des hommes en armes ? Allait-on l'arrêter en bord de route pour l'interroger sur le motif de sa présence sur zone ? Il avait préparé sa réponse à l'avance. Alexandre avait décidé de jouer la carte de la fermeté. « Je suis diplomate. J'ai le droit de me déplacer où bon me semble. Au nom de quoi m'empêchez-vous de passer ? » Mais le milicien en faction, lorsque sa voiture arriva à hauteur du point de passage, lui fit un petit signe machinal de la main pour l'inviter à poursuivre sa route. Il était entré. Et le quartier ressemblait étrangement aux autres parties de la ville. La même énergie, les mêmes embouteillages, la vie dans les cafés et les attroupements devant les magasins dont les étalages débordaient sur les trottoirs. Il y avait plus de femmes voilées de noir, très certainement, et les hommes portaient plus fréquemment la barbe. D'immenses effigies d'Hassan Nasrallah, avec son regard doux derrière ses fines lunettes et son turban noir des descendants du Prophète, trônaient sur les carrefours et les façades des immeubles. Elles étaient déployées en si grand nombre que les habitants finissaient par ne plus les remarquer. Alexandre ne perçut aucune animosité à son égard lorsqu'il se mêla à la foule après avoir garé son véhicule. Aucune curiosité non plus. Avec ses cheveux châtains et son jean quelconque, il pouvait se faire passer pour un Libanais absorbé dans son quotidien. Il se déplaçait avec le pas assuré de l'espion qui cherche à adopter une attitude naturelle, en particulier lorsqu'il entre en zone hostile, ou dans un milieu qui lui est étranger et qu'il ne domine pas. Personne ne faisait particulièrement attention à lui et aucun regard ne s'accrochait au sien. Il longea un distributeur de billets de banque. Une idée lui vint alors : obtenir la preuve de son passage dans le repaire du Hezbollah. Il retira quatre mille livres libanaises avec sa carte bancaire. L'espion regarda avec satisfaction le relevé d'opération imprimé par la machine : « jeudi 25 août. 15 h 48. 4 000 LL[1]. Arab Bank. Haret Hreik/Beirut ». Il plia le ticket en deux et le glissa avec précaution dans son portefeuille, comme s'il s'agissait d'un petit trophée.

Depuis la radiation de Jamal, Alexandre avait effectué trois opérations identiques, au cours desquelles il s'était séparé des dernières sources humaines dont il avait la charge : un colonel maronite à la retraite de l'armée libanaise, un parlementaire et un journaliste sunnites.

Le colonel fut vexé d'être congédié sans préavis mais s'évertua à faire bonne figure. Les deux autres acceptèrent la sentence avec indifférence. Les rencontres s'organisaient à la vue de tous, dans différents

1. Livres libanaises ; la monnaie nationale, indexée à cette époque sur la valeur du dollar.

restaurants de la ville. Il ne s'agissait pas de manipulations sensibles et le niveau de clandestinité était minimal. Les intéressés pouvaient très bien expliquer à leur entourage pourquoi ils rencontraient un diplomate de l'ambassade de France. Non, ils ne savaient pas que le diplomate en question était un espion. Et non, ils ne livraient jamais aucun renseignement sensible lors de ces rencontres. Leurs réponses avaient toujours été préparées à l'avance, au cas où les services locaux leur seraient tombés dessus et les auraient interrogés sur leur loyauté à l'égard de l'État libanais. Les deux sources n'étaient pas rémunérées et tenaient même à payer systématiquement l'addition. Le Français, les premières fois, avait insisté pour régler la note. Mais cette posture s'était révélée intenable devant l'intransigeance de ses interlocuteurs et Alexandre avait fini par se faire inviter à chaque occasion sans résistance. Pas de facture à récupérer. Ni de tâches administratives à remplir pour justifier les dépenses, sitôt de retour au bureau. Cette solution n'était pas sans avantage, de son point de vue.

L'autre bénéfice concernait la sécurité des manipulations. Puisque le Français était toujours invité et qu'il ne déboursait pas une seule piastre, les sources étaient en position favorable pour affirmer qu'elles ne travaillaient pas pour la DGSE. Elles étaient simplement rémunérées d'une autre façon, à coups de visas Schengen longue durée pour leurs proches et leurs amis ou d'invitations de prestige à la résidence des Pins, la résidence de l'ambassadeur. Pour certains

Libanais qui adoraient faire la démonstration de l'étendue de leur carnet d'adresses et de leurs accès aux ambassades, ces services rendus n'avaient pas de prix.

Le journaliste et le député, quant à eux, ne semblèrent pas trop perturbés par la fin annoncée de leurs passe-droits. Ils devaient sans doute déjà avoir en tête la manière de retrouver un accès à l'ambassade de France. La tâche d'Alexandre en fut donc grandement simplifiée. Il apprécia leur détachement et ne connut pas les mêmes désagréments que lors de ses adieux avec la source palestinienne.

Mais voilà, le jeune officier de renseignement se trouvait désormais dépossédé de sa routine professionnelle. Il n'avait plus de sources à traiter et ses journées devenaient soudain très vides. Plus de longs déplacements dans la capitale congestionnée. Plus d'itinéraire de sécurité. Pas d'entretien à préparer en collectant les questions du service et en relisant les rapports écrits de la rencontre précédente. Il n'était pas non plus nécessaire de passer de longues heures à rapporter par écrit la teneur des différents échanges pour informer Paris et alimenter les dossiers. Avec la disparition de ses sources, Alexandre perdait des balises rassurantes qui l'aidaient à organiser son emploi du temps. Comment dès lors occuper utilement ses journées pour remplir la mission fixée par le chef de poste ? Jean avait précisément choisi de créer cet inconfort chez ses OT. Les transformer « en morts de faim », avait-il dit, et créer ainsi une énergie salutaire. Mais les journées d'Alexandre se succédaient et se ressemblaient les unes les autres. Il se sentait comme une poule sans tête battant frénétiquement des ailes. Les reconnaissances en voiture aux quatre coins de la ville étaient effectuées avec un arrière-goût désagréable, celui d'une mauvaise conscience qui lui pesait sur l'estomac. Il tentait de se persuader qu'il s'agissait là d'une étape essentielle. Avant de débusquer le gibier, tout bon braconnier doit parfaitement maîtriser son futur terrain de chasse. Mais il avait du mal à s'en convaincre et craignait de développer un réflexe de fuite face à un problème insoluble.

Bien sûr, Alexandre ne faisait pas qu'écumer les rues de Beyrouth au volant de sa Hyundai. Il épluchait les archives du poste et se triturait les méninges en prenant connaissance des messages d'orientation envoyés par Paris. Il s'était inscrit à un club de sport à Hazmieh que l'on disait fréquenté par des hommes d'affaires syriens. Il avait aussi lancé quelques bouteilles à la mer auprès d'humanitaires français en leur demandant de lui signaler des profils de réfugiés syriens en provenance de Raqqa ou de Deir ez-Zor, villes fortes tenues par l'État islamique. Il avait même abordé un gardien d'immeuble de son quartier, près de l'ambassade, pour la seule raison qu'il avait appris que cet homme un peu bourru était syrien. Mais chaque fil qu'il tirait lui restait entre les doigts, sans entraîner le reste de la pelote. Il tournait désespérément en rond. Chaque fois qu'il franchissait l'entrée blindée du poste, il avait l'impression désagréable de manquer d'air. Il ne pouvait faire autrement que de passer devant la porte de Jean, que ce dernier laissait toujours ouverte. Le jeune homme redoutait le moment où il devrait répondre à la question toute simple de son chef :

— Alors, ça avance ?

Non. Ça n'avançait pas. L'OT faisait du surplace et pédalait dans la choucroute. Heureusement, Jean restait silencieux. Il n'était – pas encore – nécessaire de se justifier. Mais lorsque Alexandre rejoignait son bureau, il sentait à chaque fois le regard oppressant du chef de poste dans son dos. Il était certain qu'il marquait alors une pause dans la rédaction du message en cours pour le considérer d'un air accusateur.

6

La soirée battait son plein dans la grande salle voûtée du restaurant Naranj, situé à quelques encablures de la vieille ville de Damas, non loin de l'entrée du souk. Malgré l'heure tardive, la plupart des clients étaient encore attablés et les nappes blanches étaient encombrées de bouteilles d'alcool fort et des restes du repas. Un orchestre jouait de la musique orientale traditionnelle dans un coin sombre faiblement éclairé. Le chanteur du groupe, le front luisant de sueur, maniait l'oud avec dextérité, concentré sur sa tâche, les yeux mi-clos devant son micro. Les voix fortes des discussions se mêlaient aux rires et aux bruits de couverts. On avait beaucoup bu ce soir-là. L'atmosphère était chargée de la fumée des cigarettes et de l'odeur de rose caractéristique des narguilés. Les fenêtres de l'établissement avaient été occultées par de grandes couvertures pour ne laisser passer aucune lumière vers l'extérieur. C'était le couvre-feu à Damas et il convenait de maintenir un semblant de légalité, même si de nombreux convives disposaient de postes enviés au sein du régime et n'auraient rien à craindre d'une hypothétique descente.

C'était un classique des villes plongées dans la guerre civile, assiégées et martyrisées. À Sarajevo, Kaboul ou même Mogadiscio, lors des heures les plus sombres de leur histoire, il avait toujours subsisté des endroits discrets comme le restaurant Naranj. On y retrouvait cette ambiance unique créée par le contraste entre la vie du dehors, terrible et anxiogène, et la vie à l'intérieur, protégée, excessive et festive. Les sens étaient exacerbés. Chacun gardait à l'esprit le stress des combats. Il était urgent de s'amuser, de trop boire et de trop manger, car chaque soirée pouvait s'avérer la dernière.

Le colonel Assem Chihabi était installé à sa table habituelle, près des musiciens. Ses collègues de la puissante sécurité politique, ivres pour la plupart, l'encadraient de part et d'autre, embarqués dans des disputes sans importance, leurs armes de poing dépassant des pans ouverts de leurs vestes. Assem, les jambes enserrant celles de sa voisine, lui égrenait des mots doux, front contre front. La jeune femme, une brune aux longs cheveux dénoués qui retombaient en cascade sur ses épaules, était sa maîtresse depuis six mois. En ces temps incertains où la violence pouvait surgir à tout moment, sans signe annonciateur, disposer des faveurs d'un homme aussi influent que le colonel Chihabi n'avait pas de prix.

Assem n'était pas pire qu'un autre. Et puisqu'il se portait garant de la sécurité de sa maîtresse, comme de celle de sa famille, la jeune femme écoutait patiemment le flot de paroles de plus en plus impudiques. Elle caressait tendrement l'avant-bras du colonel dans un mouvement de va-et-vient de la main, comme s'il s'agissait d'un gros chat ronronnant pelotonné sur ses genoux. Trop de proximité avec ce corps jeune et parfumé avait fini par réveiller les ardeurs de l'officier. Une pulsion venait de se frayer un chemin à travers son esprit alcoolisé et bercé par la musique entêtante du oud : il était temps de quitter ce restaurant et de repartir fissa avec sa maîtresse. Cette fois encore, il passerait la nuit chez elle. Il lui suffirait d'expliquer à sa femme, le lendemain, qu'il avait été retenu par le travail et qu'il avait dû dormir sur le lit de camp installé dans une pièce attenante à son bureau. Le lit de camp existait bien. Il ne mentait pas sur ce point. Mais il ne l'utilisait jamais.

À quelques mètres de là, assis autour d'une petite table ronde sur laquelle se trouvaient une théière pleine et des verres vides, deux hommes fixaient le colonel du coin de l'œil. La vingtaine à peine dépassée, ils avaient cet air dur et froid de ceux qui ont vu la mort de près et qui l'ont donnée trop de fois, sans remords ni pitié. Perdus dans l'ambiance festive, sous les voûtes en pierre de taille, ils passaient inaperçus.

— Vous partez déjà, mon colonel ?

— Ouais, les gars. On se retrouve demain, annonça Assem en poussant sa partenaire avec désinvolture, une main sur ses fesses, sûr de son bon droit et de l'autorité conférée par ses hautes fonctions.

Le couple se fraya un passage parmi les tables et la fumée des cigarettes. Arrivés à la porte, ils écartèrent les épais rideaux de l'entrée et se retrouvèrent dans la ruelle sombre qui bordait le restaurant.

À l'intérieur, la table ronde avec sa théière refroidie n'était plus flanquée que de deux chaises vides.

Le colonel et sa maîtresse marchèrent enlacés jusqu'au petit parking tout proche. Assem farfouilla dans sa poche et sortit ses clés avec les gestes empressés de l'impatience. L'imposant 4 x 4 noir clignota deux fois, projetant une lumière orangée aux quatre coins du véhicule. Le bip sonore de l'ouverture des portes se fit entendre avec acuité dans le silence pesant du couvre-feu. Le colonel venait juste de démarrer le moteur lorsqu'il aperçut les deux hommes qui lui faisaient face, l'un posté devant le pare-brise et l'autre à proximité de la portière conducteur. Ils pointaient leur pistolet automatique dans la direction du faisceau de lumière projeté par la puissante lampe torche qu'ils tenaient de l'autre main. La femme se tourna vers son compagnon d'un air épouvanté. Le colonel, dans un geste désespéré et dérisoire, enclencha par réflexe la fermeture automatique des portes. Quatre coups furent tirés, en deux salves rapprochées. Le pare-brise et la fenêtre conducteur explosèrent sous les impacts. Le colonel gisait immobile et désarticulé sur son siège, mais il respirait encore. Son cerveau saturé d'adrénaline lui envoyait des bribes de pensées désordonnées et incohérentes. Une cinquième balle l'atteignit en pleine tête. Un petit trou au-dessus de la pommette gauche mais l'arrière de la tête à moitié emportée, le visage du colonel était désormais figé pour l'éternité.

— Casse-toi, fit l'un des tueurs à la passagère recroquevillée sur son siège, les mains grandes ouvertes devant elle, pour se protéger et implorer sa grâce dans un même mouvement.

— Casse-toi, on te dit, lança le deuxième tireur, celui qui avait donné le coup fatal, agacé de voir la pauvre créature rester paralysée sur son siège.

Guidée par son instinct de survie, la jeune femme ouvrit la portière d'un geste brusque et s'échappa de l'habitacle sans se retourner.

7

Daniel avait été réveillé en pleine nuit par son portable de permanence qui sonnait sur la table de chevet. Il s'était précipité pour l'éteindre, tâchant de ne pas réveiller sa femme qui dormait à ses côtés. Une heure trente-cinq. Un message urgent venait sans doute d'arriver au poste. Il n'avait pas d'autre choix que d'aller en prendre connaissance ; c'était sa mission en tant que secrétaire. Quelle que soit l'heure. Il redoutait déjà le moment où, son devoir accompli, il viendrait se recoucher et ne retrouverait pas le sommeil. C'était une habitude chez lui. L'agacement allait monter d'un cran à chaque mouvement sur l'oreiller. Un premier sur le côté droit. Un deuxième sur le gauche à compter les moutons, à s'imaginer nager dans la mer, prêt à tout pour penser à autre chose. Évidemment, ça ne marcherait pas et il finirait par allumer la télévision dans le salon pour s'endormir sur le canapé au petit matin.

Daniel enfila son jean dans le noir et noua ses lacets, assis sur le bord du lit. Il attrapa une pomme en passant par la cuisine. Avant de prendre l'ascenseur et de quitter son appartement, il jeta un coup d'œil à son reflet dans le miroir de l'entrée. Le fonctionnaire soupira en observant sa mine renfrognée et ses yeux rétrécis. Il n'avait pas fini de digérer et son ventre était encore gonflé du repas de la veille. Dehors, la rue était vide. Les lampadaires éclairaient d'une lumière chaude l'enfilade des voitures garées le long du trottoir. Heureusement, Daniel avait choisi d'habiter tout près de l'ambassade, comme son prédécesseur le lui avait conseillé. « Tu verras, c'est pratique quand tu es de permanence et que tu as des messages à aller récupérer en pleine nuit. » Le secrétaire commençait à sortir de sa torpeur. Il aimait marcher ainsi dans la ville endormie, sans klaxon ni voiture. À peine quatre cents mètres à pied et il se retrouva devant l'accès piéton de l'ambassade de France.

Il sonna à l'interphone et patienta quelques instants sur le trottoir, le temps pour le gendarme de garde de l'identifier sur son écran de surveillance. « Salut, Daniel. Je t'ouvre. »

Il longea le service des visas, se dirigea vers la chancellerie, passa son badge sur le portique et se présenta devant le « bocal », l'entrée sécurisée du bâtiment où l'attendait le gendarme derrière sa vitre blindée.

— Encore un message urgent ?

— On ne peut rien te cacher ! fit-il en saluant de la main le militaire qui lui souriait, compatissant.

Il ralluma la lumière dans les couloirs éteints en actionnant les interrupteurs bien visibles dans le noir avec leur éclairage bleu ciel. Des escaliers et des portes, puis le sas blindé du poste de la DGSE. Il dut s'y reprendre à deux reprises pour rentrer correctement le code d'ouverture. Il n'avait pas les yeux en face des trous. Heureusement, il était seul. Pas de collègue derrière son dos pour se moquer de sa maladresse.

Une fois parvenu dans la salle dédiée aux transmissions, il lança le serveur et se connecta au réseau chiffré afin de commencer le transfert des six messages en attente, parmi lesquels figurait celui qui, du fait de son caractère d'urgence, avait déclenché l'alerte sur son téléphone. Alors de quoi s'agissait-il ? Allait-il devoir réveiller à son tour le chef de poste ? Le secrétaire commença la lecture du court message, qui concernait la Syrie. Un haut cadre des services de renseignement syriens, un certain colonel Assem Chihabi, aurait été assassiné en plein cœur de Damas. Il s'agissait de l'ancien second du général Rustom Ghazaleh, l'une des figures tutélaires du régime, disparu l'année précédente dans d'obscures circonstances, victime d'une lutte interne entre caciques des services. Après l'exposé des faits, la Centrale demandait confirmation de l'assassinat par les sources des postes de la région. Beyrouth n'était pas le seul destinataire du message. Puis venaient les questions : quelle était la signification de cette exécution à balles réelles ? Quels étaient les commanditaires ? Pouvait-on y lire une montée en puissance des services de renseignement de l'armée de l'air du général Jamil Hassan ? Quelles seraient les conséquences à court terme au sein des services des renseignements politiques ? Les tensions au sein du régime, entre pro-iraniens et pro-russes, pouvaient-elles déboucher sur une déstabilisation profonde des structures du pouvoir syrien ? Tout renseignement permettant de corroborer ou d'infirmer les différentes hypothèses serait grandement apprécié. Rien que du très classique, en somme. Cela n'imposait nullement de réveiller Jean ou l'un des deux OT. Qui avait bien pu décider, à Paris, de classer ce message en « urgent » et de l'envoyer si tard, même en tenant compte du décalage horaire ? « Avec la gueule de notre cheptel de sources actuel, notre réponse sera forcément très réduite. Et de toute façon, on ne contactera personne cette nuit. Le reste du poste prendra tranquillement connaissance du message à l'ouverture des bureaux demain matin. » Paris avait sans doute la pression sur le dossier syrien et il fallait visiblement fournir au plus vite des réponses au pouvoir politique.

Daniel éteignit les serveurs puis referma la lourde porte blindée du poste derrière lui, replongeant les bureaux dans la quiétude de la nuit. Il regarda sa montre. Deux heures quarante. Il était pleinement réveillé.

8

Du balcon, on apercevait les jardins de l'ambassade et son grand carré de pelouse qui recouvrait le parking souterrain. La nuit apportait un peu de douceur après une nouvelle journée de canicule. Daniel fumait sa cigarette en regardant son invité. Alexandre admirait la vue et promenait son regard d'un point d'intérêt à l'autre. Les angles épurés des murs ocre de l'ambassade. Le bâtiment de la Sûreté générale libanaise, un peu plus loin, avec son foisonnement d'antennes paraboliques sur le toit et ses fausses colonnes grecques. Les immeubles d'habitation sombres et élégants qui avaient poussé sur les décombres des vieilles bâtisses criblées de balles du temps de la guerre civile. Certaines ruines subsistaient encore, ici et là, comme des verrues immondes et tristes, vestiges des combats d'hier.

Alexandre venait de passer une excellente soirée. Une pause salutaire dans la frénésie des derniers jours. Et la satisfaction régénératrice de rompre avec son habituelle solitude au contact d'une famille épanouie où semblait régner l'harmonie. Au moment de se baisser à sa hauteur pour recevoir les bisous de la fille du couple – « Bonsoir, Alexandre ! » –, le jeune espion avait senti son cœur se serrer dans sa poitrine. Le petit ange, qui venait d'avoir cinq ans, repartit jouer dans sa chambre en sautillant. Aucun calcul chez cette enfant, seulement du naturel et de la joie de vivre. C'était beau à voir.

Ils avaient mangé un mezze libanais, accompagné d'un Kefraya rosé, et trempé leur pain rond dans le houmous et le labneh noyés d'huile d'olive. Corine, la femme de Daniel, une Bretonne à la peau claire qui parlait aussi fort qu'une fille du Sud, était intarissable sur sa vie au pays du cèdre et tout ce que la région avait à offrir aux étrangers de passage. Elle redoutait déjà leur retour en France avec un point de chute dans le dix-huitième arrondissement de la capitale, où le couple avait acheté un appartement exigu conforme aux standards parisiens. Rien à voir avec leur logement actuel de près de deux cents mètres carrés. L'endroit était baigné de lumière grâce à de hautes fenêtres donnant sur chaque côté de l'immeuble et une immense terrasse arborée. Un vrai petit palais pour le jeune couple et leur fille unique. Et le sentiment grisant des familles d'expatriés de vivre une parenthèse enchantée, en profitant des facilités offertes par un salaire multiplié par trois.

— Alors, tu commences à te faire à la vie à Beyrouth ? Tu apprécies ? demanda Daniel.

— Oui, oui, bien sûr. J'ai failli naître à Beyrouth, tu sais ? précisa Alexandre. Mais ma mère est vite repartie à Paris pour accoucher.

— Je sais. Ton père était chef de poste pendant la guerre civile.

— Oui. De 1979 à 1982. Mon frère s'en souvient mieux que moi. Je n'avais que trois ans lorsque nous sommes rentrés en France. Mais j'ai gardé une certaine tendresse pour ce pays. Mes parents parlaient beaucoup de cette période et j'adorais regarder les photos aux couleurs délavées et aux bords arrondis qu'ils stockaient dans de vieilles boîtes à cigares. C'est curieux, je me sens un peu chez moi ici. C'est une drôle de sensation.

Alexandre parlait d'une voix douce, sans chercher ses mots. Il ne se sentait pas en milieu hostile avec Daniel, comme c'était le cas au bureau avec ses autres collègues.

— Ta famille n'a pas voulu ou pas pu te suivre ?

Alexandre ne répondit pas tout de suite, comme suspendu au-dessus du vide qui venait de s'ouvrir. Ses pensées se bousculaient et il ne savait pas comment présenter les choses. Daniel venait d'aborder un sujet sensible. Il comprit qu'il se trouvait en terrain miné.

— Non… se contenta de répondre l'invité, décidément gêné.

— Et le boulot ? demanda le secrétaire pour changer de sujet, avant de tirer une nouvelle bouffée sur sa cigarette.

Il souffla la fumée sur le côté, mais aucune brise ne vint emporter les volutes qui se dissipèrent autour de lui.

— Oh, le boulot… Je ne sais pas. Pas facile, je t'avoue. Jean a une dent contre moi, non ? Je trouve l'ambiance pesante dès que j'arrive au poste. Les conversations s'arrêtent et je sens que j'ai les oreilles qui sifflent. C'est pénible. Je ne m'attendais pas à un tel accueil, je dois dire.

— Tu connais Jean de réputation ?

— Pas plus que ça.

— Il a ses têtes, c'est sûr. Mais surtout, c'est un homme de réseaux. Il a une idée très claire de ce qu'il veut faire. Il vise le top, ce n'est un secret pour personne. Alors il identifie tous les OT dont le potentiel lui paraît le plus élevé. Il choisit les meilleurs du CT[1] et il booste leur carrière. En retour, il attend de leur part une fidélité sans faille. Il monte son écurie, en somme.

Daniel venait de terminer sa cigarette. Il l'écrasa sur une petite coupelle posée sur la table basse, un peu plus loin. Il considéra son paquet en hésitant à en prendre une autre. Puis il décida qu'il valait mieux s'arrêter là et le reposa. Cela lui permettrait de moins

1. Contre-terrorisme. L'abréviation CT est très régulièrement utilisée en interne.

cracher ses poumons lorsqu'il irait courir au bois des Pins, le dernier espace vert de Beyrouth, le lendemain ou le surlendemain.

— Et pour ton malheur, Alexandre, tu as pris la place d'un de ses protégés à qui il avait promis le poste. Et ça, il n'a pas aimé. Il a été vexé de ne pas avoir la main sur cette désignation. Il faisait des bonds. Il a appelé le DR[1] plusieurs fois. Mais ça n'a visiblement pas suffi.

— Ce n'est quand même pas de ma faute !

— Il est persuadé que tu as été pistonné grâce à ton père.

Alexandre leva les yeux au ciel.

— C'est absurde. Mon père n'a plus aucune influence au sein du service depuis bien longtemps. Cela fait plus de quinze ans qu'il est la retraite.

— Des amis de ton père, peut-être ?

— Absurde.

— Ton père doit en tout cas être rudement fier de te savoir à Beyrouth.

— Mon père ? Je ne sais pas...

Alexandre décrocha à nouveau de la discussion et se perdit dans ses pensées. Il songea un temps à son père et le revit déambuler dans un parc, de sa démarche hésitante. Puis il s'attarda sur l'injustice qu'il ressentait si douloureusement. Même s'il recevait enfin un début de réponse permettant d'expliquer ces premiers

1. Le directeur du renseignement, responsable de la direction la plus influente de l'époque au sein de la DGSE.

mois difficiles, cela ne l'aidait en rien. L'agacement était toujours là. Peut-être même encore plus fort. Un sentiment désagréable qui allait continuer à peser sur tout son être. Il ne savait pas faire autrement : il n'était pas doué pour tourner la page lorsqu'une pensée l'obsédait.

— Et Solange ? Elle aussi, elle a quelque chose à me reprocher ? Elle est aussi froide avec moi que l'iceberg du *Titanic.*

— Solange ? C'est quelqu'un, celle-là. Une super pro, pour ce que je peux en juger. Elle est ambitieuse. Elle voit que Jean a une dent contre toi et elle ne souhaite qu'une chose : rester dans ses petits papiers.

— Elle a un petit copain ?

— Sa vie privée est un mystère. Jamais un mot sur le sujet. Je suis passé chez elle une fois pour faire un point sur la sécurité des logements des membres du poste. Elle a un chat qui ne la quitte pas et qu'elle doit caresser tout le temps, j'imagine. Avec son air pincé et distant avec les mecs, j'ai bien sûr ma théorie. À mon avis, elle est homo.

— Solange, lesbienne ? Non, je ne la vois pas comme ça… J'ai l'impression que je lui plais physiquement.

— Monsieur est un grand séducteur, lança Daniel un sourire aux lèvres.

— Non, pas vraiment. Mais je sens ces choses-là… En fait, pas du tout, en y réfléchissant. Je lis très mal les sentiments des femmes. Je tape à côté la moitié du temps, voire plus. Il ne faudrait pas que j'aie une femme comme source : elle me baladerait dans les grandes largeurs.

Attendri par la candeur et la sincérité de l'OT, Daniel se montra soudain familier : une claque sur l'épaule et il l'entraîna à l'intérieur.

— Allez, viens. On va manger le dessert. Pâtisseries libanaises au miel et à la crème. Pour soigner notre ligne.

Le secrétaire défit sa ceinture d'un cran supplémentaire pour se donner un peu plus de place jusqu'à la fin du repas.

9

Lana habitait les hauteurs de Jounieh, à une vingtaine de kilomètres de Beyrouth, dans un appartement que lui avait acheté l'un de ses amants. Celui-ci la couvrait de cadeaux, et non des moindres puisqu'il lui avait également offert le coupé sport dans lequel elle apparaissait dans tous les coins à la mode du pays. Dans les rues de Gemmayzeh ou lors des soirées données dans les plus riches propriétés de la côte, de Damour à Batroun, tous étaient familiers du véhicule et se penchaient pour mieux apercevoir la conductrice. Les noceurs et les dandys de la ville avaient appris à reconnaître le vrombissement de son moteur et les conversations s'interrompaient dès qu'il se faisait entendre au bout de la rue. Lana passait devant eux en roulant au pas. Tantôt elle n'offrait que son profil, sans un regard pour ses admirateurs, tantôt elle les gratifiait d'un sourire après avoir vérifié, satisfaite, l'effet qu'elle produisait sur les hommes. Les chanceux qui avaient pu ainsi croiser son regard restaient un temps troublés par l'expérience. Pourtant, les Libanaises joliment apprêtées, leurs cheveux coiffés des heures durant devant le miroir, ce n'était pas ce qui manquait dans les quartiers à la mode. Mais Lana, c'était autre chose. Il émanait de sa personne un mystère indéfinissable. Un charme puissant qui retournait les sens. Personne n'arrivait à bien décrire les raisons qui faisaient qu'elle sortait du lot, ni à comprendre pourquoi il était impossible de l'oublier une fois qu'elle s'était révélée à vous. Certains s'y essayaient, tout de même, en évoquant la forme de ses yeux en amande, ses pupilles brillantes qui semblaient toujours légèrement dilatées, comme une amoureuse contemplant l'objet de son désir. D'autres insistaient sur ses pommettes hautes, le contour parfait de son visage ou sa démarche déliée. Mais les mots, même choisis avec soin par un observateur attentif, ne parvenaient jamais à la décrire d'assez près pour atténuer le choc de la première rencontre. Ensuite, tout devenait évidence : Lana ensorcelait et séduisait tous ceux qui croisaient son chemin, et le reste n'avait plus d'importance.

Le général George Njaim, responsable du B2[1] pour le port de Beyrouth depuis dix ans, espérait bien garder la belle pour lui seul grâce à sa dispendieuse générosité. Mais Lana n'était pas de celles qui acceptent de rester sagement dans leur cage, aussi dorée fût-elle. Le général le savait bien, et il était contraint d'accepter les libertés prises par sa splendide courtisane. Il n'achetait par ses

1. Services de renseignement de l'armée libanaise.

breloques que le privilège de profiter de quelques précieux moments au bras de sa maîtresse. Il pouvait alors faire le coq le temps d'une réception et rendre jaloux les autres convives masculins.

— Tu vas où ce soir, Lana ?

— Tu n'as pas besoin de le savoir, George. Retourne voir ta femme ou elle va encore te faire une scène.

D'un geste précis, elle venait de répartir un peu de fard sur ses paupières. Une seule couche appliquée d'un mouvement sûr. Le maquillage de Lana était minimaliste. Pas de chaussures à talon non plus. Les paillettes et les artifices, elle laissait ça aux autres, à celles qui dépensaient des fortunes en injections de botox ou de collagène pour rendre leurs lèvres pulpeuses et désirables. Elle n'avait besoin d'aucun leurre pour faire sensation. Pourtant, l'âge commençait à poindre le bout de son nez. Ses premières rides apparaissaient, bien visibles lorsqu'elle plissait le coin des yeux. Elle était à l'aube de la quarantaine. Bientôt, les hommes se retourneraient de moins en moins sur son passage. Elle le savait, mais elle n'en avait cure. Demain n'avait pas d'importance.

Elle était née à Zghorta, aux dernières heures de la guerre civile. Son père était artisan et avait sa propre boutique dans l'une des vieilles rues en pierres de taille du souk de Batroun. Il ne restait plus qu'un portail en bois à la peinture écaillée fermé par une chaîne au cadenas rouillé. Le local était à l'abandon depuis une dizaine d'années et les voisins n'avaient plus revu le fier vieillard qui travaillait autrefois le cuivre sous l'arche de son magasin. Le souvenir de la mère de Lana avait été emporté depuis plus longtemps encore, et nul ne pouvait dire d'où elle venait, qui elle était vraiment, ni comment elle avait rencontré son mari. Elle était morte lorsque sa fille n'avait pas encore vingt ans. Lana ne parlait jamais d'elle-même. Les hommes qui croisaient sa route posaient rarement des questions à son sujet, trop occupés à parler d'eux, l'esprit dirigé vers leur seul objectif : obtenir les faveurs de la belle chrétienne de Zghorta. Et cela faisait parfaitement son affaire. Elle préférait que les autres s'épanchent plutôt que d'évoquer son propre passé, ses envies ou ses projets d'avenir. Tout cela ne regardait qu'elle. Les invitations à dîner arrivaient de tous côtés, chaque jour, et elle n'avait qu'à choisir sa destination quelques heures avant, collée à son téléphone, en envoyant des SMS dans toutes les directions. « *Sorry, next time* chéri », « J'arrive », « Je passerai peut-être, *Yallah bye*[1] », selon les cas. La sentence tombait à coups de textos et de smileys. Diplomates de tous pays, russes, saoudiens ou occidentaux, hommes d'affaires sunnites, banquiers chrétiens ou responsables chiites, elle était à l'aise dans tous les milieux et tout le gratin de Beyrouth semblait la réclamer.

— Lana sera là ce soir ?

— Oui, elle vient de me texter. Elle arrive.

Quel soulagement. La soirée serait une réussite.

1. Expression typiquement libanaise pour dire au revoir.

10

Jean et Alexandre étaient arrivés en même temps à La Mie Gourmande, la cafétéria de l'ambassade, sous le regard surpris du personnel local. Ces deux-là n'avaient encore jamais été vus ensemble.

— Vous savez ce que vous prenez, Alexandre ?

— Le plat du jour me convient parfaitement.

— Deux plats du jour, s'il vous plaît, Iptisom.

Le chef de poste rendit à la serveuse les deux menus plastifiés. Cette dernière était venue prendre leur commande avant celle des clients de la table voisine, arrivés pourtant bien avant les deux diplomates sous couverture. Ils firent la moue et attendirent leur tour avec impatience en se plaignant à voix haute afin d'être certains d'être entendus par la serveuse. « C'est de pire en pire, La Mie Gourmande. C'est la dernière fois qu'on m'y voit. C'est n'im-por-te quoi. » Les membres du poste étaient mieux traités que les autres, c'était une évidence. Il faut dire que la cafétéria était pour eux un endroit particulier. Quand ils choisissaient de s'y rendre, ils devaient parfois avaler leur repas en vitesse pour retourner terminer la rédaction de la production du jour. Lorsqu'ils avaient la tête sous l'eau, ils se contentaient de commander un sandwich qu'ils mangeaient au-dessus de leur clavier d'ordinateur, en faisant tomber les miettes entre les touches, comme tout employé débordé, ou au volant de leur voiture, en route vers leur rencontre clandestine de l'après-midi. Il était donc crucial pour eux d'être servis sans attendre. Alors ils faisaient ce qu'ils savaient faire mieux que les autres : provoquer un sentiment de sympathie à leur égard. Les premières semaines, ils apprenaient les prénoms de tous les membres du personnel et posaient des questions sur leurs familles respectives. Ils s'intéressaient à eux, recueillaient leurs histoires intimes. Bien sûr, ils retenaient tous les détails. Et lorsqu'ils les croisaient à nouveau, ils apportaient par leurs questions précises la preuve de leur écoute attentive. Les membres du poste ne faisaient cependant pas semblant. Cette gymnastique empathique était pour eux une seconde nature. Comment va ta fille, Sonia ? Alors, les antibiotiques ont marché, Maurice ? Le générateur a enfin été réparé chez toi, j'espère ? Pas trop bondé le minibus, aujourd'hui, dis-moi, Iptisom ? En un mois, leur popularité était au zénith. Et les plats défilaient, toujours apportés avec le sourire, dans des chronos de nature à exaspérer ceux qui n'étaient pas logés à la même enseigne.

— Le plat du jour ? Excellent choix, répondit la jeune chiite, voilée d'un discret foulard beige, en accentuant le cérémonial, comme s'ils s'étaient trouvés dans un restaurant étoilé.

Jean adressa un clin d'œil complice à la jeune femme pour lui signifier qu'il avait bien saisi l'ironie.

Alexandre, lui, regardait son chef. Il se demandait quelle mouche avait bien pu le piquer. Quelques minutes plus tôt, Jean avait traversé le bureau des secrétaires pour venir lui parler.

— Vous avez prévu de manger où, ce midi ?

— Oh, juste un sandwich. Je soigne ma ligne.

— Ça vous dit qu'on mange ensemble ?

Il n'avait pas pu refuser. Il n'en avait d'ailleurs nullement eu l'intention. L'occasion de rompre la glace était trop belle.

Pourquoi une telle invitation au bout de trois mois ? L'OT ne savait pas s'il s'agissait là d'un signe encourageant. La hache de guerre était-elle sur le point d'être enterrée ? Il était aussi possible que l'invitation ne soit qu'un moyen pour son supérieur de lui adresser des reproches désagréables dans un cadre moins solennel qu'un bureau étroit et dépouillé.

Avant que le plat principal ne soit servi, Jean se contenta de poser de vagues questions sur la vie quotidienne de son subordonné, tout en avalant des bouts de pain libanais qu'il déchirait morceau par morceau. Il lui demanda si sa famille ne lui manquait pas trop et l'interrogea sur ses activités en dehors du boulot.

— Moi aussi, j'aime beaucoup le tennis. Mais j'ai dû arrêter à cause d'une tendinite qui ne passe pas.

Du remplissage. Jean écoutait les réponses distraitement. Alexandre, de son côté, faisait peu d'efforts. Toujours sur la défensive, il guettait, attentif, une inflexion dans la voix de son interlocuteur, un silence un peu prolongé, un regard qui partirait sur le côté. Le signal que le chef de poste allait enfin aborder le sujet qui avait justifié la rencontre informelle.

Le poulet cordon bleu et les pâtes à la crème avaient été avalés en silence. La conversation reprit sur un conseil de randonnée dans le Chouf, l'un des derniers endroits où la nature était protégée. C'était l'œuvre de Walid Joumblatt. Le vieux chef de milice de la guerre civile, l'ancien opiomane aux yeux étrangement globuleux dont les portraits ornaient l'entrée des villages druzes depuis quarante ans, avait fait en l'occurrence du bon boulot. Puis le silence s'installa à nouveau. Jean essuya son couteau avec un morceau de pain et inspecta la propreté retrouvée du couvert avant de le replacer sur son assiette. « Nous y voilà », pensa le jeune espion.

— Alors, Alexandre, vous avez du mal avec ma méthode un peu brutale ? Vous ne savez plus trop quoi faire, n'est-ce pas ? Je ne vois pas beaucoup de progrès. À part vos balades en voiture, dont j'ai du mal à saisir le but.

L'OT vérifia que les convives des tables les plus proches étaient trop occupés pour s'intéresser à leur discussion. Jean avait d'ailleurs baissé la voix par instinct. Lorsqu'ils abordaient des sujets sensibles, les membres du service réduisaient toujours le volume de leurs conversations. Un réflexe systématique, même lorsque les fonctionnaires devisaient autour de leur plateau-repas, protégés derrière les murs de la Centrale, en plein Paris. La règle était d'autant plus suivie lorsque les espions étaient exposés, à l'étranger, aux oreilles indiscrètes et hostiles des zones de crise. Il ne fallait pas être sourd dans ce métier, au risque de ne saisir que la moitié des mots. L'alternative, peu discrète, consistait à se pencher au-dessus de la table et se tordre le cou pour mieux saisir la voix inaudible. Alexandre ne bascula pas tout son corps en avant mais se rapprocha tout de même imperceptiblement. Il n'était pas convaincu que la remarque de son supérieur appelât une réaction. S'il gardait le silence, il savait que Jean embrayerait de toute façon. Il opta cependant pour une réponse minimaliste, suivie d'un nouveau silence pour laisser s'exprimer le chef de poste.

— Je me suis efforcé de tirer plusieurs fils dans différentes directions, mais je dois reconnaître que rien ne s'est concrétisé jusqu'à présent.

Comme anticipé par l'OT, Jean reprit immédiatement le fil de son raisonnement.

— C'est pourquoi je suis décidé à vous aider. Je vais vous organiser des rencontres grâce à certains de mes contacts libanais pro 8-Mars[1]. Ils vous présenteront

1. L'alliance du 8-Mars est une coalition politique libanaise, née en 2005, qui soutient la présence syrienne au Liban. On l'oppose à la coalition anti-syrienne appelée « Alliance du 14-Mars ».

des personnalités syriennes. Ce sera ensuite à vous de jouer pour alimenter la relation et voir ce que vous pouvez en faire.

Il fit encore une pause, en avalant un nouveau morceau de pain, et fixa Alexandre dans les yeux.

— Qu'en pensez-vous ?

L'officier traitant eut l'impression de sombrer dans un gouffre d'humiliation. Il fit de son mieux pour ne rien laisser paraître, mais il était sonné. Voilà donc que son chef, après trois mois d'observation, le jugeait tellement mauvais qu'il se sentait contraint de s'engager personnellement en le prenant par la main. Il ne valait pas mieux qu'un jeune enfant qui apprend à marcher et qui ne peut enchaîner plus de trois pas sans être fermement tenu par l'un de ses parents.

— Je vous remercie de m'offrir cette chance. Ça peut fonctionner. Je ferai de mon mieux, en tout cas.

Jean parut satisfait et engloutit son dernier morceau de pain libanais. Il demanda l'addition sans prendre de dessert et sans en laisser non plus la possibilité à l'OT. L'objectif du chef de poste avait été atteint, le déjeuner de *cohésion* était donc terminé.

— Je prends mon café au poste, ça vous va ? proposa Jean.

— Sans problème. Je vous suis.

Deux heures dix-sept, d'après l'écran de son téléphone portable. Alexandre n'avait dormi qu'une heure à peine. Il se retourna de l'autre côté de son lit, loin du téléphone, d'un mouvement exaspéré et renfrogné.

Une heure. Et il se sentait pleinement réveillé. Son cerveau fonctionnait à plein régime en le bombardant d'idées nocives qui tournaient en boucle comme une constellation de satellites fous. Le stress. Ça y est. Il était là, solidement installé, et phagocytait toutes les pensées du jeune homme, reléguant sa raison à des années-lumière. Ses journées de travail passées à chercher une solution miracle le laissaient sans force, découragé. Il regagnait son appartement triste, à peine meublé, avec une seule idée fixe. Dormir. Dormir pour oublier et reprendre des forces, si possible. Cette nuit-là, il avait jeté ses habits en vrac sur le sol puis s'était écroulé sur son lit avec le souvenir vivace de son déjeuner à La Mie Gourmande. L'hypervigilance lui maintenait les yeux grands ouverts dans le noir et un bourdonnement pénible résonnait dans son crâne. Il savait que son stress pouvait l'entraîner au fond du gouffre et battre en brèche le peu de confiance en lui qui lui restait. Un cycle infernal se mettait alors en place, avec une succession de nuits hachées par l'absence de réussite professionnelle, sans aucun signe encourageant. Il avait déjà expérimenté cette situation à deux reprises au cours de sa jeune carrière. Son corps ne récupérait plus suffisamment, privé de sommeil réparateur. Et les idées noires devenaient plus sombres encore. Il s'endormait instantanément, sitôt sa tête posée sur l'oreiller. Puis il se réveillait en sursaut une heure plus tard, comme s'il avait reçu un coup de pied, les yeux écarquillés. Il restait au lit, en espérant qu'un sommeil charitable l'emporte à nouveau. Mais il savait que c'était peine perdue. Des bouffées de chaleur. Les draps mouillés par sa transpiration malgré la climatisation. Le silence de la chambre à coucher brisé par un cri de désespoir. Son cri à lui. Avait-il réveillé les voisins avec ce braillement de bête blessée ? Il se frappa douloureusement la tête des deux mains. Trois claques vigoureuses, dans une tentative effrénée de chasser les sinistres obsessions. « Mon premier poste. Et voilà que je m'enfonce dans l'échec. Impossible de faire illusion plus longtemps. On va me renvoyer dès ma première année. C'en est fini de ma carrière à la DGSE. Je serai mis au placard. Jean n'attend que ça, me remplacer par l'une de ses ouailles. Je lui facilite bien la tâche. Quel idiot. »

Trois heures cinquante. Alexandre se leva et fit le tour de l'appartement. Il regarda par la fenêtre. La ville était calme, débarrassée du bruit des klaxons. Les immeubles voisins étaient plongés dans l'obscurité. Pas une lumière. Tout le monde dormait. Sauf lui.

Quatre heures vingt-cinq. Il se recoucha sur le côté gauche, un œil sur la table de chevet. Se retourna sur le dos, les yeux fermés. Poussa un nouveau cri de forcené qu'il interrompit presque aussitôt, honteux de faire autant de bruit. Roula sur le côté droit. Dormir. Reprendre des forces. Comment lutter, sinon ?

Par moments, Alexandre sentait le calme revenir. Ses pensées s'apaisaient. Un vent d'optimisme. Il allait y arriver. Comme toujours. Il se réfugia en position fœtale, les draps remontés sur ses épaules athlétiques, pendant la dernière heure qu'il lui restait. Comment était-il tombé si bas ?

Six heures. Cinquante minutes à peine avant de devoir se lever, s'habiller et regagner ce foutu poste et son ambiance pesante. Une seule heure de sommeil. C'était impossible de tenir en dormant si peu. Heureusement pour lui, en général, une mauvaise nuit était automatiquement suivie d'une nuit plus clémente. Comme si le corps épuisé parvenait à passer un pacte avec son cerveau malade. « Donne-moi au moins quatre heures de sommeil la nuit prochaine. Prends pitié de moi. »

Alexandre finit par s'extraire de son lit. Il y laissa ses cauchemars emmêlés entre les draps froissés. Une douche froide et la machine repartirait. L'adrénaline prendrait le relais et redonnerait à l'officier traitant l'énergie nécessaire pour accomplir son devoir. Une journée encore.

11

Le rooftop du très sélect Iris Bar, à l'entrée du centre-ville, offrait un panorama étonnant sur les lumières du port et les habitations qui s'étalaient sur les hauteurs de Jounieh, comme des centaines de petites lucioles. La musique pop, dont le niveau sonore avait été soigneusement choisi pour ne pas gêner les conversations, renforçait l'ambiance résolument détendue du lieu. À l'Iris, pas de danses endiablées sur les tables, ni de caissons de basses amplifiant des percussions à s'en faire retourner les organes. C'était une adresse de début de soirée qui permettait de se chauffer doucement, de boire ses premiers cocktails en profitant d'un buffet métissé, tendance fusion euro-asiatique. Les convives les plus téméraires, ceux qui n'avaient pas envie que la soirée se termine là, pouvaient ensuite s'orienter vers l'une des boîtes de nuit de Gemmayzeh ou de la rue Monot. Un petit billet au voiturier pour retrouver sa voiture, cinq minutes à peine pour remonter la place des Martyrs et le tour était joué. L'ambiance changeait du tout au tout au gré des humeurs. Les Beyrouthins aisés adoraient la frénésie de ces lieux et se caler sur le rythme de la fête au fil de la nuit. Les endroits se remplissaient jusqu'à ce qu'une file se crée, qui débordait sur la rue dans un désordre de voitures de luxe. Puis ils finissaient par se vider, d'une manière incompréhensible pour le profane. Le ballet reprenait à l'identique, quelques rues plus loin, dans un système de vases communicants et de mouvement perpétuel. Ces réjouissances nocturnes ne concernaient que quelques privilégiés. Partout ailleurs, dans les quartiers populaires de Beyrouth, de Tripoli ou de Saïda, les rues étaient plongées dans le noir à cause des pannes de courant. Sans essence pour alimenter les groupes électrogènes, les habitants délaissés par un État aux abonnés absents ne bénéficiaient que de quelques heures d'électricité par nuit. Une quantité d'énergie insuffisante pour faire fonctionner les congélateurs, par exemple. Les compartiments à glace des familles les plus modestes restaient désespérément vides.

La soirée sur le rooftop ne faisait que commencer. La terrasse avait été privatisée pour l'occasion. Des cerbères en costume, placés à l'entrée au rez-de-chaussée, vérifiaient les invitations avant de laisser passer les rares élus. Munis du précieux sésame, ces derniers narguaient d'un air victorieux les noceurs bloqués par les armoires à glace à l'air sévère, tous ces infortunés qui n'avaient pas été prévenus que l'Iris, ce soir-là, était réservé. Après s'être dirigés vers le lobby laqué de noir et ses quatre ascenseurs ultramodernes, les invités débouchaient tout en haut, au bout d'un couloir, et découvraient le magnifique espace ouvert, comme un spectateur pénétrant dans un stade de football bondé.

Alexandre fut ébahi par le raffinement et la beauté du lieu, mais il adopta très vite l'air blasé des autres convives habitués aux splendeurs excessives des nuits de la capitale. Simple mimétisme professionnel. Avec sa chemise blanche, son pantalon couleur sable et ses mocassins italiens, le jeune homme ne laissait pas indifférent. Ses cheveux blondis par le soleil et sa peau cuivrée de la fin de l'été, son regard clair, attentif et vivant, malgré les nuits de mauvais sommeil, renvoyaient une image avenante.

Le rooftop était déjà plein. Des groupes d'hommes en costume sur mesure ou en chemise de marque contemplaient la vue, accoudés à la rambarde de la terrasse, un verre à la main, le cigare dans l'autre. Les hauts tabourets qui longeaient le bar avaient tous été pris d'assaut. Alexandre remarqua trois jolies femmes aux épaules bronzées qui le dévisageaient du coin de l'œil. Leurs regards se croisèrent. L'une d'elles détourna son attention et s'orienta vers son amie, avant de fixer à nouveau Alexandre pour vérifier que le bel étranger l'admirait encore. Jeux de regards classiques des nuits de la Suisse du Moyen-Orient.

Alexandre fendit la foule à la recherche de Jean. Celui-ci l'avait prévenu par SMS : il était déjà arrivé. L'espion sous couverture diplomatique n'avait pas besoin de se dresser sur la pointe des pieds pour accroître son angle de vision. Il plaisantait parfois en affirmant qu'il avait la taille idéale : un mètre quatre-vingt-cinq. Suffisamment grand pour en imposer et suffisamment petit pour éviter d'être systématiquement repéré. Il aperçut enfin le chef de poste, installé à une table de quatre et qui parlait à un moustachu au crâne dégarni. Les deux autres fauteuils étaient occupés par un couple qui n'avait visiblement rien à voir avec le binôme et qui regardait ailleurs.

Jean repéra également son subordonné et lui fit un signe de la main pour l'inviter à sa table.

— Alexandre, essayez de trouver un siège disponible pour vous installer avec nous. Je vous présente Raymond, continua-t-il en désignant d'un sourire le sexagénaire qui l'accompagnait. Un ami du poste depuis de nombreuses années. Raymond est courtier en assurances et il dispose d'un carnet d'adresses long comme un jour sans pain, je ne me trompe pas, hein Raymond ?

Ledit Raymond, dans son costume sans âge, répondit d'un clin d'œil entendu.

Alexandre navigua un temps entre les tables et finit par trouver un fauteuil libre. Raymond et Jean poursuivirent leur conversation sans chercher à y inclure le jeune homme. L'OT décrocha rapidement et promena un œil fureteur sur l'assemblée. Le monde joyeux et superficiel des soirées où il faut être vu pour faire partie de ceux qui comptent. Au bout d'un long moment, Jean se décida enfin à se tourner vers lui et, tout en posant sa main sur son avant-bras d'un geste qui se voulait complice, lui chuchota de sa voix de conspirateur à peine audible :

— Raymond va vous présenter un avocat syrien. Un proche du régime qui habite toujours Damas mais qui se rend régulièrement à Beyrouth. Ce sera à vous de jouer. OK ?

— OK.

L'OT s'abstint de tout commentaire. Il se tenait prêt et ferait de son mieux. Il cessa de regarder autour de lui pour reporter son attention sur le fameux Raymond. Curieux personnage. Avec tous les excès d'un Levantin exubérant. Il était trop dans la séduction. Trop tactile. Pourquoi se tenait-il aussi près de Jean ? Raymond était en représentation, sans doute fier de montrer la profondeur de ses connexions avec l'ambassade de France, et avec le chef de poste de la DGSE qui plus est. Le Liban était le terrain de jeu rêvé des espions de toutes les nations, des pays voisins jusqu'aux plus lointains. Il était possible d'y évoluer sans risquer d'être arrêté ou exécuté dans une ruelle sombre, tant que l'on ne franchissait pas de ligne rouge. Le pays était fractionné depuis la nuit des temps, mais les habitants avaient préservé l'art du dialogue entre les communautés. Même au plus fort de la guerre civile libanaise, dans les années 1980, les combattants des camps opposés se retrouvaient à la résidence des Pins, la résidence de l'ambassadeur de France, pour le 14 Juillet. Chrétiens maronites, chiites, sunnites ou Druzes, tous se parlaient en riant, en sirotant une coupe de champagne ou un double whisky selon les goûts, en se tapant dans le dos. Pour recommencer à s'étriper dès le lendemain. Les sables mouvants, les arrangements constants, les portes entrouvertes, le jeu des alliances qui se font et se défont étaient des mines d'or pour les espions qui évoluaient au pays du Cèdre comme des poissons dans l'eau. La haute société libanaise recherchait systématiquement la compagnie des membres des services de renseignement. En les bombardant toujours des mêmes questions : « Alors, votre avis sur la situation ? La guerre peut-elle être évitée ? Les Israéliens vont-ils nous attaquer ? La guerre civile syrienne va-t-elle finir par nous emporter nous aussi ? Allons-nous être ensevelis sous les vagues de réfugiés qui affluent tous les jours plus nombreux ? » L'espion se transformait en devin et la foule guettait ses oracles. Sa parole surpassait toutes les suppositions. Bien sûr, il arrivait qu'il se trompe et que ses prédictions soient contredites par les événements. Qu'importe. L'interlocuteur de l'espion se convainquait qu'il avait été associé aux secrets des grandes puissances. Pour un temps, il détenait la vérité qu'il pouvait ensuite choisir de partager à sa guise en affirmant qu'il le savait de source sûre. Et si le secret tombait finalement à plat, cela n'avait aucune espèce d'importance. Il avait seulement eu raison trop tôt. La roue tourne au

Moyen-Orient dans un mouvement perpétuel et les vérités d'hier ne sont jamais celles de demain.

— Votre cible de la soirée vient d'arriver, Alexandre, fit soudain Jean en accompagnant ses mots d'un discret coup de menton. Le groupe de trois, près du bar. Celui de gauche, avec ses lunettes cerclées et sa moustache blanche. Vu ? Raymond va vous présenter.

L'OT se rappela son exercice au café du carrefour de l'Odéon. Même configuration. Sauf que cette fois-ci, il ne s'agissait plus d'un jeu. Alexandre devait manœuvrer à balles réelles. S'il échouait, la sanction ne serait pas une simple mauvaise note infligée par un instructeur du service de la formation. Il évoluerait sous le regard impitoyable de son chef de poste et son avenir à Beyrouth, déjà compromis par son absence de résultat, dépendait de ces prochaines minutes.

L'OT évalua rapidement ses chances de réussites, qu'il estima assez faibles. La différence d'âge entre l'avocat syrien et lui était trop grande. Difficile de cultiver un sentiment de complicité ou de faire naître une quelconque étincelle d'intérêt. Pourquoi lui imposer de se jeter dans la gueule du loup sans aucune préparation ? Aucune stratégie n'avait été élaborée en se basant sur l'environnement de la cible. Quels étaient ses passe-temps favoris, ses rituels, ses lubies ? Alexandre n'avait pas non plus la moindre idée de ses projets et des objectifs qu'il poursuivait, en Syrie comme au Liban. Jean avait-il vraiment à cœur la réussite de son poulain ? Ou bien était-il à la recherche d'un prétexte supplémentaire pour demander son renvoi à la Centrale ?

Raymond prit Alexandre sous son aile et le conduisit par le bras jusqu'au petit groupe. L'avocat syrien reconnut l'assureur libanais mais n'esquissa pas le moindre sourire.

— Anwar, mon ami ! Comment va Damas ? Vous avez fait bonne route, j'espère ? Laissez-moi vous présenter André. Il travaille à la chancellerie diplomatique de l'ambassade de France. La Syrie fait partie de ses dossiers prioritaires. Racontez-lui ce qui se passe chez vous ! Moi, je n'y comprends plus rien.

L'entremetteur avait fait son office et se retirait déjà, laissant Alexandre continuer seul.

L'avocat regarda partir Raymond d'un œil distrait et échangea quelques mots en arabe avec ses deux comparses, sans faire attention au jeune OT. Moment suspendu, parfaitement embarrassant. Trois hommes qui se connaissent, qui parlent une langue étrangère et un quatrième qui essaye de s'immiscer dans la conversation, de capter un regard. L'espion regretta de ne pas avoir pris un verre avec lui pour se donner au moins un minimum de contenance. Il se tenait légèrement à l'écart, les bras ballants, et se demandait s'il devait s'approcher encore un peu, pour fendre le cercle formé par le trio. Il ne savait pas quoi faire de ses mains, ni comment se tenir pour avoir l'air détendu. À quelques mètres derrière lui, toujours installé à sa table, Jean se penchait sur le côté pour ne rien rater de la scène. Quel cadeau. Une véritable exécution publique. Battre piteusement en retraite, en arguant du fait que la cible désignée avait tout simplement choisi de l'ignorer, n'était pas une option.

— Vous parlez anglais ? osa Alexandre.

Le Syrien se tourna vers lui et le dévisagea avec morgue.

— Vous connaissez Raymond ? demanda l'avocat.

Enfin, une réponse. Une toute petite fenêtre entrouverte.

— Disons qu'il a ses entrées à l'ambassade de France. Il m'a dit que vous faisiez de fréquents allers-retours entre Damas et Beyrouth. Tout se passe bien ? Vous devez quand même avoir quelques frayeurs de temps en temps, non ?

— Pourquoi ?

— Je pense à la sécurité. À une possible embuscade. L'ambassadeur m'a confié le suivi de la situation syrienne. C'est l'un de mes dossiers à la chancellerie.

— Eh bien laissez-moi vous dire que vous suivez bien mal la situation. Cette partie du pays est parfaitement tenue par le régime. La route est absolument sûre. Dites à Paris que si la France veut savoir ce qui se passe réellement en Syrie, sans se faire manipuler par tous les mensonges de l'opposition, il lui suffit de rouvrir son ambassade à Damas. Si vous jugez que Bachar al-Assad est un dictateur qui ne mérite aucune considération, vous faites une grave erreur d'appréciation. Il représente le seul pouvoir légitime en Syrie.

L'avocat ne s'arrêtait plus. Aucune respiration dans le flot de sa démonstration qui aurait pu laisser le temps à Alexandre de réagir en exprimant un quelconque point de vue.

— Bachar n'est pas Ben Ali, ni Hosni Moubarak ou Kadhafi. Vous, les Occidentaux, vous vous trompez lourdement en estimant que le régime syrien est aussi fragile qu'en Tunisie, en Égypte ou en Libye. Le régime alaouite s'appuie sur une base profondément fidèle qui lui doit tout. Si le régime tombe, ce sont tous les Alaouites qui tomberont avec lui et ça n'arrivera pas.

Le Syrien semblait avoir terminé sa tirade. Alexandre en profita pour tenter une ouverture :

— C'est justement ce genre de point de vue qui m'intéresse. Je suis prêt à tout entendre, même ce qui ne va pas dans le sens de notre politique. Je peux faire passer les bons messages à Paris.

— Rouvrez votre ambassade à Damas.

Ce fut la dernière phrase en anglais de l'avocat. L'officier traitant fut ensuite ignoré, comme éjecté de la conversation. Ses interlocuteurs reprirent leurs conciliabules en arabe. La partie était perdue. Il n'y avait plus qu'à se retirer.

— Si vous changez d'avis et que vous jugez utile de nous aider à ouvrir les yeux sur la situation en Syrie, n'hésitez pas à m'appeler.

Alexandre remit au Syrien sa carte de visite de couverture. Son nom, avec le logo de la République française. Ambassade de France. Chancellerie diplomatique. L'homme lui fit la politesse de la prendre. Il la plaça d'un air distrait dans la poche intérieure de sa veste. Mais l'espion savait que la carte de visite finirait très vite dans une poubelle et qu'il ne serait jamais appelé.

Alexandre, vaincu, prit alors la direction de la table occupée par son chef. Celle-ci était vide. Jean et Raymond avaient quitté la soirée. Le jeune homme restait seul au milieu du rooftop, désemparé et déçu. Furieux, aussi, d'avoir été envoyé au casse-pipe avec cette approche tellement mal préparée. Alors qu'il ressassait son nouvel échec, Alexandre sentit une présence derrière lui.

— Qui est ce beau jeune diplomate de l'ambassade de France dont tout le monde parle à Beyrouth ces derniers temps ?

Une femme au regard troublant se tenait devant lui.

— Jeune, tout est relatif. À qui ai-je l'honneur ?

— Je m'appelle Lana, lui dit-elle en plongeant ses yeux dans les siens et en lui présentant sa main.

Le souvenir amer de son échec professionnel s'évapora d'un coup. Toutes ses pensées convergèrent vers la belle inconnue qui venait de faire irruption au milieu du joyeux tumulte de l'Iris Bar.

12

Dans la Ghouta orientale, à neuf kilomètres à l'est de Damas, la ville de Douma était la dernière à résister à l'avancée des troupes du régime, activement soutenues par les forces russes. Les miliciens de Jaish al-Islam tenaient encore, cachés sous les décombres, derrière les façades éventrées des immeubles, criblées d'impacts de balles de tous calibres. La population civile, prise dans la fureur des combats, vivait un enfer, jour après jour et nuit après nuit, sursautant à chaque explosion. Avec le temps, chacun devenait un expert sur le type d'obus utilisé et sur la proximité de l'impact. À cette heure de la nuit, si une deuxième déflagration n'était pas entendue dans la foulée, c'est qu'il s'agissait d'un coup isolé. Nul besoin de descendre à la cave. La zone était régulièrement survolée par les hélicoptères du régime, desquels étaient basculés des barils d'explosifs qui détonaient dans un fracas retentissant sur les décombres encore habités. Des missiles étaient également tirés d'une manière sporadique sur différents endroits de la ville, sans aucun discernement, sans viser d'objectif spécifique. Le bruit caractéristique des tirs de mortier venait compléter l'arsenal de mort et de destruction. Les obus pouvaient atteindre les terrasses des immeubles et toucher les étages inférieurs par le haut. Le seul objectif recherché par les sbires de Bachar dans ces frappes exécutées à l'aveugle était de briser la volonté de résistance des derniers combattants et de terroriser la population civile.

Assia habitait un appartement en périphérie de Douma, au troisième étage. Son mari n'avait plus donné signe de vie depuis plus d'un mois déjà. Elle essayait de survivre, seule avec son fils Amir et sa fille Leila qui ne quittait presque jamais les bras protecteurs de sa mère. Le jour, lorsque le bruit des combats se faisait plus lointain, elle se risquait dans la rue recouverte de gravats. Au loin, derrière les immeubles meurtris, le minaret de la mosquée du quartier se dressait encore, presque intact. Mais aucun muezzin n'y appelait plus à la prière. Chaque matin, elle était de corvée d'eau et recherchait de la nourriture en se calant sur les déplacements des autres survivants. « Si les gens sortent, c'est que le danger s'éloigne », se rassurait Assia. Elle s'engageait alors à découvert, en retenant son souffle, contrainte d'emmener ses enfants dans son périple. Il était impossible de les convaincre de rester seuls dans l'appartement sans qu'ils deviennent fous d'inquiétude. Dans ses prières, le soir, Assia ne demandait qu'une chose : si elle devait mourir, que ses enfants soient emportés avec elle. Comment pourraient-ils survivre sans elle ? Elle était leur dernier rempart dans ce monde plongé dans la guerre civile.

L'odeur était insupportable. Les ordures non ramassées depuis des lustres. Les excréments et l'urine chauffés au soleil. Mais surtout, les émanations fétides étaient plus terribles encore lorsque les corps des morts n'avaient pu être relevés et qu'ils pourrissaient pendant des jours à un carrefour ou sous l'escalier d'un immeuble en ruine. Assia le savait : elle n'oublierait jamais l'odeur des cadavres.

Derrière les couvertures sales qui obstruaient l'encadrement des fenêtres, la mère de famille s'éclairait à l'aide d'une pauvre lampe à gaz. Ses deux enfants dormaient à ses côtés. Assia regardait son ombre se projeter sur le plafond, perdue dans ses pensées. Elle rêvait des rues de Douma avant la guerre, du marché que l'on pouvait arpenter sans craindre une balle perdue, du jardin public du quartier avec ses balançoires aux couleurs vives.

Un coup assourdissant la sortit brutalement de sa torpeur. Puis deux autres, assez rapprochés. Des explosions de mortier. Tout près. Leur immeuble avait certainement été touché. Ils auraient dû descendre à la cave. Mais la mère, soudainement trop lasse, n'en avait plus la force. Amir et Leila s'étaient évidemment réveillés en hurlant. Dehors, le silence retombait déjà. Assia réconforta ses enfants. Elle sut se montrer convaincante, car ils retrouvèrent rapidement le sommeil. Des enfants de la guerre, habitués au vacarme des batailles de rue. Puisque leur mère veillait sur eux, ils pouvaient lui faire confiance. Il ne fallait pas s'en faire.

La jeune femme éteignit la lampe pour économiser le gaz. Il aurait fallu qu'elle dorme, qu'elle profite des quelques heures de répit qui suivraient sans doute ces trois explosions si proches. Les soldats de Bachar, postés de l'autre côté de la ligne de front, avaient probablement tiré leur stock de munitions de la nuit et devaient en garder pour les prochaines journées de combat.

Assia se coucha délicatement entre ses deux enfants. C'est à ce moment-là qu'elle se mit à tousser. Une première fois. Puis deux, trois fois, de plus en plus violemment. Elle se redressa sur le matelas posé à même le sol. Ses yeux commencèrent à piquer. Bientôt, la sensation de brûlure devint insoutenable. Elle se tourna vers ses enfants et entreprit de les secouer pour les réveiller. Ils avaient tous deux la bouche ouverte et ne bougeaient plus. Assia se mit à paniquer. La tête lui tournait. Elle voulut crier mais aucun son ne sortit de sa gorge. Une violente nausée lui souleva l'estomac. Les premiers vomissements laissèrent du sang sur ses doigts lorsqu'elle s'essuya la bouche. Fuir. Il fallait fuir. Sans quoi ils allaient tous mourir ici. Elle tâcha de soulever Amir. Trop lourd. Alors elle prit Leila avec elle et quitta la pièce en se heurtant aux murs. Elle ne voyait plus rien mais connaissait par cœur l'agencement des lieux. Elle respirait horriblement mal et sentait qu'elle pouvait s'évanouir à tout instant. Ses pieds s'engagèrent sur les premières marches de l'escalier. Elle parvint à atteindre le deuxième étage, mais elle étouffait. Elle essaya encore une fois de crier et d'appeler à l'aide et s'écroula en cherchant de l'air, comme un poisson échoué sur la terre ferme. De la mousse débordait de sa bouche encombrée. Elle avait laissé tomber Leila à ses côtés. Mais la petite fille était morte depuis quelques minutes déjà, asphyxiée dans son sommeil. Assia fut prise de convulsions. Puis son corps se figea et la pauvre femme fut libérée de toute souffrance. La guerre pouvait bien continuer. Ce n'était plus son problème. Dans son malheur, Dieu avait entendu ses prières. Il avait emporté ses enfants avec elle.

13

— Bonjour. Catherine à l'appareil, la secrétaire du DR. Je voudrais parler au chef de poste, s'il vous plaît.

— Bonjour, Catherine. C'est Jean à l'appareil.

— Bonjour, Jean. Je vous passe le DR. Ne quittez pas.

Jean regarda sa montre : neuf heures vingt. Huit heures vingt à Paris. Que lui voulait donc le DR à cette heure ? Le directeur arrivait boulevard Mortier à sept heures quarante-cinq tous les matins. Sans attendre, il commençait la lecture des messages tombés dans la nuit en provenance des postes du service et tentait de traiter les centaines de mails de sa messagerie. Une routine matinale qui lui était indispensable avant d'enchaîner le cycle des réunions et des entretiens individuels, et qu'il n'interrompait qu'en cas de problème majeur.

— Jean ?

Le chef de poste reconnut immédiatement la voix éraillée et grave du directeur, fumeur impénitent devant l'éternel. Celui-ci refusait avec obstination de s'abstenir de fumer dans son bureau. Il se contentait d'ouvrir grand sa fenêtre, même en plein hiver. Le directeur ne pouvait se permettre d'envoyer le signal autour de lui qu'il se situait au-dessus des lois.

— Oui, c'est moi. Bonjour, Paul. Quel bon vent t'amène ?

— La situation en Syrie a connu un nouveau rebondissement avec une potentielle attaque au gaz sarin à Douma, hier soir, comme en 2013. Le président tanne le DG[1] tous les jours pour avoir le plus de retours possible. On envisage peut-être des représailles militaires, avec un bombardement à la clé sur des objectifs en Syrie.

— Très bien. Que puis-je faire à ce propos ?

— Mais c'est justement ça le problème, Jean, je te l'avoue. Tu ne fais rien. Ton poste est aveugle. Heureusement que les autres postes de la région nous renvoient des éléments pertinents. Lorsque je discute avec les analystes Syrie, ils me disent qu'ils ne trouvent pas grand-chose à diffuser à partir de la production de Beyrouth. C'est plat. Aucune info ou presque. On a pourtant récupéré des preuves d'une livraison illégale de dizaines de tonnes d'isopropanol. Une société belge serait impliquée et les produits incriminés auraient transité par containers maritimes jusqu'au port de Beyrouth. De là, le Hezbollah se serait chargé de faire transiter l'isopropanol jusqu'en

1. Directeur général. Le numéro un de la DGSE.

Syrie. Et l'isopropanol, je ne te l'apprends pas, Jean, ça sert à confectionner le sarin. Tu as reçu des orientations là-dessus. Et nous n'avons rien eu de ta part.

La main de Jean se crispait sur le combiné, mais il s'obligea à ne pas répondre.

— Je t'ai soutenu dans la stratégie que tu nous avais vendue : se débarrasser de l'ancien cheptel de sources pour repartir sur des bases neuves, centrées sur la Syrie. Le problème, c'est que le nouvel élan promis se transforme en pétard mouillé, si tu veux mon avis. Et j'en ai marre de dire au DG que Beyrouth n'avance pas. Hollande est à fond sur la Syrie. Il se rêve en chef de guerre. Alors il faut lui donner des billes, tu comprends ?

Jean comprenait parfaitement. Mais il était surpris par le tempo. Surpris que le DR prenne ainsi la peine de décrocher son téléphone pour le sermonner aussi vite. Il pensait disposer de quelques mois encore pour faire pencher la balance de son côté avant de possibles remontrances. Bien sûr, Jean voyait bien que le bateau tanguait fortement et que les succès attendus n'arrivaient pas, à part l'approche prometteuse de Solange avec Nawal Maloyan. C'était insuffisant et il en avait conscience. La situation était critique et pesait sur son évolution de carrière jusque-là sans anicroche. Il rêvait d'obtenir un poste en vue à son retour à Paris et préparait patiemment les fondations de son ascension future. Il ne ménageait pas ses efforts et manœuvrait à distance, depuis Beyrouth, appelant régulièrement la Centrale pour mobiliser ses troupes, écarter les fâcheux et identifier les coups foireux avant qu'ils ne déboulent. Mais cet appel du DR, il ne l'avait pas vu venir. Le plan de carrière du chef de poste risquait de se briser sur les récifs de son ambition s'il ne rectifiait pas le cap.

— Je vais devoir raccrocher, Jean. J'ai une réunion qui va commencer et on m'attend. Alors, je compte sur toi, hein ? Je sais que tu es l'homme de la situation. Mais ne me déçois pas.

14

Valérie était une fonctionnaire expérimentée qui avait multiplié les expériences à l'étranger. Elle connaissait son métier à l'Institut français sur le bout des doigts, pour l'avoir exercé déjà à trois reprises, dans différentes ambassades, en Asie centrale et au Moyen-Orient. Elle était en particulier chargée du pôle Campus France. Elle recevait régulièrement, dans ce cadre, les étudiants libanais qui se présentaient à elle afin de monter leur dossier de candidature pour des études supérieures en France. Elle les rencontrait toujours avec beaucoup de prévenance, quand d'autres collègues se montraient au contraire cassants et méprisants face aux problèmes qui leur étaient rapportés. On s'était vite passé le mot : il fallait privilégier les rendez-vous avec Valérie chaque fois que possible et même attendre son retour de vacances en cas d'absence prolongée de sa part.

Pour la dixième fois en moins de cinq minutes, le téléphone sonna et Valérie se dit qu'elle allait passer sur répondeur lors du prochain appel. Elle n'arrivait pas à finir le dossier de demande de départ étudiant qu'elle devait transmettre pour signature au directeur de l'Institut, en fin de matinée.

— Bonjour, dit une voix féminine avec un accent prononcé que Valérie ne reconnut pas. J'ai besoin de valider un dossier étudiant pour ma nièce qui habite Alep...

Et la femme à l'autre bout du fil raccrocha.

La fonctionnaire sursauta. La procédure d'urgence que lui avait décrite Solange le mois dernier. Elle ne s'attendait pas à ce que cela arrive et elle avait fini par oublier cette phrase un peu ridicule qui lui faisait penser aux messages abscons diffusés sur la radio de Londres à destination de la Résistance française. Son cœur se mit à battre la chamade et elle se sentit investie d'une mission secrète de la plus haute importance. « Surtout, ne pas m'appeler au téléphone, avait précisé Solange : les lignes fixes de l'ambassade peuvent être écoutées. » Alors Valérie quitta précipitamment son bureau et traversa la cour centrale en direction de la chancellerie. Dans leur bocal à l'entrée, les gendarmes la reconnurent aussitôt.

— J'ai besoin de contacter le poste de toute urgence.

— Qui au poste ?

— Solange.

— OK, on te l'appelle. Elle va venir te chercher.

Solange retrouva Nawal dans son appartement de la rue Sursock à peine une heure après le déclenchement de la procédure d'urgence. La Syrienne était agitée et parlait bien plus vite que d'habitude. Elle avait visiblement des renseignements importants à transmettre. Solange eut du mal à la comprendre et lui demanda de ralentir la cadence. Elle ne voulait surtout pas faire d'erreur de traduction.

— Je reprends, Nawal, pour être sûre d'avoir bien saisi. Vous me corrigez si je me trompe, d'accord ? Vous êtes en contact avec un scientifique syrien qui appartient à une certaine « cellule 62 ». Cette structure travaille au profit du Centre d'études et de recherches scientifiques. La cellule 62 est une unité ultra-secrète, composée uniquement d'Alaouites fidèles au régime. Elle est chargée du remplissage des munitions chimiques, mais également de la sécurité des sites de stockage. Ce responsable syrien est prêt à nous transmettre du renseignement à une seule condition : que nous exfiltrions son fils au Liban afin qu'il échappe au service militaire. C'est bien ça ?

— Oui, Isabelle. Et c'est urgent, car le fils en question est convoqué pour la fin de la semaine dans une unité qui doit combattre sur le front de Dera. Mon réseau de sympathisants est capable de lui faire franchir la frontière par le poste-frontière d'Arida.

— À trente kilomètres de Tripoli, c'est ça ?

— Exactement. Ce garçon peut être à Tripoli dès jeudi. Mais la ville regorge d'espions à la solde de Bachar qui font la chasse à l'opposition syrienne. Il ne sera pas en sécurité là-bas. Votre service doit organiser sa récupération à Tripoli puis l'exfiltrer jusqu'en

France. Une fois sain et sauf, le scientifique syrien s'engage à travailler pour vous et à répondre à toutes vos questions.

— C'est une proposition tentante. Le suivi du programme chimique syrien est l'un de nos objectifs prioritaires. Surtout après la nouvelle attaque à Douma, où l'on suspecte le régime d'avoir encore utilisé du gaz sarin puis d'avoir tiré des obus au chlore pour masquer l'utilisation de neurotoxique. Mais ce que vous nous demandez là, c'est une opération d'envergure qui nécessite des moyens importants. Le poste peut éventuellement se charger de la récupération de ce jeune homme à Tripoli, puis le transférer ensuite en sécurité à Beyrouth. Mais pour quitter le pays incognito, c'est une autre affaire. Il nous faudra des hommes du SA, notre service action. Je ne vous cache pas qu'il va être difficile de convaincre Paris de se lancer dans une telle opération sans avoir des garanties sur le scientifique en question et ses accès réels aux renseignements que nous recherchons. Comment être sûrs qu'il appartienne bien à cette cellule 62 ? Nous devons également être certains qu'il collaborera avec nous dans les prochains mois et qu'un moyen sécurisé de transmission entre lui et nous peut être mis en place. Cela fait beaucoup d'inconnues.

Nawal se leva de son fauteuil et se mit à parler en déambulant dans le salon, d'un bout à l'autre de la pièce. Déçue par la réponse de Solange, qu'elle jugeait terriblement inadaptée à la situation, la Syrienne bouillonnait et ses mots se bousculaient, enchevêtrés dans ses pensées désordonnées.

— Vous ne comprenez pas, Isabelle. Nous n'avons pas le temps. C'est une occasion qu'il faut savoir saisir. Elle ne se représentera pas de sitôt. Ce scientifique vous propose sa vie, rendez-vous compte. Les risques qu'il se prépare à prendre dépassent l'entendement. S'il est pris, vous n'imaginez pas ce qu'ils lui feront subir.

— Son nom ? Quel est son nom ? Il me faut au moins quelques billes pour convaincre Paris.

— Le fils à récupérer à Tripoli s'appelle Wahid Yazbek. Il a vingt-deux ans. J'ai promis de ne pas vous en dire plus. Dès que Wahid sera en sécurité, vous aurez accès à tout. Ce n'est pas négociable.

Solange examina sa source. Après plus d'une dizaine d'entrevues clandestines, elle commençait à la connaître. Elle ne l'avait encore jamais vue s'enflammer de la sorte. Mais l'espionne savait aussi que la Syrienne était une femme de conviction, fidèle à ses principes. Elle n'essaya pas d'obtenir davantage d'informations. Elle disposait pourtant de tout un panel de techniques qui auraient pu fonctionner. Des questions de biais, ouvertes, en alternant les sujets et les pauses. Mais pas avec Nawal. Cela ne servait à rien, sauf à détruire la confiance mutuelle qu'elle avait patiemment bâtie. Elle perdrait d'un coup tout le crédit dont elle disposait. La Syrienne était trop impliquée et ses émotions étaient à fleur de peau. Un scientifique de la cellule 62. L'affaire était trop belle et il fallait la tenter. La boîte était sous pression après l'attaque au sarin de Douma. Paris serait sans doute prêt à prendre le risque et donner le go pour une opération d'exfiltration. En situation de crise, le service était capable de foncer tête baissée.

— Vous devez me faire confiance, Isabelle, sur ce coup. Ce scientifique est un homme de parole. C'est la première fois qu'il avoue travailler pour le régime au sein de cet organisme et je le connais pourtant depuis vingt ans. Si vous sauvez son fils, il nous suivra les yeux fermés.

Solange était convaincue depuis le début de l'entretien. La relation de confiance fonctionnait dans les deux sens. L'espionne croyait profondément en la franchise de sa source. Mais si le service décidait de lancer l'opération, elle avait conscience qu'il n'y aurait pas de retour possible. En cas d'échec, elle perdrait tout : l'opportunité de pénétrer le programme chimique syrien et la confiance de sa source. Nawal mettrait très certainement un terme à leur relation.

15

Solange et Jean étaient engagés dans d'intenses conciliabules et débattaient entre eux des différentes options sur la table. Il était tard et les autres membres du poste étaient déjà rentrés chez eux. Philippe, le secrétaire de permanence, avait été autorisé à suivre le mouvement. Solange l'avait assuré qu'elle fermerait les bureaux en sortant et qu'elle lancerait la sauvegarde des serveurs pour que tout soit prêt pour le lendemain. La nuit était tombée et la totalité de l'ambassade était plongée dans le noir, à l'exception d'un bureau encore allumé, au premier étage du consulat, où un fonctionnaire zélé semblait lui aussi faire des heures sup.

Solange avait fait partir les messages décrivant point par point son entrevue avec Nawal. Elle les avait rédigés d'une seule traite, prise d'une fièvre qui ne l'avait pas quittée sitôt la porte de l'appartement de sa source franchie. Alors qu'elle dévalait encore les escaliers, avant de déboucher dans la rue Sursock et débuter son itinéraire de sécurité, elle réfléchissait déjà à ce qu'elle allait écrire. Les paragraphes s'agençaient dans son esprit gagné par l'excitation. Un raisonnement implacable visant à présenter ses arguments à la Centrale de façon à faire tomber toute réticence se mettait en place comme les pièces d'un puzzle. À la fin de son compte-rendu, elle proposait de monter une opération d'exfiltration et requérait le soutien du SA afin d'obtenir la collaboration clandestine du scientifique syrien. Celui-ci travaillait au sein d'une structure que le service tentait désespérément de pénétrer depuis de longs mois. Anticipant des délais de réaction trop longs pour pouvoir prendre en charge le fils du scientifique dans les temps, elle avait imaginé une solution certes moins orthodoxe, mais plus rapide. Le poste monterait avec ses propres moyens, sans soutien de la Centrale, la récupération du fuyard. Il le logerait ensuite dans l'un de ses locaux de contact, à l'abri des regards. Le lieu devrait être abandonné dès la fin de l'opération car compromis par la présence d'un individu potentiellement suspect. Mais le jeu en valait la chandelle. Le fils du scientifique pourrait s'y cacher pendant une semaine entière, le temps que l'équipe du service action désignée puisse se rendre sur place et monter sa propre manœuvre d'exfiltration. Il faudrait ensuite quitter le Liban en évitant les contrôles aux frontières ; une formalité pour le SA.

Comme c'était l'usage pour un message de cette importance, le chef de poste avait personnellement validé le contenu rédigé par son officier traitant. Il avait également rédigé un paragraphe visant à appuyer la demande de Solange. Il y soulignait la qualité de la manipulation de la source syrienne, récente mais prometteuse, grâce à l'excellent travail de l'OT. Il prévoyait aussi la mise en place d'un dispositif de contrôle afin de s'assurer de ne pas tomber dans un piège qui serait éventuellement tendu par les services syriens. Le CDP[1] jubilait intérieurement. Le poste de Beyrouth, grâce à cette proposition d'opération, se replaçait idéalement dans la course au renseignement sur la Syrie voisine.

Jean se rappelait l'anecdote que se plaisait à raconter son ancien professeur d'histoire de Janson-de-Sailly. Lorsque Napoléon cherchait à évaluer la qualité d'un officier qu'on lui présentait, il posait systématiquement la question suivante : « A-t-il de la chance ? » Car la chance se mérite. Il faut savoir aller la débusquer et forcer le destin. Jean avait la conviction qu'il avait de la chance. Tout au long de sa carrière, le sort lui avait été favorable, comme lors de ses réussites aux concours. Il n'avait encore jamais connu l'échec et il n'y avait pas de raison que cela change. L'appel et les critiques du directeur du renseignement, en remettant en cause sa stratégie de fond, avaient un instant déstabilisé tout l'édifice et la belle confiance de Jean. Un instant seulement, qui lui avait suffi pour prendre conscience qu'il n'avait

1. Chef de poste.

aucune expérience de la débâcle et que cela pouvait aussi constituer sa plus grande faiblesse. À force de ne connaître ni déboire ni fiasco, un premier gros raté professionnel pouvait l'entraîner dans une chute dont il ne se relèverait pas.

Le message de Solange validé par ses soins était donc parti et il ne restait désormais plus qu'à attendre la réponse de Paris. Dans l'intervalle, le poste devait agir comme si la réponse était positive et commencer à préparer l'opération en amont, du moins sa première partie, celle qui était dévolue au poste seul : récupérer le déserteur au nord du Liban et le cacher à Beyrouth en attendant son exfiltration en France par le SA.

Qui désigner pour monter cette séquence opérationnelle ? C'était tout l'objet de la discussion entre Solange et Jean. Le chef de poste militait pour désigner Solange, ou à défaut Daniel, le secrétaire le plus expérimenté. Solange était pour sa part convaincue qu'Alexandre était le plus qualifié pour mener à bien la mission.

— Si je me rends à Tripoli et que je me charge de récupérer le fils du scientifique, j'envoie un message brouillé vis-à-vis de Nawal. Je ne suis plus seulement son officier traitant. Je deviens une femme-orchestre en étant impliquée dans une action de terrain. Nawal aura en plus l'impression qu'elle n'a affaire qu'à moi seule et que le service ne dispose pas de suffisamment de moyens sur place. Elle pourrait perdre confiance en notre système en le jugeant trop faible. C'est mauvais pour la manipulation. Et puis, franchement, en dehors d'une séance de tir plutôt comique à Orléans, je n'ai aucune expérience avec les armes. Un flingue dans les mains et je deviens nerveuse. Réellement dangereuse, en fait. Alors qu'Alexandre est passé par les forces spéciales. Il sait se servir d'une arme, lui.

Jean considéra sa subordonnée avec une certaine admiration. L'argumentaire était implacable. Et elle n'hésitait pas à prendre position en défendant son point de vue. Elle était un sacré atout dans sa manche en ces temps de crise.

— Bon. Vous avez raison. Daniel, alors.

Solange embraya avec la même énergie.

— Mais Daniel est un sous-officier. Même s'il est très bon, c'est une opération importante. Si vous ne la confiez pas à Alexandre, vous allez le perdre pour de bon jusqu'à la fin de son affectation au poste. Laissez-le monter ce coup avec Daniel et Philippe.

Cette jeune femme lui faisait donc un cours de management. Ce qui l'agaçait, c'était que Solange avait raison, à l'évidence. Certes, Alexandre avait sûrement dû manœuvrer pour se faire affecter à Beyrouth en activant les anciens réseaux d'allégeance de son père, alors que le chef de poste avait pourtant fait tout le nécessaire depuis Beyrouth pour placer son propre candidat. La désignation d'Alexandre avait été la mauvaise surprise de l'été. Mais Jean avait beau être rancunier, il était loin d'être idiot.

— OK. Il est tard. Allons nous coucher pour être d'attaque demain. J'appellerai Alexandre en début d'après-midi pour lui demander de revenir au poste. Il m'a dit qu'il passait son dimanche à Byblos.

— Vous lui confiez la mission de récup ?

— Oui. Ce sera l'occasion de voir ce qu'il a dans le ventre.

16

Le restaurant Chez Pépé, qui domine le petit port croisé de Byblos, avait fait figure d'institution au Liban dans les années 1960 avant de passer de mode. Mais sa terrasse ombragée, au-dessus d'un haut mur en pierres composé de blocs de différentes tailles, offrait toujours une vue unique sur la cité antique et la mer. Les bateaux colorés des pêcheurs et leurs filets enroulés dans de gros sacs noirs usés jusqu'à la corde attendaient sagement, en arc de cercle, de prendre la mer. Située à une quarantaine de kilomètres de Beyrouth, l'ancienne cité phénicienne était un véritable patchwork architectural d'édifices hérités des différentes civilisations qui s'y étaient succédé. Les vestiges des fortifications perses, les colonnes romaines couchées sur leur flanc, la citadelle bâtie par les croisés, compacte et massive, les églises byzantines, les souks et les mosquées de la période ottomane s'enchevêtraient dans un joyeux mélange le long d'une pente qui descendait vers le port, havre d'une communauté de pêcheurs depuis près de huit mille ans.

Le fameux Pépé, le premier propriétaire du restaurant, semblait être lui-même un pêcheur, à moins que sa casquette de marin fièrement posée sur son front buriné par le soleil ne fût là que pour le folklore. Les clients de passage, tout en choisissant leurs poissons sur l'étalage du restaurant qui accueillait les prises du matin, pouvaient admirer à loisir des dizaines de photos en noir et blanc de Pépé en compagnie de ses prestigieux invités, témoins du lustre passé de l'endroit. Pépé avec Marlon Brando ou Brigitte Bardot. Pépé devisant avec Frank Sinatra, Charles Aznavour, Alain Delon, Jacques Chirac ou même John Fitzgerald Kennedy. Toutes les célébrités internationales des années 1960 semblaient s'être donné le mot : il fallait venir jusque dans ce petit pays levantin pour y rencontrer Pépé et déguster un poisson frais tout en admirant la tour croisée qui marquait l'entrée du petit port antique.

Alexandre terminait de manger un bar rehaussé d'un filet d'huile d'olive et accompagné d'une purée d'aubergine et de falafels. Dissimulé entre deux amphores suspendues sous la toiture de la terrasse, il ne se lassait pas de la vue. La Méditerranée, en reflétant le ciel sans nuage de septembre, offrait là ce qu'elle avait de plus beau et de plus intime. Elle avait revêtu pour l'occasion un manteau d'un bleu intense, profond, unique. L'harmonie apaisante de la fin de l'été suspendait délicatement le jeune homme hors du temps en le préservant des remous extérieurs, comme la surface de l'eau du port, parfaitement plane, était protégée par la jetée. Le moment était parfait. Juste parfait. Alexandre se saisit de la bouteille de Kefraya rosé qui patientait à moitié vide dans son seau à glace.

— Je te ressers un verre ?

— Juste un fond. Pour t'accompagner, répondit Lana.

Ils s'étaient retrouvés sur l'un des parkings à l'entrée de la vieille ville. Lui, dans son habituelle Hyundai blanche passe-partout. Elle, au volant de son coupé sport qui attirait tous les regards. Alexandre n'avait pas encore visité Jbeil, le nom moderne de Byblos. Lorsqu'il avait fallu trouver une adresse pour un déjeuner et un premier rendez-vous, la Libanaise n'avait pas hésité : « Allons manger chez Pépé et garde tes yeux bien ouverts. Tu comprendras pourquoi j'aime tellement mon pays. » Il arriva parfaitement à l'heure et patienta à l'entrée du parking. « Je suis là ! » prévint-il par SMS, suivi du smiley qui envoie un baiser avec un cœur. Il avait hésité sur le choix de l'émoji. Trop direct, peut-être. Tant pis. Trop tard. Le message était parti avant même que le scrupule ne s'installe. Lorsque Lana arriva enfin, Alexandre fut surpris par le modèle tapageur de sa voiture. Il s'en amusa. La jeune femme extirpa ses longues jambes par la portière ouverte. Déjà, sur le rooftop de l'Iris Bar, il avait été frappé par sa présence et la finesse de ses traits. Dans la lumière étincelante de Byblos, Alexandre fut médusé de plus belle par cette nouvelle apparition. Ses premiers gestes furent empotés comme ceux d'un adolescent. Il sentit qu'il bafouillait et que ses phrases n'étaient pas à la hauteur de leur rencontre.

Ils descendirent épaule contre épaule la rue principale de la vieille ville jusqu'à atteindre le souk et ses boutiques d'artisanat pour touristes. Là, sur le côté gauche du marché, ils entrèrent dans une boutique d'épices orientales dont les paniers en osier regorgeaient de poudres colorées, du jaune orangé du curcuma à la tonalité végétale du *zaatar* libanais. Lana parlait pour deux. Ils ressortirent et, en passant devant le fort croisé, se promirent de revenir après le déjeuner pour visiter le site qui surplombait la mer. La pente se fit plus ardue et ils cheminèrent le long d'un muret flanqué de part et d'autre de palmiers bien entretenus et de bougainvilliers en fleur, jusqu'à déboucher, après une dernière courbe, sur le port qui leur apparut alors d'un seul tenant. L'activité y semblait assoupie et le couple, lors de son périple, avait croisé peu de monde. Alexandre eut l'impression de cheminer dans un décor de cinéma, hors du temps, sans public pour lui donner vie. La vraie ville, avec ses habitants bien réels, ses enfants rieurs et les cris du marché, se situait en retrait, au-dessus du site antique, bien au-delà de la quatre-voies qui conduisait vers le nord, jusqu'à Tripoli.

— Alors, Alexandre, tu es bien mystérieux. Tu ne parles pas vraiment de toi. Juste des platitudes. Tu ne ressembles décidément pas aux autres hommes que je connais.

Lana le considérait d'un air songeur. Le serveur de Chez Pépé, prévenant et jovial, vint récupérer leurs assiettes et la conversation s'interrompit un instant. L'espion souriait à sa jolie guide mais restait silencieux. Plus les années passaient et plus les agents de la DGSE perdaient l'habitude de parler d'eux-mêmes, en particulier avec les étrangers qu'ils rencontraient pour la première fois. La peur de commettre une gaffe à force d'inventer des mensonges pour masquer leur véritable métier, forcément inavouable. Heureusement pour les espions, le genre humain est en général très doué pour raconter sa propre vie et écouter distraitement celle des autres. Il suffit d'une réponse toute prête pour étancher la curiosité naturelle des débuts, histoire que l'interlocuteur puisse se faire une vague idée de la personne avec laquelle il échange. Ensuite, contre-attaquer avec des questions sur le métier de l'autre, ses accomplissements, ses fiertés, ses craintes. Et le tour est joué : les gens deviennent vite intarissables et l'espion quitte alors la zone dangereuse, celle qui lui impose de surveiller en permanence ses mots et ses mensonges pour s'assurer qu'ils soient cohérents avec sa vie de tous les jours.

Lana était différente. Elle semblait véritablement s'intéresser aux personnes qu'elle côtoyait. Et comme elle sentait que ses questions, même les plus banales, gênaient Alexandre, elle les enrobait de sourires et de regards complices. Puis elle changeait de sujet pour livrer quelques anecdotes légères et drôles, avant de reprendre le fil de ses interrogations. Alexandre avait parfaitement perçu son manège. Il agissait de même avec ses sources. Mais il se laissa faire.

— Tu es marié ? Tu ne portes plus ton alliance. Mais on distingue encore la trace de la bague sur ton doigt.

Il regarda sa main gauche et caressa de son index le petit sillon circulaire, à peine perceptible, dessiné sur sa peau.

— Madame est observatrice… Techniquement, oui, je suis encore marié. Mais nous sommes séparés. Il n'a jamais été question qu'elle me suive ici, au Liban.

— Tu as des enfants ?

— Oui. Une petite fille.

— Je suis désolé. Ça doit être douloureux pour toi.

Douloureux. Ce mot tout simple produisit un effet inattendu, profond. Comme le médecin qui pose le bon diagnostic et fournit enfin une explication aux maux qui tourmentent son patient. Alexandre n'avait personne à qui se confier et exprimer ses émotions. Depuis bien trop longtemps déjà. Il s'en rendit compte à ce moment-là. À la terrasse de Chez Pépé, au-dessus de l'eau irisée du port, caressée par les rayons du soleil. Son silence en disait plus que n'importe quelle explication. Oui, c'était douloureux.

— Tu veux un dessert ? demanda Lana pour retrouver plus de légèreté.

— Je vais me contenter d'un café, je crois.

Après le déjeuner, ils firent le tour de la jetée et admirèrent l'horizon, où les silhouettes des immeubles de Beyrouth apparaissaient délicatement en contre-jour. Le ressac des vagues heurtant les blocs de pierre résonnait étrangement aux oreilles d'Alexandre. C'était le paradis. Le bruit d'une île déserte et la chaleur apaisante du soleil. Il eut envie d'embrasser Lana. Ils s'étaient assis au bout de la jetée. Évidemment, le moment était idéal. Lana ne disait plus rien et regardait les vagues. Elle n'entreprit aucun mouvement dans sa direction, ne lui envoya pas le moindre signal. Il préféra interrompre cet instant d'indécision inconfortable et se rappela opportunément leur projet de visite du fort croisé au-dessus de la falaise.

— On va visiter le fort ?

— Oui, si tu veux. Et ensuite, je te montrerai un endroit magique, au bord de la falaise, entre deux oliviers.

— Mais encore ?

— Il y a là-bas un petit théâtre romain face à la mer. Une vraie merveille, tu verras. On dirait un modèle réduit pour enfants, car il ne subsiste que les quatre premiers gradins qui s'étagent en arc de cercle. La scène, avec ses colonnes corinthiennes miniatures, tourne le dos à la Méditerranée. Je devais avoir sept ans lorsque j'ai visité Byblos pour la première fois. Je me souviens avoir joué des heures à donner des représentations imaginaires dans ce théâtre, devant mes parents assis sur les marches en pierre.

Lorsqu'ils remontèrent la rue en laissant le port derrière eux, le portable d'Alexandre se mit à vibrer dans la poche arrière de son pantalon.

— Alexandre ?

Il reconnut tout de suite la voix de Jean. Une voix qu'il n'aimait pas.

— Vous êtes où ?

— Encore à Byblos.

— Vous allez devoir rentrer immédiatement à Beyrouth. On a besoin de vous ici.

— Compris. J'arrive.

Une sourde déception s'empara d'Alexandre. Lana comprit que leur escapade à Byblos se terminait là.

En retrouvant leurs voitures au parking, à l'entrée de la vieille ville, il fut temps de se dire en revoir. Lana lui fit la bise. Trois fois, comme c'était de mise en Liban. Elle déposa son dernier baiser sur le coin de la joue d'Alexandre, à la commissure de ses lèvres. Presque un baiser sur la bouche. Presque. À deux ou trois millimètres près.

Sur la route qui le ramenait à Beyrouth, dans les embouteillages de Jounieh, Alexandre se remémora en boucle ce baiser qui n'en était pas vraiment un. Il le jugea pourtant encore plus enchanteur. Plus respectueux. Tellement plus tendre.

17

— Ça y est : je le vois. Avec son sac Spinneys à la main. Le signal que tout est clair pour lui.

Dix heures du matin. Philippe, le deuxième secrétaire du poste, était installé au volant de sa voiture qu'il avait garée dans l'axe de la rue Rachid Karami, prête à repartir, conformément aux consignes d'Alexandre. De sa position, il avait une vue dégagée sur cet axe rectiligne du quartier al-Mina de Tripoli. Le dilettantisme de Philippe exaspérait parfois le chef de poste, mais le jeune homme de vingt-cinq ans se montrait capable de fulgurances lorsque la mission qui lui était confiée comblait sa curiosité. Les tâches administratives l'ennuyaient profondément, au contraire des activités de terrain. Ces dernières lui permettaient de mener, certes par intermittence, la vie trépidante qu'il convoitait et pour laquelle il avait rejoint la DGSE.

— OK Rouge 2. Bien pris. Top départ.

La voix d'Alexandre était calme et posée. Les deux secrétaires et lui étaient reliés au même réseau. Leurs radios cryptées étaient équipées d'oreillettes et d'un micro intégré de sorte qu'ils avaient à tout moment les mains libres et pouvaient réagir en cas d'imprévu. Alexandre gardait en mémoire une opération de guerre qu'il avait menée il y a quelques années et dont il avait tiré des enseignements qui lui étaient toujours utiles depuis. Il était alors capitaine adjoint de compagnie et avait été engagé avec son régiment des forces spéciales de Bayonne, le 1er RPIMa[1], en République centrafricaine. Le COS, le commandement des opérations spéciales, avait reçu pour mission de reprendre le contrôle de la ville de Birao. Le colonel chef de corps commandait les opérations à la voix, sur la fréquence radio veillée par les commandants de compagnie et les chefs de section. C'était une opération nocturne complexe, avec un poser d'assaut[2] d'avions de transport et une intervention en amont de chuteurs opérationnels largués à quatre mille mètres d'altitude. Alexandre avait été marqué par le calme du colonel que tous percevaient au timbre de sa voix. Il y avait pourtant eu quelques incidents, des accrochages, mais à chaque fois, la voix à la radio articulait ses ordres d'une manière absolument sereine. Le jeune officier traitant était convaincu que le succès de l'opération, cette nuit-là, avait reposé en grande partie sur l'impassibilité du chef de corps.

1. Le 1er régiment de parachutistes d'infanterie de marine.
2. Opération qui consiste, pour un avion, à atterrir sur une piste de fortune.

— Rouge 3, vous devez l'apercevoir, maintenant. Correct ?

Daniel attendait à l'ombre des palmiers sagement alignés du jardin Gruppi, une casquette rouge vissée sur le crâne.

— Rouge 3. Non, je ne le vois pas.

Un silence. Puis :

— Ah si, le voilà. Avec son sac Spinneys.

Wahid Yazbek, le fils du scientifique de la cellule 62, expert du très secret programme d'armement chimique, suivait jusqu'à présent le plan à la lettre. Nawal lui avait fait parvenir les consignes préparées par la DGSE. Il se présenta à l'entrée du jardin et vint se placer en son centre, en faisant mine d'examiner la statue en bronze, œuvre d'un sculpteur paresseux, qui représentait une vague Victoire de Samothrace. Les gestes un peu trop brusques du Syrien témoignaient de son agitation. Son cœur battait à plein régime contre la paroi de sa cage thoracique, à tel point qu'il aurait pu compter chaque battement et en déduire son rythme cardiaque sans avoir à prendre son pouls. Son regard s'arrêta sur un homme avec une casquette rouge. À partir de cet instant, il ne vit plus qu'elle et aurait été bien incapable de décrire le visage et la corpulence de l'homme qu'il était censé suivre à bonne distance. La casquette, juste la casquette.

De son côté, Philippe était sorti de sa voiture pour disposer d'une meilleure vue d'ensemble sur la place et les rues alentour.

— OK, Rouge 3, tu es clair. Pas de dispositif de surveillance détecté.

Daniel, alias Rouge 3, souleva sa casquette pour s'éponger le front. C'était le signal envoyé au jeune Syrien pour le rassurer : tout était clair. La casquette initia son parcours de sécurité et se mit en mouvement, suivie à quelques mètres par Wahid.

— Pas de mouvement suspect. Rouge 3, tu peux poursuivre.

Daniel ne répondit pas et continua à jouer son rôle de lièvre pour que le Syrien puisse suivre le parcours reconnu à l'avance par Alexandre et son équipe. Deux points de contrôle intermédiaires avaient été déterminés. Une épicerie à l'angle d'une rue, puis un magasin de chaussures. À chacun d'eux, Philippe, alias Rouge 2, devait se positionner en avance sur un point d'observation d'où il serait en mesure de surveiller l'ensemble de la zone avant l'arrivée du binôme casquette/sac Spinneys.

Daniel, qui arrivait de la rue al-Mina, déboucha sur le premier point de contrôle et marqua un temps d'arrêt. Le Syrien s'arrêta trop brutalement mais joua ensuite plutôt bien le jeu, en examinant les fruits et les légumes répartis sur les bacs en carton posés sur des étagères métalliques.

— Ici Rouge 2. Premier point de contrôle. RAS.

Daniel reprit sa marche en avant, suivi de trop près par le Syrien. N'importe quel passant un tant soit peu attentif aurait pu relever l'allure cocasse de ces deux hommes qui faisaient mine de ne pas se connaître mais marchaient à la queue leu leu, en se frôlant presque. Le secrétaire pouvait sentir le Syrien derrière lui. Il entendait distinctement le bruit de ses pas.

— Ici Rouge 3, putain, il me colle comme un con. C'est pas du tout naturel. J'accélère ou quoi ?

— Rouge 3, surtout pas. Il va se mettre à courir et ça va être encore pire. Garde ton rythme. En route vers le PC 2, ordonna Alexandre, en veillant à s'adresser au secrétaire le plus calmement possible.

— OK. Reçu.

Daniel emprunta une rue sur sa droite. Au carrefour suivant, il prit à gauche, suivi du Syrien qui avait naturellement repris une distance convenable. Le deuxième point de contrôle se détachait au fond de la rue. Daniel croisa furtivement le regard de Philippe qui avait déjà pris place à son point d'observation. La rue était presque déserte. Un dispositif de surveillance adverse n'aurait pas échappé au contrôle de la sentinelle.

— Ici Rouge 2. Point de contrôle numéro 2. Encore RAS.

— Reçu Rouge 2. Rouge 3, tu m'amènes le gars jusqu'au point de récup.

La phase la plus sensible de l'opération d'exfiltration était terminée : le Syrien était clair. Il ne charriait pas de dispositif de sécurité avec lui, consciemment ou à son insu. Pas de membres des services syriens à l'horizon, ni même l'un de leurs affidés libanais prosyriens qui pullulaient à Tripoli. Aucun piège n'avait été détecté.

Alexandre attendait dans la vieille 405 blindée, l'un des véhicules du poste équipé de plaques diplomatiques. Il surveillait la promenade du bord de mer dans le rétroviseur et aperçut Daniel qui avait replacé sa casquette rouge dans son sac à dos et marchait désormais d'un bon pas. Derrière lui, le jeune Syrien était en nage. Daniel lui ouvrit la porte côté conducteur. En prenant place dans la voiture blindée, il fut accueilli par Alexandre qui l'encouragea avec un grand sourire et le pouce droit dressé :

— OK ?

— Yes, OK, répondit Wahid, qui reprenait confiance.

Le Syrien remarqua l'arme de poing que portait Alexandre à la ceinture, mais y vit un gage supplémentaire de sécurité plutôt qu'une menace. S'ils étaient interceptés sur la route, ce Français avait des arguments pour assurer leur défense.

Lorsque Daniel lui avait demandé, au moment de préparer la mission, s'il préférait un Glock 25 ou un Glock 43, Alexandre avait choisi le second sans hésiter. Même si l'OT avait un faible pour le 25, qu'il tenait mieux en main et avec lequel il était donc un poil plus précis, la taille du 43, plus discret, était parfaite pour l'occasion.

Alexandre démarra, enclencha la première puis s'adressa à son protégé :

— *This is a diplomatic car. You are safe now*[1].

1. « C'est une voiture diplomatique. Vous êtes en sécurité maintenant. »

Wahid laissa échapper un long soupir de soulagement. Il essuya discrètement une larme qui s'était formée sur le coin de son œil. Sa main tremblait légèrement. Toute la pression accumulée ces derniers jours, depuis son départ de Tartous, s'évanouit d'un seul coup.

Sur la route en direction de Beyrouth, Alexandre prit soin de ralentir autant que possible à chaque passage sur les quelques ralentisseurs placés sur la chaussée, ou lorsque le revêtement, mal entretenu, devenait cahoteux. La 405 du poste n'avait initialement pas été conçue pour être blindée et son moteur ne disposait pas de la puissance nécessaire pour supporter la tonne supplémentaire qu'on lui avait imposée. La Peugeot avait dès lors tendance à tirer sur la gauche dans les virages. Mais surtout, les amortisseurs étaient comprimés au maximum de leur capacité. À chaque nid-de-poule abordé à trop grande vitesse, les essieux frappaient le fond de caisse dans un bruit de ferraille martyrisée. Enfin, lorsque le conducteur étourdi commettait l'erreur de se garer en côte, il lui était presque impossible de refermer la portière, qui se voyait entraînée dans la pente par son poids considérable. Bref, la 405 était une véritable catastrophe sur roues. Mais au moins, en cas d'embuscade, elle arrêterait les balles.

18

Les deux officiers traitants étaient à leur bureau depuis plus d'une heure. Comme à leur habitude, ils restaient silencieux, absorbés par leurs tâches respectives. Solange finalisait un nouveau long message pour la Centrale suite à son dernier entretien avec Nawal. Et Alexandre continuait de flotter. Il se nourrissait cependant des messages en provenance de Paris pour rester à jour sur la situation régionale et les derniers soubresauts de la guerre civile syrienne. Il lisait les différents documents, un stylo à la main, en prenant consciencieusement des notes. Il espérait y glaner quelques idées pour mieux guider ses propres recherches à Beyrouth. En agissant de la sorte, il s'imprégnait des attentes du service et des sujets sensibles du moment. Il prenait de plus en plus conscience du fait que le poste n'était toujours pas armé pour répondre aux besoins en renseignement. C'était sans doute la raison pour laquelle Jean fulminait dans son bureau, insatisfait et inquiet. L'opération réussie à Tripoli et l'exfiltration de Wahid

Yazbek opérée dans la foulée par le SA jusqu'en France représentaient une petite victoire pour le poste sur le front syrien. Mais l'issue heureuse de cette séquence opérationnelle était maintenant derrière eux et Jean n'était pas plus avancé. Le dispositif de renseignement capable de compléter les besoins du service sur le suivi du régime de Bachar al-Assad et de l'État islamique restait à construire.

— Alexandre, je voulais te dire…

Solange sembla chercher ses mots afin de trouver la formulation la plus appropriée. Surpris que sa collègue daigne lui adresser la parole, Alexandre était tout ouïe.

— J'ai vu ma source hier, comme tu le sais. Elle était vraiment soulagée que le fils de son contact en Syrie ait pu être évacué jusqu'en France sans encombre. Elle a pu parler à Wahid au téléphone. Celui-ci lui a confié qu'il s'était senti en sécurité dès qu'il avait été pris en charge à Tripoli par ton équipe. Il vous a trouvés très pros, quoi…

— Attends, Solange, rassure-moi, là. Tu n'es pas en train de me remercier, tout de même ?

La jeune femme se mordilla les lèvres. Elle n'était pas à l'aise. Elle poursuivit cependant.

— Grâce à l'action du service, Nawal a bien plus confiance en nous. Elle nous est désormais totalement dévouée. Alors, oui, Alexandre, je te remercie. Je trace mon chemin. Je suis distante, je le sais. Mais lorsque le travail est bien fait, je sais quand même le reconnaître.

— On s'embrasse alors ?

— Idiot.

Solange avait souhaité marquer le coup. Elle s'était forcée à le faire. La séquence Tripoli montée et exécutée par Alexandre avait parfaitement fonctionné grâce à son expérience militaire passée. La jeune espionne avait tremblé toute la matinée en attendant, fébrile, le compte-rendu de fin d'opération.

— Ici Rouge 1. Colis récupéré. Aucun dispositif décelé. On rentre au bercail.

Solange avait serré son poing en signe de victoire.

Sa gratitude exprimée, elle pouvait à nouveau rentrer dans sa coquille et continuer de creuser son sillon à son rythme. Elle refit face à son ordinateur et ses doigts se mirent à courir de plus belle sur le clavier.

— Maintenant, si tu veux bien m'excuser, j'ai un message à terminer.

« Incorrigible Solange », pensa Alexandre, un brin amusé.

— Je suis sensible à tes remerciements, en tout cas. Si tu as besoin d'autre chose, n'hésite pas.

Solange ne fit pas d'autre commentaire. Dans le bureau d'à côté, Daniel étouffa un juron. Il faisait l'état hebdomadaire de la caisse et recomptait l'argent liquide disponible pour la troisième fois. Le compte ne correspondait pas au montant attendu. Avant de se lancer dans la recherche fastidieuse de l'erreur comptable, il refaisait le point dans chaque pile de billets qu'il avait étalée sur son bureau. Philippe n'était pas encore rentré de son entretien avec un

Français qui habitait depuis une vingtaine d'années au Liban et qui rendait régulièrement des services au poste. Jean se préparait quant à lui à participer à la réunion de service de l'ambassade. Il avait pris sous son bras son grand cahier bleu dans lequel il notait les informations qu'il s'apprêtait à partager avec ses collègues diplomates. Il était primordial pour le quotidien du poste que celui-ci soit parfaitement intégré au sein de sa structure utile, en l'occurrence l'ambassade de France. Le chef de poste devait apparaître comme un collègue exemplaire susceptible d'aider le collectif, plutôt qu'un espion solitaire et taiseux. C'est ce qu'il s'appliquait à faire à chaque réunion.

La routine quotidienne reprenait ses droits. Dehors, par la grande baie vitrée, le ciel adoptait sa teinte orangée de la fin d'après-midi avant de disparaître derrière la ligne des immeubles voisins.

19

Le quartier d'Ain El Remmaneh de Beyrouth est situé sur l'ancienne ligne de front de la guerre civile libanaise. Sa culture chrétienne s'affiche avec ostentation et les portraits en couleurs de saint Charbel, avec sa tunique noire et sa longue barbe blanche, sont visibles à chaque coin de rue ; ce qui n'empêche pas d'entendre l'appel à la prière des mosquées voisines. Les deux religions cohabitent désormais pacifiquement alors que, pendant la guerre, Ain El Remmaneh fut le lieu d'où partit l'étincelle originelle qui plongea le pays dans quinze ans de combats presque ininterrompus.

Le 13 avril 1975 fut un jour funeste. À cette époque, les réfugiés palestiniens disposaient encore de milices armées. La tentative d'assassinat du chef des Forces libanaises (FL), Pierre Gemayel, attribuée aux Palestiniens, fit ce jour-là quatre morts parmi la population chrétienne. L'incident s'était déroulé devant une église du quartier. Quelques heures plus tard, des miliciens des FL mitraillaient en représailles un bus transportant des Palestiniens revenant d'un festival, alors qu'il empruntait les rues d'Ain El Remmaneh. Le bilan fut terrible. Vingt-sept morts. La guerre civile s'imposa par ricochets successifs et finit par défigurer les quartiers de la ligne de front en plongeant dans l'horreur et la souffrance toute une génération. Beyrouth était alors quadrillée de check-points tenus par des miliciens en armes inféodés aux différents chefs de guerre. Unités sunnites disparates, milices pro-syriennes, forces palestiniennes agissant comme un État dans l'État, Druzes réfugiés dans les montagnes, chrétiens phalangistes implacables ou chiites Amal se livrèrent bataille pendant quinze ans en basculant d'une alliance à une autre au gré des circonstances. L'armée libanaise, mal équipée, et dépassée par les enjeux, ne sut s'opposer ni à l'occupation syrienne ni aux incursions israéliennes répétées. La guerre fit plus de deux cent mille victimes.

C'était dans l'une des rues de ce quartier tristement célèbre que Lana avait donné rendez-vous à Alexandre. Ils remontaient l'axe sans trottoir, marchant sur le macadam bosselé, entre les voitures rangées en épis sur le côté. Au-dessus de leur tête, les fils électriques pendaient en grappes d'un bord à l'autre des immeubles comme une longue toile d'araignée. Les constructions aux couleurs délavées dataient pour la plupart des années 1950 et ne dépassaient pas cinq étages. L'endroit était populaire, loin du luxe tapageur d'Achrafieh.

Alexandre fut impressionné par ce quartier ouvertement chrétien depuis lequel on percevait l'appel à la prière du muezzin, à quelques encablures. Son étonnement était d'autant plus grand qu'il se rappelait les mosquées détruites et jamais reconstruites en Bosnie-Herzégovine, où il avait été déployé en tant que jeune officier parachutiste. Il fit part à Lana de son admiration pour cette résilience et cet art manifeste du vivre ensemble, malgré les divergences et le poids du passé.

— Ne t'y trompe pas, Alexandre. L'ancienne ligne de front existe toujours bel et bien, même si elle est aujourd'hui invisible. Les immeubles qui offrent les meilleurs angles de tir sur les quartiers chiites en contrebas ont été soigneusement repérés. Les habitants sont tous armés, même si les armes sont pour l'instant rangées dans les placards. Ils sont intégrés à des plans de guerre régulièrement remis à jour. Tout cela est organisé et planifié par les Forces libanaises. Le Hezbollah fait pareil en face.

— L'exemple de la guerre civile en Syrie doit quand même servir de repoussoir, non ?

— Oui, évidemment. Ça joue en faveur de la paix. Mais les jeunes n'ont pas connu la période noire de la guerre civile. Et les gens ont la mémoire courte. Tous les Libanais ont peur que le pays bascule à nouveau dans la folie. Nous vivons sur un champ de mines.

Les apparences étaient donc trompeuses pour l'étranger de passage. Il était souvent nécessaire de s'appuyer sur la vision des habitants qui, seuls, étaient capables de lire derrière le mirage des façades rassurantes. C'était d'ailleurs le travail des diplomates et des espions que de s'appuyer sur le savoir des populations locales pour décrypter au mieux les réalités de leur pays d'adoption.

— Que faisons-nous ici ? Je ne comprends pas bien où tu m'emmènes, demanda Alexandre, par simple curiosité et sans que la moindre inquiétude ne soit perceptible dans le son de sa voix.

— Je veux te faire rencontrer quelqu'un. Une vieille tante qui compte beaucoup pour moi. Nous arrivons.

Le jeune espion ne fit pas de commentaire. Il était flatté que la belle Libanaise souhaite ainsi le présenter à un membre de sa famille. Il comptait donc à ses yeux. Ils se connaissaient pourtant à peine.

Lana s'arrêta devant la porte d'un immeuble qui ne se distinguait nullement des autres ; la même impression de vétusté et cette langueur hors du temps. L'ascenseur était en panne, à moins que l'électricité n'ait été encore une fois coupée sans que le groupe électrogène soit en mesure de prendre le relais. Alexandre remarqua une lampe allumée en haut de la cage d'escalier et se dit que la puissance délivrée par le générateur était sans doute insuffisante pour faire fonctionner l'ascenseur. Ils gravirent donc à pied les trois étages jusqu'à l'appartement de l'aïeule.

En découvrant Lana, la tante tomba dans ses bras. Les deux femmes s'embrassèrent trois fois, à la mode libanaise. La chrétienne d'Ain El Remmaneh, dont les cheveux blancs émergeaient ici et là derrière une épaisse couche de teinture brune, fit peu de cas d'Alexandre. Il n'eut droit qu'à une ébauche de sourire et la conversation s'engagea en arabe. Ils s'installèrent tous les trois dans la cuisine autour d'une petite table recouverte d'une nappe en plastique d'un autre âge, aux motifs fleuris.

— Tu veux un café ? Je te préviens, c'est un café arabe. Ne le bois pas jusqu'au bout. Il y a un dépôt au fond de la tasse.

— Je veux bien, merci. Je ferai attention. Je commence à avoir l'habitude, tu sais.

— Ma tante va lire ton avenir dans le marc de café. Ça ne te gêne pas ?

Surpris et amusé par la proposition, Alexandre ne fit aucune objection. Il se prêta au jeu sans se faire prier. Lorsqu'il eut terminé sa tasse sous l'œil inquisiteur de la tante, celle-ci s'en empara d'un geste vif. Elle en déversa le fond sur une coupelle. Le marc dessina en s'étalant une forme sombre qui en épousait les contours. La vieille femme se pencha sur la vaisselle avec le plus grand sérieux. Ni Lana ni elle ne disait mot. L'atmosphère se fit solennelle, et le silence qui régna fut pareil à celui d'une église.

— Alors ? chuchota Alexandre à l'intention de Lana.

Mais il n'obtint pour seule réponse qu'un regard réprobateur qui exigeait le silence.

La mystérieuse diseuse de bonne aventure ne fit aucun commentaire. Lana ne la questionna pas non plus. Elles se saluèrent en n'échangeant guère plus de mots. Et ce fut tout. Une fois dans la rue, Alexandre patienta encore pour recueillir quelques explications. Même s'il ne croyait pas à ces pratiques mystiques, il était en revanche curieux d'apprendre les éventuelles découvertes de l'oracle à son sujet. Mais rien ne vint.

— Mais alors, insista-t-il, est-ce que ta tante t'a dit quelque chose au sujet de ce qu'elle a vu dans le marc de mon café ?

— Non. C'est pour plus tard. Et de toute façon, c'est pour moi. C'est moi que cela concerne.

Alexandre, bien que déçu, décida d'en rester là. Lana lui prit tendrement la main. Ils quittèrent ainsi, les doigts entrelacés, le quartier où tous les malheurs du Liban avaient commencé, près de quarante ans plus tôt.

Le jour se levait à peine mais offrait une clarté suffisante pour discerner les rares meubles de sa chambre à coucher. Alexandre avait oublié de baisser le volet roulant de sa fenêtre. La lumière de l'aube suffisait à le réveiller, même lorsqu'il avait passé une petite nuit, comme cela lui arrivait si souvent. Lana, elle, dormait encore profondément. Redressé au-dessus de son oreiller, la tête reposant sur sa main, il la regardait en retenant son souffle, sans oser bouger. Rien ne devait interrompre ce moment si précieux où il pouvait l'admirer sans calcul ni arrière-pensée. Sans que le jeu des regards qui se croisent impose de baisser les yeux et de rompre la contemplation amoureuse pour éviter la gêne, les reproches ou les questions. « Pourquoi me regardes-tu comme ça ? » « Pour rien. Il n'y a rien à expliquer. Pour le plaisir. Pour assouvir ma soif de te regarder. Ce dont je ne me lasserai sans doute jamais. » Ce puissant sentiment de proximité constituait peut-être le fondement de l'explication de l'éternité, pensa Alexandre. Le croyant ne peut se lasser de la beauté et de la bonté infinies de son créateur. L'amoureux dopé à l'ocytocine oublie de la même manière le temps qui passe et ne demande plus qu'une seule chose : être condamné à la perpétuité.

Tel était, à cet instant, le vœu d'Alexandre.

20

Le vieil homme au pas mal assuré descendit prudemment vers le fond du jardin et s'arrêta devant le portail blanc fermé à clé. Il tourna deux, trois fois la poignée, dans un sens puis dans l'autre. Constatant que la porte ne s'ouvrirait pas, il resta là quelques instants, désemparé et interdit. Une jeune femme un peu ronde, habillée d'une blouse bleu clair, allongea le pas et vint se porter à sa hauteur. Elle s'adressa au vieillard avec douceur.

— Voilà, voilà : je vous ouvre. N'allez pas trop loin, hein ? Vous restez bien devant, comme d'habitude.

L'homme fit un signe de la tête pour montrer qu'il avait compris. Puis il reprit sa marche hésitante et s'engagea sur le chemin de halage en cherchant à ne pas perdre l'équilibre. La femme à la blouse bleue lui donna une dernière consigne :

— Je suis obligée de refermer derrière vous, vous vous souvenez ? Pour les autres. Quand vous avez fini, vous n'avez qu'à frapper à la porte et je viendrai vous ouvrir. Comme d'habitude, hein ?

La Marne s'étalait placidement le long du jardin clôturé et son eau verdâtre n'était affectée d'aucun courant ni remous. Le chemin encadré de marronniers, de peupliers et de tilleuls dominait la rivière par un talus abrupt. Entre les arbres et les arbustes, sur la rive opposée, des vaches paissaient, silencieuses, dans un champ encore vert malgré l'absence de pluie depuis de longues semaines. L'homme avait ses habitudes. Installé sur un banc en pierre, il contemplait les eaux de la rivière et laissait courir son regard sur les branches, attentif. Il recherchait un écureuil dont la vue déclenchait chez lui une joie presque enfantine, charmé par les bonds déliés et le panache roux de l'animal. À quoi pouvait-il penser, ce vieillard alangui, posé là sur son banc, sur un chemin de halage où il ne croisait presque jamais personne ? Quels souvenirs remontaient alors à la surface ? Avait-il d'ailleurs encore des souvenirs, lui, le vieil homme à la mémoire meurtrie ? Ce n'étaient plus sans doute que des impressions fugaces, des sensations agréables ou, au contraire, des contrariétés, qui s'enchaînaient en boucle, puis qui disparaissaient comme des bulles de savon à la surface de l'eau.

— Ah, Alexandre, c'est bien d'avoir pu vous libérer. Cela faisait longtemps que l'on ne vous avait pas vu. Il est dehors, sur son banc. Je vous ouvre.

— Oui, je travaille à l'étranger, maintenant. Je profite d'une semaine de vacances. Je ne pourrai plus venir aussi souvent, hélas.

— Allez-y. Je vous laisse la clé. Vous n'aurez qu'à la remettre à l'accueil quand vous aurez terminé.

Alexandre n'eut que quelques mètres à faire. Le banc en pierre qui servait de poste d'observation au vieil homme était situé immédiatement à droite, sitôt franchie la porte du jardin.

— Bonjour, papa, comment vas-tu ?

L'homme regarda son fils et lui sourit d'un air las.

— Ah, salut, toi.

Alexandre s'assit à ses côtés. Ils ne se serrèrent pas la main et se firent encore moins la bise. Une certaine éducation vieille France, en vertu de laquelle afficher ses sentiments était parfaitement déplacé, imposait une retenue de tous les instants, y compris entre les membres d'une même famille. Le permissionnaire aurait pourtant bien voulu prendre dans ses bras ce vieillard qu'il aimait. Lui déposer un baiser sur le front pour lui témoigner son affection. Mais son père aurait immanquablement sursauté dans un mouvement de recul et l'aurait gratifié d'un air sévère en fronçant les sourcils. Alors il s'abstenait.

— Cela fait longtemps que je ne t'ai pas rendu visite. J'en suis désolé. Je suis en poste à Beyrouth désormais, tu sais ? Ça me fait quelque chose de marcher dans tes pas. J'en suis fier. Tu te souviens du Liban ?

— Bien sûr que je me souviens, qu'est-ce que tu crois ! Ta mère n'est pas avec toi ?

— Non, papa. Pas cette fois.

Alexandre se souvint des consignes du personnel soignant. Ne pas placer le résident en situation d'échec. Ne pas souligner ses pertes de mémoire. Cela ne servait à rien. Le fils ne prit donc pas la peine de rappeler à son père que sa femme était morte trois ans plus tôt, sans doute d'épuisement. Elle avait mis un point d'honneur à s'occuper de son mari jusqu'à la fin, dans leur appartement sans ascenseur de l'Est parisien. Elle n'avait jamais demandé d'aide. « Il n'est pas si difficile, tu sais. Ne t'inquiète pas. » Et puis un jour, son corps avait lâché. D'un seul coup. Le nouveau veuf avait quitté le logis du couple, totalement désorienté. Il avait passé la nuit dehors. Les gendarmes l'avaient ramené chez lui le lendemain, alertés par des passants qui avaient remarqué ce vieil homme paniqué qui tenait des propos incohérents. Heureusement qu'Alexandre travaillait à cette époque à la Centrale, boulevard Mortier. Il s'était occupé de tout, frappé de plein fouet par de multiples exigences : faire le deuil de sa mère, s'occuper des obsèques (comment diable s'y prenait-on ?) et trouver une place dans une institution spécialisée pour son père. Il prit ce dernier chez lui, dans son petit trois-pièces du dix-huitième arrondissement, pendant quelques jours. Il réalisa alors que sa mère avait fait des prouesses en tenant autant d'années sans jamais se plaindre. Une sainte. Il s'en voulait de ne pas l'avoir aidée suffisamment. Par facilité. Parce qu'il avait la tête ailleurs et qu'il se débattait déjà lui-même pour maintenir son couple à flot. Fils indigne.

— Tu veux qu'on rentre, papa ? Il commence à faire un peu froid, non ?

Le vieil homme ne répondit pas. Il se figea sur son banc en pierre et son regard se perdit à l'horizon.

— Tout a commencé avec Louis Delamarre[1], dit-il d'une voix blanche, comme habité, perdu dans des souvenirs anciens que la maladie n'était pas encore parvenue à effacer. C'était un vendredi. Il regagnait la résidence des Pins avec son chauffeur. Comme d'habitude, il circulait sans escorte. À cette époque, il n'y avait pratiquement pas de voitures blindées. Quatre hommes armés ont entouré son véhicule. Ils l'ont tué à bout portant. Dix balles l'ont touché, dont trois à la tête. Des tueurs à la solde de Damas. Delamarre... Un bon mec. Droit dans ses bottes. Il m'est arrivé de me pointer une fois en retard à une réunion de service. Il m'a fusillé du regard. Je peux te dire que je n'ai plus jamais eu envie de recommencer. Il a été remplacé par Paul-Marc Henry, qui aura été mon deuxième ambassadeur à Beyrouth. On n'y a pas gagné au change. Tu ne dois pas te souvenir. Tu étais trop jeune. Mais tu as participé à un Noël de l'ambassade organisé à la résidence des Pins quand tu avais quatre ans. Mme Delamarre t'avait offert un cadeau. Un petit garage jaune avec lequel tu as joué longtemps.

1. Ambassadeur de France au Liban à partir de 1979 et jusqu'à son assassinat, le 4 septembre 1981.

Alexandre regardait son père en silence. Ce n'était pas le moment de l'interrompre. Les souvenirs remontaient à la surface.

— Puis ça a été Guy Cavallo, le chiffreur de l'ambassade, le 15 avril de l'année suivante. Sa femme était enceinte, Alexandre. Enceinte. Ils attendaient du monde pour le dîner. C'est pour ça que Guy ne s'est pas méfié, dans l'après-midi, lorsqu'un homme a sonné à sa porte. Il a regardé dans l'œilleton. Le gars sur le palier portait un bouquet de fleurs. Alors, il a ouvert. Le tueur les a flingués tous les deux, comme des chiens. Encore un coup des Syriens.

Son père regardait toujours droit devant lui, loin au-delà de la Marne qui coulait paisiblement à leurs pieds.

— Ensuite, ces salopards ont réalisé leur chef-d'œuvre. L'attentat à la voiture piégée dans l'ambassade de France. Anna Cosmidis. Elle travaillait au service économique. C'était un lundi matin. Cinquante kilos d'explosif sous sa voiture. Je me souviens des morts dans la cour. Des cris des blessés. Le sang et la chair humaine projetés dans mon bureau. Comme si c'était hier.

Le vieillard se mit à pleurer. Une première larme, d'abord, qui coula doucement le long de sa joue mal rasée. Puis un flot qui se déversa en silence. Alexandre prit la main de son père. Celui-ci ne fit aucun geste pour la retirer.

— Alexandre... Méfie-toi des Syriens, souffla-t-il, en regardant son fils dans les yeux.

Puis le vieil homme fixa son ventre et les boutons de son chandail. Il constata qu'il en manquait un, près de sa ceinture. Il en fut contrarié. Il était passé à autre chose. Il frissonnait à présent.

Alexandre l'encouragea à rentrer. Ils remontèrent le jardin en pente, côte à côte, jusqu'aux premières marches de la résidence. Le retour prenait de plus en plus de temps. Comme le vieil homme refusait obstinément qu'on le prenne par le bras, Alexandre le surveillait du coin de l'œil, nullement rassuré et prêt à le rattraper à chaque pas pour éviter la chute.

* * *

La petite fille portait des collants blancs effilés aux genoux. Elle sautillait entre les balançoires et les obstacles en bois du parc Kellermann, les joues rougies par l'effort.

— Tu me regardes, papa ? Dis, tu me regardes, hein ? Je vais descendre le toboggan d'un seul coup !

— Oui, ma chérie, je te regarde.

Alexandre ne faisait que ça : la regarder. Avec le plus d'intensité possible, pour qu'il puisse emporter cette image du bonheur avec lui. Dans deux jours, il reprendrait son vol Air France, destination Beyrouth. Cette semaine de permission lui filait entre les doigts comme le sable fin d'un sablier presque vide. Il avait récupéré sa fille auprès de Diane. Ils s'étaient à peine parlé. Juste le strict nécessaire, pour l'organisation des jours à venir. Le contenu du sac. La Ventoline, si elle respirait mal. Le doudou qu'il ne fallait pas perdre. Ils discutaient sans se regarder. L'air, chargé de reproches et de ressentiment, était électrique.

La petite fille, elle, ne prenait pas parti pour l'un ou l'autre de ses parents. Elle les aimait. C'était tout. En apercevant son père sur le pas de la porte, elle s'était jetée dans ses bras en criant : « PAPA ! » Puis elle avait enfoui son visage baigné de larmes de joie et de souffrance mêlées sur la poitrine de son père en l'attirant à elle de toute la force de ses petits bras. La gorge d'Alexandre s'était vrillée et il se serait sans doute répandu en sanglots si Diane n'avait pas été là à les observer. Peut-être était-elle émue, elle aussi. Mais il n'osait pas la regarder pour le vérifier.

À la vue de sa fille qui jouait sans le quitter des yeux, il sentit une honte terrible monter en lui. Comment pouvait-il faire subir des absences si douloureuses à son enfant ? Alors que le couple se dirigeait vers une séparation inéluctable et que l'idée d'un séjour en famille était devenue hors d'atteinte, aurait-il dû refuser sa mutation à l'étranger ? En se remémorant les pleurs de sa fille la veille, la réponse lui parut évidente : bien sûr, il aurait dû refuser de partir. Mais pouvait-il dire non à un poste aussi prestigieux que Beyrouth ? Un officier, ancien membre des forces spéciales qui plus est, pouvait-il se détourner de la mission que ses chefs lui confiaient alors que sa carrière à la DGSE ne faisait que commencer ? Sur le moment, il n'avait pas hésité une seconde. Et Diane le lui en avait voulu. Terriblement. Même s'ils se séparaient, il aurait pu être présent pour sa fille, une semaine sur deux. En prenant en pleine figure toute la tristesse que celle-ci avait exprimée, il eut l'impression qu'il était devenu le tortionnaire de son propre enfant. « Quelle folie et quel égoïsme de ma part », pensa-t-il. En cet instant précis, au milieu de ce jardin public rempli d'enfants rieurs, il se détesta. Il mit toute son énergie pour multiplier les souvenirs heureux tout au long des quatre jours qu'il passa avec sa fille à Paris. Aquarium du Trocadéro, zoo de Vincennes, Cité des sciences et exposition sur les jouets, ce fut un marathon d'activités ludiques pendant lesquelles il ne cessa d'admirer sa fille qui profitait de ces moments de complicité avec son père. Alexandre, lui, n'arrivait pas à être heureux. Il n'était décidément pas doué pour jouir de l'instant présent, trop perturbé par une nuée de pensées encombrantes. Son esprit ne pouvait s'empêcher de se projeter vers le moment des adieux qui se profilait. Il imaginait les larmes et les embrassades qui viendraient immanquablement, les protestations et le refus de la séparation. Il vivait cette scène déchirante en boucle, en intégrant des nuances à chaque nouvelle version. Il modifiait les angles de vue à l'intérieur de ses songes. Comme un metteur en scène au cœur d'un tournage, il expérimentait différentes formules, déplaçant ses acteurs à sa guise. Diane les regardant, une larme coulant sur ses joues. Lui, parvenant à trouver les mots qui consolent. Ou ne les trouvant pas. Sa fille saisie d'une crise de nerfs, renversant les meubles. Il s'imaginait même déjà sur le vol retour au-dessus de la Méditerranée, en larmes, tourné vers le hublot pour se cacher de ses voisins.

Sa fille, quant à elle, ne planifiait rien. Elle goûtait chaque seconde passée à jouer sous le regard de son père. Pour elle, demain n'existait pas.

21

Une file de voitures s'était formée sur l'avenue Abdallah El Yafi. Un 4 x 4 des FSI[1] avait été dépêché sur place pour renforcer la sécurité et ses gyrophares scintillaient dans la nuit. Les gendarmes français s'étaient déployés à l'extérieur du poste de contrôle pour accélérer les vérifications des invitations. L'une des secrétaires de la chancellerie les assistait, la liste des convives et un stabilo à la main. Les VIP, dissimulés derrière les vitres fumées de leur véhicule, avaient droit au parking intérieur ; les autres devaient se contenter de l'accès piéton. Ils passaient un par un sous le portique de détection, après avoir déposé sur une petite corbeille en plastique leurs objets métalliques. C'était l'une de ces soirées cocktails à la résidence des Pins, événements toujours très prisés dans ce lieu chargé d'histoire qui bénéficiait en outre d'un écrin de verdure d'exception, privilège si rare à Beyrouth. Les premiers invités s'engageaient le long

1. Les Forces de sécurité intérieure, la gendarmerie libanaise.

de l'allée bordée des pins parasols centenaires rescapés de la guerre civile. Leurs jolis troncs noués, mis en valeur par un éclairage nocturne disposé à leur pied, projetaient une ombre végétale sur les larges pavés en pierre. Les convives débouchaient ensuite sur l'élégante bâtisse coloniale à l'architecture ottomane. Ils gravissaient les marches jusqu'au perron de la résidence d'un air pénétré, avant de franchir l'imposante porte en bois ouvragée de motifs géométriques et de calligraphie arabe. Les visiteurs du soir étaient déjà nombreux à investir le grand salon surplombé par deux imposants lustres en verre. Certains, agglutinés autour des buffets, lorgnaient d'un air gourmand les canapés et les petits-fours les plus appétissants, identifiant ceux qu'ils pourraient enfourner sitôt terminé le discours de l'ambassadeur.

Posté devant l'entrée du salon, Philippe de Maistre, le premier conseiller de l'ambassade, recevait les uns et les autres avec une petite phrase de politesse personnalisée. Jeune diplomate du concours d'Orient aux traits fins, arabisant émérite, il avait le sens de la formule et s'adaptait avec une facilité déconcertante au profil de ses interlocuteurs. Les Libanais le trouvaient drôle, cultivé et altier, en tout point conforme à l'idée qu'ils se faisaient d'un diplomate français désigné pour servir dans ces contrées si prisées et si compliquées. La réception du soir avait été organisée en l'honneur d'un président de région en visite officielle au Liban. Le premier conseiller avait personnellement supervisé la liste des invités avec les secrétaires de l'ambassadeur. Il s'était attaché à constituer un groupe aussi large que possible, représentatif des différentes communautés du pays. Aussi s'étonna-t-il de ne pas reconnaître l'homme qui s'approcha de lui d'une démarche curieusement furtive, une enveloppe à la main. Le visiteur, tout en lui remettant le pli d'un geste pressé, lui glissa à l'oreille, en français : « À transmettre à votre chef de poste de la DGSE, et à lui seul. » Puis il disparut dans la foule des invités. La scène se déroula si vite que le diplomate fut par la suite incapable de décrire à Jean le mystérieux personnage qui s'était présenté à lui. Un moustachu en costume gris ; il ne put en dire davantage.

Philippe de Maistre glissa l'enveloppe dans la poche de son veston, puis n'y pensa plus. En milieu de soirée, alors que la réception arrivait à son terme, il tâcha de retrouver l'intrigant convive en le cherchant dans les salons, jusqu'au perron de l'entrée. Mais celui-ci n'était plus là. Sans doute avait-il quitté la résidence sitôt l'enveloppe remise entre de bonnes mains.

22

Le poste DGSE de Beyrouth était en effervescence, oscillant entre enthousiasme et circonspection selon la personnalité des uns et des autres et leurs expériences respectives. Chacun avait relu plusieurs fois la lettre remise en mains propres par un mystérieux individu au premier conseiller de l'ambassade lors de la réception donnée la veille à la résidence des Pins. Philippe de Maistre l'avait transmise à Jean dès le lendemain matin. Elle ne comportait pas de détails suffisants pour permettre de conduire des premières investigations de contrôle. Juste une proposition de rencontre. Avec un homme prétendant être un membre des services de renseignement syriens, toujours en activité. Il proposait une coopération avec le service et la France et se disait prêt à transmettre des informations de grande valeur. Les modalités d'un premier rendez-vous y figuraient également : jeudi, dix heures, café Linas à Badaro. Un quartier proche de l'ambassade, à peine dix minutes à pied. La lettre était rédigée en français. Sans faute d'orthographe ni de grammaire.

Le poste était confronté à un « walk-in », selon l'expression en vogue dans les métiers de l'espionnage : une personne qui fait un pas en direction d'une agence de renseignement et propose ses services de son propre gré. Dans la très grande majorité des cas, il s'agit d'affabulateurs attirés par l'argent et qui n'ont qu'un accès très lointain au renseignement véritable, ces secrets que tout service cherche à obtenir pour les transmettre à ses autorités. D'autres sont des mythomanes exaltés qui se rêvent en intermédiaires incontournables des grandes puissances. Ceux-là ne demandent même pas d'argent, juste d'être pris en considération ; ce qui leur donne l'illusion d'être importants. Les espions, à l'étranger comme à la maison, attirent toutes sortes de fous qui se présentent avec des théories qui portent souvent à rire ou qui agacent, lorsque l'on n'a plus le temps de rire. Ces volontaires font donc fréquemment perdre leur temps aux professionnels du renseignement. Heureusement, plus ils sont farfelus, plus ils sont rapidement détectés comme tels. Leur demande de contact est jetée à la corbeille, assortie d'une consigne délivrée au central téléphonique de l'ambassade : « Ne répondez pas aux appels de cet individu. Vous êtes invités à lui raccrocher au nez. » Dans certains cas, lorsque le service a affaire à un volontaire plus intelligent que la moyenne, la détection de la supercherie peut prendre plus de temps. L'intéressé a travaillé son affaire. Il a construit un ensemble de renseignements qui s'inspire de détails recueillis dans la presse, agrémentés d'observations personnelles réelles ; le tout présenté avec aplomb. Certains hommes ont un talent inné pour le mensonge. Ils affirment l'inconcevable sans ciller ni trembler. Ils donnent même des détails précis, tirés de leur imagination, en décrivant des lieux où ils ne se sont jamais rendus, avec une assurance désarmante. Même un espion formé au mensonge et à la manipulation peut se laisser berner. Heureusement, face à un service organisé qui recoupe les informations recueillies, les montages frauduleux finissent la plupart du temps par être éventés.

En dehors de cette large cohorte de fâcheux qui constitue la grande majorité des cas de volontaires se présentant aux portes des ambassades, il existe deux autres cas de figure. Deux options opposées, tel un jeu de pile ou face.

Le walk-in, dans de très rares occasions, peut s'avérer une source potentielle de haut niveau. Il dispose d'un accès véritable au renseignement qui intéresse le service. Les plus grandes sources de l'histoire mondiale de l'espionnage, en particulier lors de la période de la guerre froide où le renseignement constituait le seul champ de bataille autorisé, furent souvent des walk-in.

Inversement, lorsque la pièce tombe du mauvais côté, le volontaire est un espion téléguidé par un service adverse. Un agent double dont le but est d'intoxiquer le service infiltré avec de fausses informations ou de détecter les espions en poste dans une ambassade ou un consulat.

Peut-être parce qu'elle était résolument optimiste de nature, Solange était pour sa part emballée. Sans doute souhaitait-elle aussi que la mission consistant à traiter l'affaire en rencontrant le volontaire syrien lui soit confiée. Jean se montrait beaucoup plus réservé. Et Alexandre oscillait entre les deux positions.

— Imaginez un instant, Jean, que cet homme soit un vrai espion de Bachar. Quelle autre possibilité aurait-il pour prendre contact avec le service, à partir du moment où nous avons fermé notre ambassade à Damas ? Beyrouth est sa meilleure option, celle qui éveille le moins les soupçons.

Solange reparcourut encore les lignes écrites de la main du volontaire. Elle n'y voyait que des motifs de satisfaction. Elle tâchait cependant de maintenir sous contrôle l'euphorie qui la gagnait. Des perles de sueur discrètes s'étaient formées au-dessus de sa lèvre supérieure. Alexandre remarqua néanmoins l'effervescence qui s'était emparée de sa collègue.

— Le poste a l'occasion de frapper un grand coup en reprenant la main sur le dossier syrien. Toute la Centrale aura les yeux rivés sur nous. Si c'est un vrai, c'est de l'or en barre.

Jean sourit à sa subordonnée. Si le cheptel de sources du poste pouvait compter sur un membre des SR syriens, leur fortune était faite. Le directeur du renseignement ne prendrait plus son téléphone pour lui remonter les bretelles, mais pour le féliciter. Il refusait toutefois de se comporter comme un enfant qui trépigne avant d'ouvrir ses cadeaux de Noël. Le chef de poste, tout au long de sa carrière d'espion, n'avait encore jamais rencontré le père Noël. Il préférait garder la tête froide.

— Écoutez, Solange, j'espère que l'avenir vous donnera raison et que nous sommes à la veille d'une très bonne surprise. Mais j'ai déjà traité une multitude de cas similaires. J'en ai vu, des walk-in, dans ma carrière. Et j'ai toujours été déçu. Pas une fois, vous m'entendez, Solange, pas une fois je ne suis tombé sur une vraie source. Dans mes moments de faiblesse, je le concède, je me suis quand même laissé gagner par un espoir un peu fou, à une ou deux occasions, face à un profil plus sérieux que d'ordinaire et qui avait visiblement mieux préparé son coup. J'ai voulu y croire. Mais tous ces dossiers se sont terminés par des déceptions. Tous. Sans exception.

Alexandre s'amusa intérieurement de la longue tirade de son chef. Si ce dernier n'y croyait pas, même un peu, il ne se serait pas engagé dans un raisonnement si argumenté. Il était convaincu que Jean souhaitait ardemment que le scénario présenté par Solange s'avère le bon. S'il s'en défendait avec autant d'impétuosité, c'est qu'il voulait se préparer à l'éventualité d'un nouvel échec. Lorsque l'on n'attend rien, on ne peut qu'être agréablement surpris par la tournure favorable que prennent parfois les événements.

— J'entends bien, Jean. Mais lorsque je travaillais au bureau Iran, notre meilleure source qui avait des accès au Guide suprême était un ancien walk-in.

Pour al-Qaida, la légendaire source Amalyte était aussi un walk-in !

L'heure n'était plus à débattre de ce que ni le poste ni le service ne pouvaient contrôler. Il fallait payer pour voir, comme au poker.

— Nous nous rendrons donc au premier rendez-vous. Mais, comme il est hors de question de dévoiler à un inconnu le dispositif du poste et l'identité de ses membres, nous ferons intervenir un gendarme pour ce premier contact. Il se présentera comme tel. J'en ferai la demande au chef de détachement.

— Il se pointera en uniforme à Badaro ? demanda Alexandre.

— Non, bien sûr. En civil. On placera l'un des secrétaires avec une arme, en couverture. Pour éviter les coups fourrés.

— OK, Jean, reprit Solange. Et si le walk-in semble intéressant après ce premier contact… Qui prend le relais au poste ? Qui s'occupe du dossier ?

— Ce sera vous, Solange. Vous parlez arabe, c'est un avantage précieux.

— Le gars nous a écrit en français, fit remarquer Alexandre.

— La lettre a peut-être été rédigée par un intermédiaire ou un interprète, répondit Jean, mettant un terme à la réunion de crise.

Solange ne fit aucune remarque supplémentaire, satisfaite d'avoir eu gain de cause. Alexandre non plus ne chercha pas à infléchir la décision du chef de poste. Avec la faible popularité dont il disposait, il ne se faisait aucune illusion sur ses chances de le faire changer d'avis. Et puis, il le reconnaissait : Solange ferait parfaitement l'affaire.

23

Alexandre avait méticuleusement révisé ses notes et préparé l'entretien à venir avec le plus grand soin. La rencontre était importante et le jeune officier traitant en avait pleinement conscience. Le temps, dans la grande pièce partagée, était comme suspendu. Il pouvait discerner Solange et son air pincé, à moitié cachée derrière son écran d'ordinateur. Elle était occupée à rédiger le rapport de sa longue réunion de la veille avec sa source, mais elle ne décolérait pas d'avoir ainsi dû passer la main. Elle observait Alexandre du coin de l'œil. Juste pour voir comment il s'en tirait. Était-il paralysé par l'enjeu ou parfaitement concentré sur sa tâche ?

Au fond du couloir, Jean avait comme à son habitude laissé sa porte ouverte et observait lui aussi Alexandre en biais, au-dessus de ses lunettes de vue. Il prenait un air détaché mais jetait de trop fréquents coups d'œil à sa montre avant de reporter son attention sur son subordonné. Il le considérait d'un air sévère, en se demandant s'il se montrerait au niveau.

Un walk-in, dans la très grande majorité des cas, c'était une planche pourrie. Alexandre saurait-il y voir clair ? Les services de renseignement savaient habituellement bien gérer ces situations, très fréquentes dans la vie d'un poste déployé à l'étranger. Un peu d'imagination, du bagou, et le volontaire se persuadait qu'il allait parvenir à duper son monde ; mais l'histoire de l'apprenti espion se dégonflait souvent très vite. Quelques questions bien ciblées suffisaient en général pour démasquer les charlatans. Dans le cas du commandant Majed Ali, si ce nom correspondait bien à sa véritable identité et à son grade, le walk-in qui venait proposer ses services à la DGSE avait déjà apporté quelques preuves rassurantes. Les contrôles de la Centrale étaient revenus positifs. La rencontre avec un membre du service avait donc été autorisée. On passait à l'étape suivante. Celle qui permettrait de déterminer le degré de fiabilité de l'individu et la validité des accès qu'il prétendait avoir.

— Ça y est, on arrive. On sera au bercail dans cinq minutes.

La voix de Daniel, qui avait été chargé de récupérer le volontaire, venait de se faire entendre dans un grésillement sec de radio. Alexandre se saisit du talkie-walkie chiffré d'un geste un poil trop brusque. Il aurait voulu montrer à Solange qu'il maîtrisait pleinement la situation et qu'il était souverainement détendu. Pour le calme du moine zen, il repasserait. Leurs regards se croisèrent.

— Bien pris, Vert 3.

Alexandre reposa l'appareil et l'éteignit. Fin des communications radio. Il prit le petit dossier cartonné dans lequel il avait glissé une dizaine de feuilles blanches puis quitta le poste d'un air résolu, attitude qu'il amplifia encore, en se redressant, lorsqu'il passa devant le bureau de son chef. Une fois la lourde porte blindée refermée derrière lui, il se retrouva dans les couloirs boisés de la chancellerie diplomatique. Les locaux étaient désertés à cette heure tardive. Seuls l'ambassadeur et son secrétariat devaient encore être là. Alexandre rejoignit sans croiser quiconque le petit bureau vide que l'ambassade avait mis à la disposition du poste de la DGSE pour la rencontre du jour.

Neuf mètres carrés, tout au plus. Un local sans fenêtre, quatre murs blancs. Un bureau gris métal occupait la moitié de l'espace et deux chaises d'écolier complétaient le mobilier. L'endroit ne servait qu'occasionnellement et ce dénuement faisait parfaitement l'affaire. Les rencontres clandestines ne s'organisaient que très rarement dans le luxe opulent des palaces des capitales. Les espions choisissaient au contraire des lieux impersonnels, sans âge, parfois sordides, mais toujours discrets et à l'abri des regards. C'étaient là les critères essentiels des entrevues secrètes entre un officier traitant et sa source.

Alexandre s'assit sur la chaise qui faisait face à la porte puis attendit l'arrivée de Daniel et du walk-in. Comme à son habitude en pareille situation, il prit trois lentes inspirations pour ralentir son rythme cardiaque. Il retrouva rapidement son calme, même si l'adrénaline qui courait dans ses veines maintenait son attention au niveau de celle d'un chasseur à l'affût.

On frappa à la porte.

— C'est moi !

Alexandre reconnut la voix du secrétaire.

— Entre.

Daniel se glissa dans la pièce exiguë et referma doucement la porte derrière lui.

— C'est bon, il est là. Tout s'est bien passé.

— OK, merci. Tu le sens comment ?

— Bien. Il est calme. Calme mais concentré. Il observe tout, sans poser de questions.

— Bon… Laisse-le patienter encore une minute, pour la forme, et fais-le rentrer, s'il te plaît.

L'homme qui apparut alors jeta un regard circulaire sur la pièce, mais qui buta rapidement contre les parois toutes proches. Il reporta naturellement son attention sur l'officier traitant qui le dévisageait intensément. Des cheveux courts, une épaisse moustache noire typique des officiers syriens du parti Baas, à la Saddam Hussein, le walk-in portait un pantalon sombre en toile et une chemise à carreaux bon marché. Alexandre fut frappé par ses yeux : deux billes noires, comme enfoncées dans leurs orbites, d'où n'émanait aucune émotion. Des yeux qui ne servaient qu'à analyser froidement. Il avait l'impression désagréable d'être fixé par deux caméras de surveillance.

— Asseyez-vous, je vous prie.

Le walk-in n'initia aucun mouvement pour autant, comme pour signifier qu'il comptait bien garder son libre arbitre et qu'il n'avait nullement l'intention d'obéir à chaque ordre donné. Il finit malgré tout par s'asseoir.

— Content de vous rencontrer enfin. Soyez le bienvenu à l'ambassade de France. Pas trop choqué d'avoir dû faire la partie finale du voyage dans le coffre de notre voiture ?

— Pas du tout. Si vous m'aviez fait rentrer comme tout le monde, je me serais posé des questions sur votre sérieux. Presque tous vos gardes libanais rendent des comptes au Hezbollah, qui lui-même nous transmet ce qui est susceptible d'intéresser le régime syrien. Vous en avez bien conscience, j'espère ?

Alexandre constata que le gendarme qui avait rencontré le Syrien dix jours auparavant n'avait pas exagéré. Le volontaire parlait parfaitement le français. Aucune faute de concordance des temps, remarqua l'officier traitant un brin admiratif.

— Oui, nous le savons, naturellement. Nous ne leur faisons pas confiance.

Alexandre se pencha légèrement en avant vers le volontaire qui attendait patiemment la suite.

— Paris vient de nous faire part de ses premiers retours à partir des quelques éléments que vous nous avez transmis. Nous avons pu établir certains recoupements qui collent avec nos bases de données, commandant Majed Ali, si c'est effectivement là votre nom… Nous avons bien trouvé deux officiers supérieurs syriens avec ce même nom. Aucun d'eux n'appartient aux services secrets, mais nos archives ont quelques trous sur la Syrie, j'en conviens. Rien de rédhibitoire, donc.

L'OT ouvrit sa chemise cartonnée et se référa à un schéma technique où une dizaine de numéros étaient reliés les uns aux autres. Avec cette feuille, il souhaitait montrer à son interlocuteur qu'il ne parlait pas dans le vide. Le service avait déployé les grands moyens et le traitant faisait partie d'une équipe élargie. La DGSE tout entière s'exprimait à travers lui.

— L'étude de votre numéro de téléphone, que vous avez bien voulu nous communiquer, nous donne à penser qu'il s'agit effectivement du téléphone d'un membre d'un service de renseignement. Quelques numéros appelés sont connus de Paris. Mais il s'agit visiblement d'un simple téléphone administratif de liaison. Rien de très intéressant dans les échanges interceptés. Bref, mon commandant, vous avez passé la première étape test et j'ai donc reçu l'autorisation de monter ce premier échange clandestin entre vous et un membre du service, c'est-à-dire moi, en l'occurrence.

— Vous m'en voyez ravi.

Alexandre nota le ton ironique de la remarque, mais ne fit aucun commentaire.

— Vous avez précisé que vous ne souhaitiez pas être reçu par une femme. Pourquoi cela ?

— Je suis très croyant. Et je ne suis pas à l'aise avec les femmes.

— Bon. Passons à autre chose. J'aimerais commencer par une première question, avant même de parler des renseignements que vous seriez prêt à nous confier et de vos accès. Elle me semble essentielle. Pourquoi ? Pourquoi prendre de si gros risques pour nous contacter et nous proposer vos services ?

— Question TRÈS essentielle, répondit le Syrien en haussant exagérément la voix sur l'adverbe. Mais moi, j'ai d'abord une question pour vous.

— Oui ?

— Quel âge avez-vous ? Une trentaine d'années, je dirais. C'est sans doute votre première affectation à l'étranger. Je suis donc face à un débutant inexpérimenté qui essaye de se donner de la contenance en espérant prendre l'ascendant sur moi. Pourquoi est-ce que je ne suis pas en train de parler au chef de poste ? On a jugé à Paris que je n'en valais pas la peine ?

Alexandre encaissa la remarque comme un uppercut. Il fit son possible pour ne rien laisser paraître et se contenta de sourire. Sa dernière carte, en pareille circonstance. Comme un boxeur sonné qui doit reprendre l'initiative pour ne pas aller définitivement au tapis, Alexandre décida de contre-attaquer.

— Je suis votre interlocuteur désigné. Il n'y en aura pas d'autre : si vous voulez effectivement collaborer avec la France, il va vous falloir passer par moi, même si j'ai dix ans de moins que vous et que cela heurte votre ego. Au final, je suis celui qui transmettra un rapport à Paris et qui donnera un avis sur la viabilité de notre collaboration. Parce que, voyez-vous, poursuivit l'officier traitant ragaillardi, un volontaire comme vous l'êtes, c'est dans 98 % des cas un illuminé ou un escroc à la recherche d'une récompense. Ou pire encore : un provocateur des services de renseignement adverses qui tente de nous manipuler.

Alexandre marqua une pause, en observant son vis-à-vis et en cherchant à évaluer l'effet qu'il venait de produire sur lui. Le Syrien avait l'air interdit, sans doute impressionné par cette vive réaction de la part d'un jeune professionnel dont il avait sous-estimé la capacité à rendre les coups.

— Vous pouvez rappeler votre garde du corps. J'en ai terminé. Je n'ai plus rien à vous dire.

Le walk-in avait accompagné sa dernière phrase d'un regard glacial.

Sur sa chaise d'écolier, le corps d'Alexandre parut peser une tonne. Tout le sang du jeune homme se figea et son cœur sembla s'arrêter de battre. Il l'avait définitivement braqué. Il n'y avait plus rien à faire. Il aurait dû lui témoigner plus de respect. Le caresser dans le sens du poil. Lui dire qu'il le trouvait impressionnant.

Déjà, le walk-in se levait de sa chaise. Alexandre se ressaisit et intima au Syrien de se rasseoir.

— Je vais voir si la voie est libre. Attendez-moi ici. Je reviens.

En refermant la porte derrière lui, il adressa une première consigne à Daniel qui patientait dans le couloir :

— Tu ne le laisses surtout pas sortir. J'arrive tout de suite.

Puis le jeune officier traitant s'engagea dans les couloirs qui menaient à la porte du poste. Il entra tout essoufflé dans le bureau de Jean.

— Je l'ai braqué. Il veut partir. Pourtant, j'ai l'impression que c'est un vrai. Pour moi, c'est bien un membre des services syriens. On fait quoi ?

Jean ne prit pas plus d'une seconde pour décider de la marche à suivre. Il avait analysé en un tour de main les nouvelles informations apportées par son subordonné.

— Ce n'est pas à la source de nous dicter son tempo. Laissez-le partir. Donnez-lui le numéro de téléphone démarqué que Philippe a récupéré pour la manip pour qu'il puisse nous recontacter. S'il veut vraiment nous parler et initier une coopération, il reviendra. Je ne me fais pas de souci là-dessus. Compris ?

— Reçu, Jean, souffla Alexandre, ragaillardi par la consigne de son chef.

Le walk-in, les bras croisés, n'avait pas bougé de sa chaise au retour d'Alexandre. Celui-ci griffonna un numéro de téléphone sur un bout de papier qu'il plia en quatre.

— Tenez. Vous pourrez me joindre à ce numéro. C'est un téléphone équipé d'une carte SIM démarquée que nous allons surveiller dans les jours qui viennent. Je ne vous retiens pas, si vous voulez partir. Notre coopération ne se fera qu'avec votre plein accord. Personne ne force personne, ici. Personnellement, je vous crois, mon commandant. Je pense que vous êtes un véritable membre des services syriens. Et j'ai très envie de vous revoir. Le plus vite sera le mieux.

Le walk-in resta silencieux. Mais il avait écouté Alexandre avec attention.

— J'y vais. Mon collègue va vous raccompagner et on vous déposera à quatre cents mètres de l'endroit où l'on vous a récupéré initialement. Il va falloir vous cacher à nouveau sous une couverture. J'en suis par avance désolé.

Il lança un dernier coup d'œil au Syrien avant de quitter la pièce.

— À bientôt j'espère, ajouta-t-il en esquissant un timide sourire.

24

De l'extérieur, avec sa façade crasseuse et ses fils électriques qui pendaient depuis les balcons, l'immeuble ne payait pas de mine. Il était situé au milieu de la rue Seifeddine el-Khatib et était accolé au petit cimetière juif de la ville. Cette rue, très étroite et en pente, était surnommée « la rue des rétroviseurs ». Tout simplement parce qu'elle était en double sens et que les voitures, souvent de gros 4 x 4, éprouvaient toutes les peines du monde à se croiser sans emboutir ces petits miroirs. Des bouchons provisoires se formaient régulièrement, pendant lesquels deux files se faisaient face sans que l'une ou l'autre accepte de reculer. Les klaxons rentraient vite dans la danse, sans effet sur la résolution du problème. Puis, à force de petites manœuvres millimétrées et de quelques destructions de rétroviseurs qui pendaient piteusement le long des portières, le miracle opérait et la circulation redevenait fluide.

La chambre des enfants donnait malheureusement sur ce capharnaüm. Les deux fillettes, âgées de huit et dix ans, dormaient mieux le dimanche que pendant la semaine. Mais, une fois plongées dans leur sommeil d'enfant, elles devenaient insensibles aux bruits parasites de la circulation.

Jean et Albane étaient tombés sous le charme de leur appartement dès la première visite, en dépit d'un compréhensible mouvement de recul face à l'immeuble décati. L'agent immobilier semblait sûr de son coup : « Attendez de voir à l'intérieur ! » Ce commercial charmeur et à la barbe noire soigneusement taillée était un habitué des expatriés français. Il savait parfaitement ce qui leur plaisait et ce dont ils avaient au contraire horreur. Il ne s'était pas trompé avec ce diplomate de l'ambassade de France et son épouse. Sitôt franchie la lourde porte d'entrée en bois, les regards de Jean et d'Albane avaient été happés par le plafond ouvragé au-dessus de leurs têtes. Le long couloir par lequel ils étaient entrés débouchait sur un vaste double séjour lumineux dont les boiseries étaient décorées dans le style ottoman. Le sol était couvert d'un carrelage aux motifs géométriques qu'Albane avait trouvé élégant. Mais elle avait aussi pensé que cela manquait de chaleur et elle avait été frappée par l'acoustique de la pièce vide. « Tu verras, dès que nous serons installés, il n'y aura plus d'écho », l'avait rassurée Jean.

— En espérant que notre container n'arrive pas trop tard. J'en ai marre de l'hôtel. Et les filles aussi.

— Encore quinze jours, normalement. Ce ne sera plus long, mon cœur.

L'agent immobilier les avait ensuite conduits vers les deux chambres. Les murs étaient peints dans des tons pastel très dilués, d'un bleu ciel presque blanc. Le couple avait jaugé l'espace d'un œil averti, imaginant déjà diverses manières d'agencer leurs meubles. Ils étaient restés silencieux, sans échanger sur leurs impressions. « Ne dis pas si tu le prends ou non, l'avait averti Albane. Tu es toujours trop rapide et tu as tendance à polluer ma décision. Laisse-moi le temps de choisir par moi-même. »

Puis ils avaient suivi le barbu et sa chemise cintrée jusqu'au clou de la visite. Ils étaient retournés au salon pour rejoindre la véranda extérieure que l'agent immobilier avait opportunément décidé de placer en fin de visite. L'appartement était situé au rez-de-chaussée, ce qui, dans l'esprit de Jean, n'était pas idéal du point de vue de la sécurité. Les accès étaient en effet plus nombreux que ceux d'un logement situé à l'étage, où il n'y aurait eu que la porte d'entrée à surveiller et à éventuellement renforcer. « Mais je peux vivre avec ça, et le service aussi. » L'avantage d'un appartement de plain-pied se dévoila devant eux : un jardin. Avec une fontaine, des arbustes en fleurs et un petit olivier au tronc noueux. En plein Beyrouth. Une oasis de verdure que très peu d'habitants de la capitale pouvaient s'offrir, à moins de s'éloigner de la ville et d'aller se perdre dans la montagne, ce qui n'était pas une option pour un chef de poste contraint d'habiter à proximité de son ambassade. Et ce trésor, car pour Jean, il s'agissait bien de cela, n'était situé qu'à cinq minutes à pied de son bureau. Il avait fait tout son possible pour se retenir de crier : « On le prend. C'est celui-là qu'il nous faut. On arrête les visites. » Il avait trépigné sur place en observant son épouse du coin de l'œil.

Le guide s'était arrêté de parler. À ce stade, il n'y avait plus qu'à laisser la visite infuser dans les esprits, et attendre. Il regardait le couple sans intervenir. Puis il demanda simplement :

— Alors, qu'en pensez-vous ?

— Il est superbe. Je l'adore, avait explosé Albane.

Et Jean, après avoir poussé un soupir de soulagement, avait conclu l'affaire :

— Bon. Nous le prenons. Je crois que c'est un coup de cœur pour elle comme pour moi.

Ils habitaient dans ce havre de paix de la rue des rétroviseurs depuis plus d'un an et leur appartement rendait leur séjour à Beyrouth encore plus agréable.

Le lendemain de la première entrevue avec le walk-in, Jean avait conduit ses filles jusqu'à l'école à pied, comme tous les matins. C'était une routine familiale à laquelle il essayait de ne jamais déroger. Ce joyeux parcours effectué main dans la main avec sa progéniture, pendant lequel il racontait des histoires d'elfes ou de princesses embarqués dans des aventures exotiques, lui permettait de mieux faire accepter ses longues heures passées à travailler.

Le compte-rendu d'entretien avait été envoyé la veille et il s'attendait à découvrir une première réponse de Paris à son arrivée au poste. C'était donc l'une de ces matinées où il pressait le pas pour rejoindre l'accès piéton de la chancellerie. Il considérait sa journée de travail avec gourmandise en anticipant les heures à venir. Il fut déçu de constater que la Centrale avait décidé de ne pas s'emballer et de rester silencieuse. Il la comprenait, en un sens. Il était trop tôt pour s'enflammer et l'affaire pouvait très vite se dégonfler. Des consignes allaient néanmoins certainement lui parvenir dans la matinée. Il fallait se montrer patient, ce qui n'était pas le fort du chef de poste.

Jean était plongé dans la lecture de *L'Orient-Le Jour*, ce quotidien francophone qu'il lisait consciencieusement tous les matins, lorsqu'il fut interrompu par la sonnerie de son téléphone chiffré.

— Allô ? Le chef de poste ?

— Oui, c'est moi.

— Ne quittez pas. Le directeur veut vous parler.

Au moins, le directeur du renseignement, lui, sentait que ce petit événement pouvait devenir le futur dossier prioritaire du service pour le suivi de la crise en Syrie. L'homme se donnait la peine de décrocher son téléphone. Et cette fois-ci, normalement, ce ne serait pas pour tenir des propos désagréables.

— Je viens de lire votre message sur la première rencontre entre le poste et ce volontaire syrien. Alors, Jean, tu en penses quoi, toi, de ton walk-in ?

Une toux le força à différer la question suivante.

— Intéressant, non ?

— En matière de walk-in, je sais d'expérience qu'il ne sert à rien de s'emballer. Je préfère rester prudent. Mais l'impression de l'OT qui a été au contact avec lui est bonne. Comme tu as pu le lire dans le message, le gars lui semble adopter une attitude maîtrisée. Il n'en fait pas trop. Et il a choisi une méthode discrète pour entrer en contact avec nous, ce qui est de bon augure sur son sérieux.

— Je partage ton avis. Et n'oublie pas, Jean, qu'il a accepté sans faire d'esclandre de se cacher dans le coffre de la voiture du poste. Un rigolo aurait paniqué et n'aurait jamais accepté de monter.

— C'est vrai. Il a dû sentir que c'était indispensable pour sa sécurité de ne pas être aperçu par les gardes libanais de l'ambassade. Et c'est donc un bon point pour lui.

— Et ton OT, tu es sûr de ton choix pour gérer une telle affaire ? Tu n'as pas préféré le traiter toi-même ou désigner ton OT plus expérimenté ?

— J'ai toujours eu pour habitude de confier les dossiers de volontaires à mes OT. Le Syrien avait expressément demandé à ne pas être traité par une femme. Mais Alexandre a la tête sur les épaules. Il fera le job. Et puis je surveillerai la manipulation comme de l'huile sur le feu.

— Et tu crois qu'il va revenir ? Pourquoi l'avoir laissé partir si facilement ?

— Il reviendra. Ça, j'en suis convaincu. Si c'est un vrai, il reviendra.

— Il n'y a pas de risque qu'il décide d'aller vendre son renseignement aux Américains ?

— Non, je ne crois pas. Il parle parfaitement le français. Sa culture le pousse naturellement vers nous. Et puis la France dispose d'une bonne image en ce moment auprès de l'opposition syrienne. Notre position ferme sur l'usage des armes chimiques par le régime et notre volonté de frapper par les armes s'il le faut, ça plaît. Je le constate presque tous les jours avec mes contacts.

— Eh bien j'espère que tu as raison, Jean. *Inch'Allah*[1] alors, comme on dit par chez vous !

— C'est ça, monsieur le directeur. *Inch'Allah.*

1. « Si Dieu le veut ! » Expression très fréquemment utilisée par les Libanais, à tout moment de la journée, même par les chrétiens.

25

Les coudes calés sur une rangée de sacs de sable, le commandant Samer Qattan inspectait le carrefour pour la troisième fois à l'aide de ses jumelles de vision nocturne. Il distinguait parfaitement la bâtisse au toit effondré sur la droite de la route et trois arbres efflanqués qui se détachaient au-dessus de la ligne d'horizon. Son appareil, d'une génération ancienne, délivrait une image verte chargée de bruit qui l'empêchait de discerner tous les détails de la zone surveillée. Mais ses jumelles étaient largement suffisantes pour repérer les camions-citernes qu'il attendait avec impatience. Tout en gardant son casque de fixation sur la tête, il releva la visière des binoculaires pour inspecter sa montre. Le convoi était en retard. Le commandant Qattan vérifia que la dizaine de militaires de la 137e brigade qui l'accompagnaient étaient bien à leur poste. Il n'eut pas à hausser la voix ou à sermonner le chef de détachement pour rappeler ses consignes de discrétion. Ces hommes avaient connu les intenses combats de ces derniers mois à Deir ez-Zor et leur présence sur la ligne de front, au niveau de l'aéroport si âprement disputé, suffisait à maintenir leur vigilance à un niveau élevé. Ils écarquillaient les yeux pour tenter d'entrevoir tout mouvement suspect dans la nuit d'encre qui les enveloppait. Aucun d'eux ne parlait, afin de capter le moindre bruit alentour.

Depuis le début de la guerre civile, la ville de Deir ez-Zor avait fait l'objet de furieux combats entre les forces loyalistes et les différents groupes de l'opposition syrienne. Ces derniers avaient rapidement conquis l'est de la ville en franchissant l'Euphrate et avaient tenté en vain d'isoler l'aéroport. Depuis l'été 2014, les combattants de l'État islamique avaient définitivement pris le dessus sur les autres forces de l'opposition et l'armée syrienne ne faisait plus face, à Deir ez-Zor, qu'aux seuls djihadistes de l'organisation terroriste.

Samer Qattan était un cadre des services de renseignement de l'armée syrienne. Il appartenait à la branche régionale implantée à Deir ez-Zor, ville dont il était originaire et qu'il connaissait parfaitement. C'était sans doute pour cette raison que son chef l'avait désigné pour cette mission secrète. Et pour d'autres motifs, moins avouables. Qattan était un officier réputé implacable, détesté par la population, responsable d'une multitude d'actes de torture et d'exécutions sommaires. Il comptait de nombreux ennemis au sein de la province et tous avaient juré sa mort. Son destin était donc intimement lié à la survie du régime de Bachar al-Assad, ce qui en faisait un serviteur zélé des institutions syriennes. La chute du système signifierait pour lui, à coup sûr, la fin immédiate de l'immunité dont il bénéficiait.

L'officier de renseignement avait pris l'habitude d'arpenter les rues de Deir ez-Zor, du moins la partie de la ville toujours tenue par le régime, avec son arme de poing portée à la ceinture. Il regardait les habitants qu'il croisait d'un œil mauvais, à la recherche des taupes éventuelles infiltrées par Daech. Lorsqu'il se déplaçait avec plus de quatre acolytes, mieux valait passer vite son chemin : cela voulait dire qu'il était sur le point d'arrêter un suspect. Et le commandant Samer Qattan ratissait large : sur dénonciation, à partir d'un renseignement obtenu sous la torture, ou selon son humeur du moment. Le malheureux était alors conduit les yeux bandés dans un pick-up aux vitres fumées jusqu'à la base de la 137e brigade, deux kilomètres plus loin, à l'ouest de la ville. Les prisonniers emmenés par Qattan ne réapparaissaient jamais. Toutes les guerres civiles, quels que soient l'époque ou le continent concernés, engendrent des monstres : des individus, des hommes à une écrasante majorité, qui deviennent comme possédés par la violence ambiante. Les limites morales se désintègrent et l'instinct animal prend le dessus. Qattan était de ceux-là. Il ne déléguait jamais à ses subordonnés le plaisir d'une torture. Il aimait le pouvoir absolu qu'il avait alors sur la vie de ceux qu'il interrogeait, ces vers de terre recroquevillés qui suppliaient qu'on les épargne. Il aimait tuer. Les yeux dans les yeux. Et saisir, au plus près, l'instant où la vie disparaissait du regard de l'autre.

La vision verte de ses jumelles offrait toujours le même paysage désolé, sans mouvement sur le carrefour et aux alentours. Pourtant, il savait qu'ils n'allaient pas tarder à arriver. Ce fut le bruit des moteurs qu'il entendit d'abord, bien avant que les véhicules n'apparaissent. C'était tout un convoi qui avançait au ralenti, prudemment. Il entrevit le véhicule de tête. Un 4 x 4 Toyota surmonté d'un canon antiaérien. En expert militaire, il reconnut immédiatement le modèle : un canon soviétique ZU-23. Un canon de vingt-trois millimètres capable aussi bien de frapper des cibles dans le ciel que de basculer à l'horizontale pour pulvériser les façades des immeubles. À cinq mètres de distance, un deuxième Toyota chargé de combattants suivait. Puis le premier camion-citerne. Les véhicules avançaient tous feux éteints. Seuls les codes étaient allumés et projetaient un mince filet de lumière au travers des phares occultés par une épaisse couche de scotch noir où des fentes horizontales de six centimètres de longueur sur un centimètre de largeur avaient été dégagées. Le dispositif permettait aux conducteurs de discerner les contours de la route et d'éviter les fossés de part et d'autre. L'ensemble du convoi progressait ainsi discrètement, quasiment indétectable par les avions de la coalition occidentale.

Dix camions-citernes et quatre véhicules d'escorte, dénombra le commandant Qattan au travers de ses lunettes. Le compte était bon. Le convoi s'immobilisa devant le check-point provisoire mis en place par les militaires syriens. L'officier de renseignement retira son équipement de vision nocturne et le plaça à l'intérieur de son sac à dos. Il descendit de son poste d'observation par un petit escalier intérieur dont les marches étaient encombrées de gravats. Lorsqu'il rejoignit le binôme de tête de son escorte d'infanterie, il ressentit la tension palpable qui accompagnait ce moment suspendu d'observation mutuelle. Ses hommes restaient silencieux. Leurs index avaient quitté l'extérieur du pontet de leurs armes automatiques pour se caler sur la détente, prêts à faire feu. En face, les combattants du convoi avaient fait de même et se tenaient prêts à riposter.

— Calmez-vous, les gars. Je gère ! lança le commandant en direction de ses hommes.

Il dépassa ensuite le check-point pour se porter à la hauteur du véhicule de tête. C'est à ce moment-là qu'il distingua le drapeau noir qui flottait au-dessus de la cabine du pick-up. Le drapeau de Daech. Un barbu à la stature imposante, portant un treillis camouflé, fit quelques pas dans sa direction, le canon de son AK 47 dirigé vers le sol.

— Abou Anas ?

— Oui, c'est moi, répondit le djihadiste d'une voix étonnamment douce. Commandant Qattan ?

— Je suis le commandant Qattan.

— Les citernes sont à vous. Si du moins vous avez apporté la somme demandée en dollars américains.

L'officier syrien tendit au combattant islamiste une large enveloppe. Celui-ci s'en empara d'un mouvement brusque et déversa son contenu sur le capot de sa Toyota. Sous la lumière de la lampe de poche qu'il tenait entre ses dents, il entreprit de compter les liasses de billets. Il prit tout son temps. Un temps que les hommes en armes, d'un côté comme de l'autre, jugèrent tous interminable.

— Parfait, souffla Abou Anas en plaçant l'enveloppe dans la poche de poitrine de son treillis militaire.

Il fit un signe en direction du conducteur du premier camion-citerne. Les dix véhicules embrayèrent l'un après l'autre pour entrer dans le secteur contrôlé par les forces loyalistes.

— Jeudi ! lança le commandant d'une voix suffisamment forte pour couvrir le bruit des moteurs. Jeudi, je reviens à la même heure, à ce même point de contrôle, avec treize autres camions-citernes vides. À vous de les récupérer et de les remplir les jours suivants.

— Pas plus de dix, c'est la règle, répondit fermement Abou Anas. Nous ferons deux convois distincts, avec deux départs différés de deux heures. Ces derniers mois, les avions de la coalition américaine ont pris systématiquement pour cible nos camions-citernes. Ils cherchent à nous empêcher d'écouler nos stocks. Nous sommes obligés de prendre ces mesures de sécurité.

— Je comprends. Ce n'est pas un souci. Jeudi, ce sera encore vous ?

— Oui, ce sera moi, *Inch'Allah*.

Les deux responsables se quittèrent sur ces mots après s'être mutuellement jeté un regard chargé de mépris qui se perdit dans la nuit. Les quatre Toyota de l'escorte de l'État islamique firent demi-tour en premier. Les militaires syriens prirent alors le chemin du retour, à l'opposé, encadrant les camions-citernes. L'échange n'avait pas duré plus de vingt minutes et s'était déroulé sans accrocs. La mission était remplie. Assis à la place du passager du deuxième véhicule du convoi nouvellement formé, le regard fixé sur la route devant lui, le commandant Qattan sourit dans le vide. Un sourire qui n'était destiné qu'à lui-même.

26

Daniel, le secrétaire du poste, le reconnut immédiatement. Sa manière de marcher, de se tenir droit, avec son air concentré et sa chemise à carreaux. Et surtout, sa moustache. Les Libanais, dans ce quartier du centre de Beyrouth, gardaient plus fréquemment le visage glabre ou préféraient la barbe de trois jours, très à la mode chez les trentenaires.

— Ici Rouge 3. Il vient de passer devant moi.

Daniel était posté depuis trente minutes dans un bar-restaurant situé au croisement des rues George Tabet et George Naccash. La large baie vitrée de l'établissement offrait une vue dégagée sur les allées et venues des passants tout en protégeant des regards extérieurs.

Alexandre sursauta en entendant la voix du secrétaire rompre le silence désespérant qui régnait jusque-là sur leur réseau crypté. Pourtant, le Syrien était parfaitement à l'heure. Mais l'attente silencieuse qui précédait l'action semblait toujours durer une éternité.

— Ici Rouge 1. C'est bien lui, tu en es sûr ?

— Sûr, Alex, quand même ! Je me souviens parfaitement de lui.

— Pas de nom à la radio, Rouge 3 !

— Oups. Désolé. Bien reçu, Rouge 1. Personne à ses basques en tout cas.

Il y avait très peu de risques que leur réseau radio soit écouté. Mais Alexandre tenait à maintenir une certaine discipline dans leurs échanges. Des indicatifs pour chaque intervenant afin de dissimuler les identités, des noms de code pour désigner les lieux ou les personnes : les règles étaient connues de tous et elles devaient être respectées.

— Ici Rouge 2, je l'ai en visuel dans l'enfilade de la rue Khairallah. Il suit parfaitement l'itinéraire qu'on lui a donné. Pas de filature détectée.

Philippe, le deuxième secrétaire, était tranquillement installé sur la rambarde supérieure du supermarché Spinneys d'Achrafieh. Il tenait à la main un sac en plastique de l'enseigne rempli des quelques victuailles achetées pour l'occasion, afin de donner le change.

— Reçu, Rouge 2. Rouge 3 ? Tu as bien décroché et récupéré ta voiture ?

— Affirmatif.

— OK. Tu l'embarques à l'endroit prévu et tu fais un dernier point de contrôle en voiture, pour être bien sûr qu'il est clair.

— C'est comme si c'était fait, Rouge 1.

— Bien. Et tu me l'amènes ensuite au local de contact : je compte dix minutes à partir de maintenant.

— Reçu. Dix minutes.

Trois coups secs retentirent à la porte de l'appartement. Une pause, puis deux coups à nouveau. Le signal de reconnaissance pour dire : « Je suis là avec le walk-in. Nous n'avons pas été suivis. »

Alexandre leur ouvrit sans perdre de temps. Il retrouva avec un certain plaisir l'homme qui avait brutalement mis fin à leur premier entretien à l'ambassade. Il éprouvait un sentiment de petite victoire mais faisait de son mieux pour ne rien laisser paraître. Comme l'avait prévu et espéré Jean, l'officier syrien avait bien refait surface et sollicité une deuxième entrevue en appelant le numéro de téléphone démarqué qui lui avait été fourni.

— Entrez, Majed, je vous en prie, dit Alexandre d'une voix accueillante.

Daniel, sur le palier, referma lui-même la porte. Sa mission était terminée. Il laissa les deux hommes en tête à tête dans le local de contact.

— Cela ne vous dérange pas que je vous appelle Majed ? Vous pouvez m'appeler Michel.

— Va pour les prénoms. Sans problème.

— Voulez-vous un expresso ?

— Volontiers, Michel.

Un sourire de satisfaction sur le visage, Alexandre se dirigea vers la petite machine Nespresso qu'il apportait systématiquement avec lui dans son sac à dos. Elle lui permettait d'offrir un café aux sources qu'il rencontrait afin de créer immédiatement une ambiance détendue. Il avait également disposé sur la table basse du salon une assiette de ces pâtisseries libanaises au miel et à la fleur d'oranger qui se mariaient si bien avec le café.

Le jeune officier traitant vint s'asseoir en face du walk-in avec les deux tasses et leurs soucoupes à la main. Puis il enchaîna sans transition, ni question superflue, avec une certaine dose de malice :

— Avant que vous ne mettiez un terme à notre échange, nous en étions aux motifs qui vous avaient amené à proposer vos services, me semble-t-il.

Le walk-in ne répondit pas, visiblement irrité par l'entrée en matière du traitant. Ce dernier rétropédala immédiatement pour éviter un nouvel esclandre.

— Comme vous pouvez le constater, je suis toujours en charge de votre dossier. Mais cela ne veut nullement dire que le service n'estime pas votre profil à sa juste valeur. C'est juste un choix de mon chef de poste. Peut-être souhaite-t-il garder de la distance pour prendre les bonnes décisions ? Mais je peux vous garantir qu'il lira avec la plus grande attention le compte-rendu que je rédigerai dès que nous aurons fini. Et je sais également que bon nombre de personnes à Paris en feront de même.

Le commandant Majed Ali parut se détendre dans son fauteuil. Les mots d'Alexandre avaient eu l'effet escompté en flattant son ego blessé.

— Si vous le voulez bien, avant de revenir sur mes motivations, je souhaite déjà vous livrer une première série d'informations. Je suis sorti frustré de notre dernière entrevue à l'ambassade. Je n'ai pas pu vous apporter la preuve de mon importance dans l'appareil sécuritaire du régime et de la valeur des renseignements que je peux vous fournir.

— Nous sommes malgré tout déjà convaincus de votre appartenance aux services syriens. Mais je vous en prie, je vous écoute.

Le walk-in prit une gorgée de café tout en se saisissant de l'une des pâtisseries devant lui. Une bouchée et il entra dans la danse.

— Je suis officier adjoint au bureau opération des services Terre. De ce fait, je suis au courant de toutes les manips en cours. Mon chef est en contact régulier avec le général Ali Mamlouk, le coordinateur des services de renseignement du pays. Ce dernier rencontre le président Bachar al-Assad au moins une fois par semaine au cours de réunions où figurent toutes les huiles du régime. Et j'ai de quoi prouver tout ça. Vous avez un papier et un stylo, s'il vous plaît ?

Alexandre prit une feuille dans sa chemise cartonnée et lui tendit son stylo rouge, conservant le noir pour continuer à prendre des notes. Tout en parlant, le Syrien se mit à tracer des droites avec application et à écrire à différents endroits de la feuille.

— Voilà… Je vous donne une preuve supplémentaire de mes accès au renseignement. Vos analystes à Paris vont pouvoir se rendre compte par eux-mêmes que je ne suis pas un charlatan. Je vous ai dressé l'organigramme complet des SR Terre avec les noms et prénoms de tous les responsables en place actuellement. Vous constaterez que certains postes clés ont été récemment offerts à une nouvelle génération d'officiers. J'ai souligné d'un trait ces nouveaux promus. Si j'ai un conseil à donner à la DGSE, ce sont ces hommes-là qui doivent retenir votre attention. Ils ont tous un point en commun : ce sont des protégés de Ghassan Bilal.

— Le chef de cabinet de Maher al-Assad, le frère de Bachar ?

— Celui-là même. Je suis rassuré que ce nom ne vous soit pas inconnu. Et cela vous mettra sur la piste de ce qui est en train de se jouer à Damas, cher collègue : plus que les différents généraux placés à la tête des services de renseignement du pays, gendres de la famille Assad ou cousins proches, il y a un homme qui monte de plus en plus. C'est Ghassan Bilal, justement. Discrètement mais sûrement. Ce ne sont pas les différents hommes d'affaires des grandes familles traditionnelles, les Makhlouf, Amcho ou Foz qui constituent la véritable colonne vertébrale du régime actuellement, mais ce binôme Ghassan/Maher al-Assad. Ils donnent le *la* et sont en train de se constituer un joli pactole de guerre en prenant le contrôle de pans entiers de notre économie de guerre. Ça grince à Damas, chez les grandes familles, forcément. Mais ces deux hommes sont intouchables. Voilà, j'ai fini.

Le commandant tendit la feuille à l'OT qui regarda avec attention le résultat, déjà médusé.

— Cinq sous-directions, avec leurs différents bureaux en plus des antennes régionales, et là vous pouvez voir deux sections spéciales.

Il se pencha vers l'OT et pointa du doigt un endroit de la feuille.

— Elles sont chargées des tâches les plus obscures. Assassinats et tortures. L'une se concentre sur les opposants au régime. L'autre est une sorte de police des polices, une cellule qui se charge de débusquer les traîtres au sein de notre service, mais également à l'extérieur. Pour la sauvegarde du régime… C'est extrêmement secret, ce que je vous dis là.

— Et les noms des chefs de ces deux cellules ? Ce sont les seules entités où vous n'avez rien inscrit.

— Parce que je ne les connais pas. Top secret. Et malheur à celui qui pose trop de questions au sujet de ces deux cellules. Surtout la deuxième, d'ailleurs. Sous peine de vite les rencontrer, mais du mauvais côté de la table. Celui des traîtres. Avec la perspective de finir dans une fosse commune. Votre famille ne retrouvera jamais votre corps. Et les autorités du service sortiront l'histoire classique qui ne trompe plus personne : « Il est tombé dans une embuscade tendue par les terroristes. » Je souhaite éviter à tout prix de me retrouver un jour entre leurs mains.

— Nous ferons tout pour que cela n'arrive pas. Je vous donne ma parole d'officier.

— Vous êtes militaire ?

— Oui. Officier parachutiste. Avant de rentrer à la DGSE.

— Tant mieux. Nous nous comprendrons mieux tous les deux.

— Et les autres responsables, vous pouvez obtenir leur numéro de téléphone ?

— Je dispose déjà d'une partie d'entre eux, oui. Ceux avec qui je travaille dans le cadre de mes fonctions. Mais avec le temps et avec le soutien technique de votre service, on peut en obtenir d'autres.

Le walk-in marqua une pause pour observer l'effet qu'il avait produit sur l'OT. Alexandre finissait de regarder l'organigramme et cherchait à se remémorer les noms qu'il connaissait déjà. Il jubilait intérieurement. Majed était une bénédiction pour le service. Un véritable cadeau tombé du ciel.

— Évidemment, pour moi, c'est dangereux. Et pas seulement pour moi. Pour ma famille aussi. C'est la guerre civile en Syrie. Et en temps de guerre, ce sont les pires côtés de l'homme qui remontent à la surface. La vie n'a pas de prix. Le sadisme de certains détraqués n'a pour seules limites que celles de leur imagination lorsqu'il s'agit de détruire et de faire souffrir. Ces derniers mois, j'ai vu des choses horribles. Vraiment horribles. Mais on finit par s'habituer. C'est un mécanisme de défense. Et c'est là que l'on commence, petit à petit, sans forcément s'en apercevoir, à perdre notre humanité. Maintenant, je suis prêt à évoquer mes motivations… Question essentielle pour un walk-in, n'est-ce pas ?

Alexandre acquiesça mais resta silencieux. Quand la source est lancée et qu'elle parle sans faire de digressions, il n'y a pas lieu de l'interrompre : ce serait parfaitement contre-productif. Le walk-in abordait le cœur du sujet de sa propre initiative.

— L'argent ? Non, ce n'est pas pour ça que je suis là. Disons que j'attends simplement un petit défraiement pour payer une partie de mes dépenses lorsque je suis à Beyrouth. L'ego alors, grand classique du recrutement de source ? La satisfaction de travailler pour un service occidental prestigieux ? Pas le moins du monde. Je me suis suffisamment frotté à mes collègues étrangers à Damas lorsque je travaillais au contre-terrorisme pour me rendre compte que la médiocrité et les coups bas sont les mêmes partout. Je ne suis impressionné ni par la CIA, ni par les différents services russes, ni par le Mossad ou la DGSE. Même s'il m'est arrivé de rencontrer certains profils qui sortaient de l'ordinaire, je l'avoue. Alors quoi, me direz-vous ? L'idéologie ? Je serais un fervent opposant au régime de Bachar al-Assad ? Je me serais rendu compte que c'était un tyran qui martyrisait son peuple et qu'il était presque pire que son père ? Mais qui viendra après lui ? Le régime se maintiendra en place et un autre prendra simplement sa succession. Et si ce n'est pas le cas et que le régime finit par tomber, qu'adviendra-t-il ? Le chaos, vous pouvez en être sûr. Arrêtez de rêver à un modèle démocratique idéalisé que vous voulez imposer au monde entier. Regardez ce que cela a donné en Libye et en Irak.

Ne me dites pas que c'est une réussite… Non, en Syrie, pour avoir la paix et la stabilité, il faut un pouvoir fort. Il y a bien trop de minorités, de chapelles et de religions pour que le pays fonctionne par la seule magie de la vertu.

— Bon… Vous avez passé en revue les principaux leviers de recrutement, puisque dans votre cas, la compromission est inutile : vous venez à nous volontairement. Il n'est donc pas nécessaire de vous faire chanter en révélant à votre épouse vos incartades conjugales, photos à l'appui, ou votre homosexualité… De toute façon, ce n'est pas le genre de la maison. À la DGSE, nous préférons les coopérations volontaires. C'est ce qui donne les meilleurs résultats et ce qui permet d'aller le plus loin. Alors, Majed, qu'est-ce qui vous amène ici ? Vous nous faites cadeau de votre savoir et de vos accès pour les frissons que cela peut vous procurer, ou pour nos beaux yeux ?

— Certainement pas, vous vous en doutez bien. Je me présente à la DGSE pour servir mes intérêts personnels. C'est aussi simple et banal que ça. Mes intérêts et ceux de ma famille. Je ne suis pas guidé par un grand dessein, un bel idéal. Non. Je ne crois plus en la Syrie. Je n'y ai plus ma place. Je ne crois d'ailleurs plus à grand-chose. Je cherche à fuir et je vous demande donc le statut de réfugié politique, pour moi, ma femme et mes deux filles. Vous croyez pouvoir m'obtenir ça ?

— C'est envisageable. Mais certainement pas dans l'immédiat. Avant de recevoir, il va falloir donner. Ce qui intéresse le service, ce sont les accès que vous détenez par votre position privilégiée au sein des services syriens. À Paris, vous ne nous serez d'aucune utilité. Il faut rester à Damas.

Le walk-in ne manifesta aucune contrariété, comme s'il s'attendait à la réponse d'Alexandre.

— Je ne suis pas surpris. Je sais parfaitement comment vous fonctionnez. Et comment un service de renseignement digne de ce nom fonctionne. Je ferais exactement pareil si j'étais à votre place.

Le commandant syrien pointa son index en direction de l'OT pour donner plus de force à ce qu'il s'apprêtait à dire.

— Je vous donne huit mois. Huit mois pendant lesquels nous ferons équipe. Je récupère sur place tout ce que vous voulez : documents secrets, téléphones, plans, organigrammes, comptes bancaires ou que sais-je encore. Je peux implanter des logiciels espions au sein de nos systèmes informatiques en insérant les clés USB que vous me confierez. Tout ce que vous voudrez, je vous dis. Et cela pendant huit mois. Pas un jour de plus. Après, vous m'exfiltrez avec ma famille. Fini le commandant Majed Ali. Il disparaît pour vivre une autre vie, en France, sous un autre nom. Voilà le prix de ma collaboration…

— Je peux déjà vous dire oui, sur le principe. Je suis sûr que la Centrale me suivra. En revanche, je ne suis pas certain de la durée. Huit mois, cela file vite et le service restera sur sa faim. La clandestinité et les mesures de sécurité entourant nos échanges ralentissent tout. Un an me semble être le minimum acceptable. Et je suis convaincu que le service préférerait même une période de deux ans. Ce qui nous laisserait le temps de préparer votre deuxième vie, notamment ses aspects administratifs.

— Mon prix, c'est huit mois. Je suis à bout, à Damas. Et ma famille aussi.

— J'insisterai auprès de Paris. Nous verrons bien. Pour nos rencontres suivantes, comme il est hors de question pour nous de nous rendre en Syrie, il va falloir que vous veniez à nous, ici, à Beyrouth, à chaque fois que nous aurons besoin de nous voir. Vous avez des prétextes crédibles, vis-à-vis de vos chefs, pour vous rendre au Liban sans éveiller les soupçons ?

— Vous vous souciez de ma sécurité, ou en tout cas vous cherchez à me soutirer mes renseignements le plus longtemps possible sans être détecté ? C'est très bien. Mais pour ma sécurité, je ne fais confiance qu'à moi-même. N'en prenez pas ombrage.

— Décidément, j'aime bien votre manière de parler français.

— C'est-à-dire ?

— Vos expressions sont un peu désuètes, un peu… vieille France. C'est impressionnant. Je vous félicite.

— Prévoyez pour la suite un plan de liaison électronique qui utilisera Internet. Pas de téléphone, s'il vous plaît. Et surtout pas d'appel depuis les quelques cabines téléphoniques qui subsistent à Beyrouth. Il n'y a que les espions qui les utilisent encore. N'allez pas me griller, hein ? Pour mes allers-retours à Beyrouth, je vous rappelle que je suis chef adjoint des opérations. Nous avons quelques coopérations en cours avec la Sûreté générale libanaise que je suis chargé de suivre. Ma présence ici s'explique et elle est parfaitement légitime. Je m'occupe de mes propres itinéraires de sécurité. Je saurai détecter une éventuelle surveillance, croyez-moi. Si je remarque quelque chose d'anormal, je ne viendrai pas au rendez-vous. On décale alors de vingt-quatre heures.

— Je vois que je n'ai plus rien à faire…

— C'est l'intérêt de travailler avec un professionnel… Je pense être mieux à même que vous de savoir ce que les services syriens sont capables de faire ou non au Liban. Pareil pour leurs alliés libanais. Je les connais bien. Je sais où sont les angles morts.

— Ce local de contact pour nos rendez-vous clandestins vous convient-il ?

— Qui est le propriétaire ?

— C'est un appartement Airbnb.

— Vous avez payé en ligne sans fournir votre identité ?

— Oui, bien entendu.

— L'appartement n'est pas situé dans une impasse. Il n'y a pas de gardien. Pas de caméra de surveillance. Pour moi, il fera l'affaire.

— Très bien. Je vois que nous avons les mêmes critères de sélection. Peut-on se revoir… disons, lundi dans trois semaines ? J'aurai des orientations précises de la Centrale à vous transmettre. En attendant, vous pouvez peut-être essayer de travailler sur les deux petites sections secrètes des services Terre ?

— Quelle heure ?

— Treize heures. Ça vous va ?

— C'est noté. J'y serai.

Alexandre laissa partir le walk-in avant lui. Ils échangèrent une solide poignée de main en se regardant dans les yeux. Les deux caméras de surveillance froides et implacables qu'il avait imaginées plantées dans les orbites du Syrien lors de leur première rencontre faisaient désormais place à un regard plus doux. Presque complice. L'OT griffonna encore quelques impressions à chaud sur ses feuilles. Il fit rapidement le ménage et replaça sa cafetière dans son sac. Son cœur palpitait. Il exultait et ses pensées se bousculaient dans sa tête. Il avait hâte de rentrer à l'ambassade pour rédiger les différents messages qu'une grande partie du service attendait. Il se rendit dans la chambre à coucher et chiffonna les draps et les oreillers. Il gagna ensuite la salle de bains pour faire couler l'eau dans la douche et fit déborder un peu de savon sur la bouteille de gel douche. Enfin, il s'arracha quelques cheveux pour les déposer dans le bac humide. Voilà. Surtout ne pas laisser croire au propriétaire de l'appartement que les lieux n'avaient été utilisés que pendant quelques heures pour s'offrir un endroit à l'abri des regards.

« De l'or en barre. C'est de l'or en barre », se dit Alexandre en refermant derrière lui la porte du local de contact.

27

Message BEY n° 3026 du 16/12/2016
OT rédacteur : OT BEY NR2
Objet : Rencontre avec SOLEIL FROID

Contexte de la rencontre

1. Date et lieu : le 16 décembre 2016 de 10 h 15 à 12 h 05 au local de contact Q/BEY/434 (cf. MSG correspondant)

2. Intervenants : OT BEY NR2 et SOLEIL FROID. Pas de présence de tiers.

3. Sécurité
Contrôle de sécurité de la source sur parcours imposé. Présence des OT BEY NR3 et OT BEY NR4 sur les points de contrôle. Aucune filature détectée.

4. 3e entretien avec SOLEIL (après le contact initial à l'ambassade, puis une 1re rencontre au local de contact Q/BEY/434)

Synthèse

1. Chronologie

Arrivée de l'OT au local de contact à 9 h 55. Arrivée de la source à 10 h 15. Départ de la source à 12 h 05. Départ de l'OT à 12 h 25.

2. Ambiance

SOLEIL était en attente de la réponse du service concernant son temps de présence en Syrie avant d'être exfiltré en France avec sa famille. L'annonce de la décision du service de maintenir la source en fonction pendant 18 mois au lieu des 8 mois demandés a immédiatement jeté un froid. Mais l'OT a senti que le walk-in ne mettrait pas un terme prématurément à l'entrevue. Il a semblé protester pour la forme. Il s'est progressivement détendu et a formellement accepté la durée de sa mission au profit du service. Sans doute s'attendait-il à cette position de la part de la Centrale.

L'entretien s'est ensuite poursuivi d'une manière sérieuse et collaborative. Une nouvelle tension a été néanmoins palpable quand l'OT a mentionné les prénoms de ses deux filles (prénoms : Asma et Sonia, éléments récupérés dans le dossier transmis au consulat par l'intéressé avec une copie des passeports de la famille). La source préfère visiblement que sa famille soit maintenue en dehors du cadre des échanges avec le poste.

3. Sujets traités

Parcours professionnel de la source, situation à Damas, influence russe et iranienne au sommet de l'État syrien, commentaires sur les documents remis lors de l'entretien.

4. Critique éventuelle formulée à la source

Sans objet. À ce stade, l'OT préfère maintenir une posture positive en encourageant la source à poursuivre sur sa lancée.

Logistique

1. Paiement effectué

- 400 dollars contre reçu signé pour le remboursement des dépenses de la source.
- 2 000 LL avec PJ[1] consommation au bar dans le cadre du contrôle de sécurité.

2. Plan de liaison clandestin

SOLEIL jouant parfois, à ses heures perdues, à *Call of Duty*, un plan de liaison a

1. Pièce justificative : les factures que les OT récupèrent après chaque dépense effectuée.

été monté à partir de la plateforme du jeu, sur le chat des parties en ligne. Identifiant de la source : Bloody_syrianbarbarian. Identifiant de l'OT : Damascuscrusader900.

Cette liaison doit permettre de gérer les imprévus et les urgences. En situation de routine, aucun échange technique avec la source, ni téléphone ni Internet. Les rendez-vous sont fixés d'un entretien à l'autre, à la voix.

Contenu détaillé de l'échange

1. Détails biographiques

Le walk-in est alaouite et originaire de la ville côtière de Lattaquié. Il a fréquenté l'une des écoles chrétiennes tenues par les sœurs de la ville. C'est là qu'il a rencontré sa femme (prénom Mariam), elle-même originaire de Jabblé. Après sa scolarité au lycée public de Lattaquié, SOLEIL s'est lancé dans un cursus de littérature française à l'université de Damas. Il a ensuite réussi le concours de police et a rejoint l'université de Police de Kaboun pendant un an. À l'issue de cette année, c'est le ministère de l'Intérieur qui choisit l'affectation des cadets. Pour SOLEIL, cela a été les services secrets militaires (SR Terre), les services les plus puissants en Syrie et donc la mutation la plus prestigieuse possible.

2. Situation à Damas

Tout va bien à Damas. La routine. On entend de plus en plus le bruit des combats dans le quartier de la Ghouta. La guerre n'épargne donc pas totalement la capitale. Les voyous des *chabiha* (terme utilisé par la source pour les désigner), ces milices armées qui pullulent désormais dans la ville, se croient tout permis. Dans les restaurants, les cafés, ils parlent fort et tout le monde sait qu'ils ont la gâchette facile. Pas de crainte pour la source cependant : ils savent à qui ils ont affaire et se tiennent donc à l'écart.

3. État des lieux sur les courants pro-Moscou et pro-Téhéran au sein du régime syrien

Concernant les Russes et l'Iran, une lutte d'influence entre les deux alliés s'est rapidement instaurée. Par leur intervention militaire, les Russes ont sauvé le régime et cela arrange tout le monde. Mais ils prennent beaucoup de place et cela se fait principalement aux dépens de Téhéran. C'est donc à qui poussera ses pions le plus loin et aura le plus d'influence possible sur les dirigeants syriens.

Pour SOLEIL, Bachar al-Assad adopte une position assez équilibrée entre ces deux courants. Au moins en apparence. Mais la source déclare ne pas disposer de suffisamment d'accès pour savoir précisément si le président syrien a une préférence. Son frère Maher est quant à lui clairement proche des Iraniens et du Hezbollah.

Les Russes aiment bien travailler sur le terrain avec des officiers qu'ils respectent. Le Tigre, surnom de Souhail al-Hassan, récemment promu général, est en ce moment leur préféré. Ils montent de nombreuses opérations conjointes qui donnent de bons résultats sur le terrain.

Curieusement, les Russes apprécient également le Hezbollah pro-iranien. Ils savent qu'ils peuvent compter sur leurs troupes. L'organisation est sérieuse et disciplinée et leurs officiers montrent l'exemple en partant en tête à l'assaut des lignes tenues par l'opposition. Les unités du mouvement libanais sont souvent utilisées en troupes de choc, pour renverser la situation sur les fronts difficiles. Ils ont une vraie force collective.

SOLEIL rapporte une anecdote qu'il tient d'un ami qui possède une résidence secondaire dans la région de Dera. Sa propriété a été récemment réquisitionnée pendant quelques mois par une unité du Hezbollah. À la fin de leur séjour, l'officier libanais responsable a rendu les clés de la maison à son ami : à l'intérieur, tout était en parfait état. La source souligne que lorsqu'une maison est occupée par l'armée syrienne, c'est tout autre chose. Le propriétaire récupère systématiquement un taudis, dans lequel tous les objets de valeur ont disparu. Parfois, même les lavabos ou les toilettes ont été embarqués à coups de masse. Le walk-in dit avoir honte de son armée. En dehors de la quatrième division blindée, le reste de l'armée syrienne ne vaut plus grand-chose. C'est la guerre et les moyens manquent pour bien rémunérer les soldats loyalistes.

4. Documents transmis sur clé USB (documents transmis par message séparé)

Le service trouvera des photos de notes confidentielles qui sont passées entre les mains de la source ces derniers jours. Les documents sont rédigés en arabe. Le premier est un point de situation tactique sur les combats à Dera et à Alep. Le deuxième est une note du bureau d'Ali Mamlouk à destination des différents services pour préciser les limites d'intervention de chacun et éviter qu'ils ne se marchent trop sur les pieds. Enfin, le troisième est un compte-rendu d'entretien avec le commandant de la 5e brigade syrienne et le chef des forces russes, entretien tenu à Tartous.

Bilan de la manipulation

1. Directives données à la source

Orientations transmises :

- Mener l'enquête sur le contexte et la signification de l'assassinat à Damas du colonel Assem Chihabi.

- Attaque de la Ghouta orientale : preuves de l'implication du régime dans l'utilisation de gaz sarin.
- Recherche de preuves de l'implication du régime dans un trafic d'essence rémunérateur avec l'État islamique.

2. Avis de l'OT sur SOLEIL FROID

Le walk-in a basculé d'une posture initiale agressive à une attitude beaucoup plus positive, en se montrant même proactif. C'est un officier de renseignement rigoureux, ce qui facilite la fluidité des échanges, mais dont l'ego doit être flatté dès que cela est possible. SOLEIL FROID supporte mal la critique. Il est en outre sujet à des bouffées de colère et l'OT marche sur des œufs avec lui.

3. Avis de l'OT sur l'opération

La manipulation de la source semble avoir trouvé son rythme de croisière. Chaque partie a accepté les termes de la collaboration future et la logistique des rencontres clandestines se met en place. Le professionnalisme du walk-in favorise la situation actuelle et l'accélère, l'intéressé prenant notamment en charge sa propre sécurité. SOLEIL domine parfaitement le terrain dans lequel il évolue, en Syrie comme au Liban. Il connaît les « angles morts » des différents services locaux, comme il a tenu à le rappeler à l'OT en cours d'entretien.

Lors de cette troisième entrevue, l'OT estime que la valeur des renseignements transmis (sous réserve de la validation par les experts de la Centrale), notamment les notes confidentielles remises sur clé USB, atteste de l'honnêteté de la démarche du walk-in. Il serait surprenant qu'il s'agisse d'un montage organisé par les services syriens à notre encontre.

4. Propositions de l'OT sur la suite

L'OT propose de progressivement prendre la main sur les échanges futurs afin d'amener le walk-in à dévoiler ses accès et le diriger plus précisément sur les besoins en renseignement spécifiques du service. Il importe, de l'avis de l'OT, d'éviter le piège de n'être qu'un réceptacle des passages d'aspirateur de SOLEIL et de ses initiatives personnelles. Celui-ci doit chercher là où le service décide de l'orienter pour ses besoins propres.

Prochaine rencontre prévue le 23/12/16

Fin de transmission

28

Paris a sa tour Eiffel et son Arc de triomphe, Beyrouth a sa grotte aux pigeons, un paysage de carte postale. À deux cents mètres de la Corniche, en contrebas, deux îlots calcaires couleur ivoire, joliment modelés par l'érosion, trônent, indolents, les pieds dans l'eau. Le plus imposant des deux, qui culmine à une cinquantaine de mètres, dispose d'un passage creusé en son centre où s'engagent par moments de petites embarcations en bois chargées de quelques curieux levant la tête vers les arches immenses.

Une à deux fois par semaine, après avoir couru le long de la Corniche, Alexandre avait pris l'habitude de petit-déjeuner à Raouché, dans l'un des cafés surplombant la grotte aux pigeons. Il aimait cette partie de la ville, face à la mer, où toute la population de Beyrouth se mélangeait pour profiter du grand air et du soleil, quelle que soit son origine sociale. Chrétiens d'Achrafieh, sunnites fortunés habitant les hauts immeubles de verre avec vue sur la Méditerranée et chiites voilées de noir avec leurs ribambelles d'enfants savouraient simplement la vie, en laissant un instant de côté les soucis du quotidien. Depuis sa table, Alexandre pouvait admirer à sa guise les vagues buter sagement sur le flanc de ces colosses de calcaire imperturbables et l'écume blanche qui fuyait la roche en cercles concentriques. La balustrade du café, indispensable pour éviter de chuter soixante mètres plus bas, avait été astucieusement construite en verre pour ne pas encombrer la vue. Les propriétaires mettaient un point d'honneur à ce que les vitres soient en permanence immaculées, sans aucune tache ni trace disgracieuse. Alexandre prenait un jus d'orange pressé et un thé à la menthe en regardant la mer. Quelques mois auparavant, il venait y chercher le repos et le réconfort, le visage baigné du soleil d'Orient, se reconnectant à une nature qui se moquait bien des turpitudes humaines. Depuis le début du traitement de Majed Ali, l'énigmatique et providentiel walk-in syrien, la situation avait profondément changé. Le jeune homme était porté par une mission qui le transcendait, les projecteurs de la boîte braqués sur lui. Il venait désormais dans son repaire de Raouché pour se recentrer entre deux entretiens, envisager la suite des opérations et réfléchir à la stratégie à suivre. Face aux embruns, il cherchait l'inspiration et méditait sur la manière la plus appropriée d'exploiter au mieux les connaissances et les accès à Damas de l'officier de renseignement.

Aussi, lorsque, contre toute attente, Solange lui avait proposé de déjeuner ensemble « pour repartir sur de bonnes bases », il n'avait pas hésité à lui suggérer de se retrouver à son café sur la Corniche.

Après avoir demandé à Alexandre ce qu'il souhaitait prendre, elle passa commande au serveur en arabe. Elle se permettait même quelques plaisanteries qui semblaient faire mouche à chaque fois. Le garçon au tablier bleu pétrole partait alors dans un grand rire sonore. Même si Alexandre évoluait désormais à Beyrouth avec aisance, en se débrouillant en français ou en anglais selon les cas, il devait concéder que le fait de bien parler arabe permettait à Solange d'ouvrir des portes qui lui restaient fermées. Sa palette était bien plus étendue que la sienne. Elle pouvait interagir sans difficulté avec toutes les couches sociales de la société libanaise. Pendant qu'elle terminait son échange avec le serveur en passant commande d'une demi-bouteille de Kefraya rosé, Alexandre la considérait avec attention. Elle avait une belle peau, se dit-il, sans aucune imperfection, et une jolie bouche sensuelle. Mais son visage avait toujours quelque chose de dur. Un air autoritaire qui venait se nicher dans le coin de ses lèvres. Une souple brise marine fit flotter devant ses yeux une mèche de cheveux rebelles qu'elle écarta d'un geste de la main tout en remettant les menus au serveur qui s'éloigna en riant encore une fois.

Solange remarqua qu'Alexandre l'observait, sans parvenir à décrypter les pensées du jeune homme.

— J'ai lu ton compte-rendu sur ton dernier entretien avec le walk-in, ce matin. C'est bien tourné. Et c'est malin.

— Je ne cherche pas à faire un jeu de billard à trois bandes. Je rapporte juste ce qui s'est passé et l'état de ma réflexion.

— Oui, bien sûr. Mais la manière dont c'est écrit est de nature à rassurer le service sur la qualité de ton traitement. Tu fais un bon boulot avec ce Syrien. Je tenais à te le dire.

— Merci, Solange. Cela me touche, ce que tu dis là. Moi, de mon côté, je suis très fan de la manière dont tu gères ta relation avec Nawal. Bravo à toi.

Solange ne releva pas et poursuivit son raisonnement.

— Le service est à fond sur cette affaire. Tu vas voir, la machine va gentiment s'emballer. Des gens à Paris voudront te donner des conseils dans tous les sens. Des gens qui croient tout savoir depuis leur bureau. Certains tirent leur légitimité de leur propre expérience de terrain, mais chaque histoire est différente des autres. Les contextes, les pays, la culture locale et le profil des sources : tout change au gré des circonstances et des époques. N'oublie pas que c'est toi le traitant. C'est toi qui sens les choses.

Les plats arrivèrent, déposés un par un par le serveur, conquis par la connaissance du pays que démontrait Solange. Toujours en arabe, ils échangèrent quelques anecdotes qu'Alexandre ne comprit évidemment pas, mais qu'il suivit malgré tout, par les inflexions de la voix et les quelques expressions typiquement libanaises qui ponctuaient chaque phrase. Le garçon plaça la bouteille de vin dans un seau à glace accroché au rebord de la table, avant de poursuivre son service auprès des autres clients.

— Et d'ailleurs, Alexandre, comment tu le sens, ce walk-in ? Je veux dire, pas au travers de ce que tu écris, mais au plus profond de toi. Il nous balade ? Ou c'est un vrai volontaire, convaincu et sincère ?

— Mais j'écris ce que je pense, Solange ! Je ne fais pas de calcul, je te l'ai dit. Eh oui, je pense que c'est un vrai volontaire. Quand il s'agit d'un agent double et d'une manipulation d'un service adverse, le renseignement transmis ne peut être d'aussi bonne qualité. Là, le gars nous balance des documents A1[1]. C'est du lourd, non ?

— Oui, sans doute. Mais pas non plus transcendant. On peut imaginer les Syriens accepter de nous livrer ainsi quelques notes sélectionnées par leurs soins pour mieux nous endormir.

— Ah, mais tout est possible, Solange. C'est certain. Mais je n'y crois pas trop. Enfin, un coin de mon esprit reste toujours en éveil et garde une distance critique, rassure-toi. J'essaye de ne pas trop

1. Code de classification du renseignement qui permet de noter sa valeur intrinsèque. Un document officiel récupéré, photocopié ou intercepté est presque systématiquement coté A1, le niveau le plus élevé de l'échelle : il s'agit d'un renseignement brut provenant d'une source fiable et confirmé par d'autres renseignements.

m'emballer. Je te sers un dernier verre ? C'est la fin de la bouteille.

— J'ai assez bu, je te remercie.

Alexandre se versa de quoi remplir la moitié de son verre et replaça la bouteille dans le seau à glace à l'envers, signifiant ainsi au serveur qu'elle était vide. « Alcool et renseignement. Tout un poème », pensa le jeune OT. Les meilleurs recruteurs sont souvent de bons vivants qui ont tendance à lever un peu trop le coude lors des soirées mondaines. Le point clé est de toujours boire moins que celui que l'on cherche à faire parler. Ou de mieux tenir l'alcool que lui. Instiller une ambiance chaleureuse, décomplexée, où la parole et les confidences peuvent s'exprimer sans arrière-pensée. Au moins en apparence. Car le traitant, lui, est assailli de pensées doubles. Il élabore en permanence sa stratégie, en prévoyant de décocher ses banderilles aux moments les plus judicieux. Et toujours avec le sourire.

— Et Lana ?

La question de Solange extirpa Alexandre de sa torpeur.

— Quoi, Lana ? Tu es jalouse ?

— Ne dis pas n'importe quoi. Ma question concerne juste la sphère professionnelle. Je n'ai pas à intervenir dans ta vie privée. Tu en as parlé à Jean ? Tu as bien l'intention de déclarer ta relation au service de sécurité ?

— Oui, j'y songe. En temps utile. Pour l'instant, notre relation n'est pas vraiment sérieuse.

— Tu as conscience quand même qu'il s'agit d'une faiblesse exploitable par un tiers malintentionné, rassure-moi ? Tu es marié, n'est-ce pas ?

— En instance de divorce. Personne ne me fera chanter en jouant cette carte-là. Ma femme s'en fiche éperdument. Elle refait sa vie avec un autre, pour tout te dire. Et je n'ai rien vu venir. L'expert en manipulation qui se fait avoir par sa propre femme. Navrant, non ?

— Ah, le mythe de la traîtrise de l'épouse. Un grand classique…

— Que veux-tu dire ?

— Que les torts sont partagés, peut-être ? Avant d'aller voir ailleurs, elle a pu envoyer des signaux pour te signifier son insatisfaction. Signaux que tu n'as pas su écouter. Ou que tu as choisi de ne pas écouter.

— Vous aimez bien vous défendre, entre femmes.

— C'est ça, c'est ça. Et toi tu ferais mieux de grandir aussi un peu, mon bonhomme.

La remarque était acerbe. Mais comme le ton de Solange n'était pas accusatoire, Alexandre la perçut comme une considération bienveillante à son égard. Il n'en fut donc pas affecté. Au contraire, il leva son verre en faisant signe de boire à sa santé et en inclinant un peu le buste dans sa direction d'une manière faussement solennelle. Ce soir-là, lorsqu'il se retrouverait seul avec lui-même, dans son appartement aux murs nus, il repenserait à cet échange avec sa collègue.

Et il replongerait dans les méandres de sa vie de couple, cherchant où il avait bien pu faillir.

À la fin du déjeuner, les deux officiers traitants rejoignirent l'ambassade chacun de leur côté, dans leurs voitures personnelles. L'initiative de Solange avait produit son effet : la glace était enfin brisée entre eux après le début catastrophique de leur relation dont elle était, en grande partie, responsable. Un binôme de chasse était peut-être en train de se constituer, fondé sur la confiance et un respect mutuel des compétences de l'autre.

29

Depuis l'exfiltration réussie de son fils en France, le scientifique du centre de recherche syrien avait respecté sa part du contrat en fournissant à la DGSE des renseignements de grande valeur. Une fois par semaine, il transmettait à Nawal des petits textes cryptés encapsulés dans des messages Viber. Il s'agissait de longs développements en arabe à propos de ce que pouvait glaner le scientifique, mais aussi de documents internes du programme chimique syrien, photographiés à l'aide d'un téléphone portable. Depuis le début de la réception de cette production exceptionnelle, Solange s'évertuait à lui faire préciser les conditions de recueil des éléments obtenus. Il s'agissait moins de vérifier la qualité des accès du scientifique – les experts en contre-prolifération du service étaient formels sur ce point : la production était recoupée et confirmée – que de contrôler la nature des risques qu'il prenait. Comme aucun téléphone portable n'était autorisé sur le site de la cellule 62, le scientifique devait donc emporter chez lui une partie des documents qu'il photographiait ensuite à l'abri des regards. Comment s'y prenait-il exactement ? Récupérait-il des données sur clé USB ou des archives papier qu'il devait dissimuler sur lui afin de passer les contrôles ? C'est ce que Solange essayait de savoir, mais le dialogue était loin d'être suffisamment fluide. La source à Damas ne se trouvait pas toujours à proximité d'un point de connexion Internet non surveillé. Les échanges passaient en outre entre les mains de Nawal, qui faisait office d'intermédiaire. Et cela induisait une couche supplémentaire d'incompréhension dans la transmission des consignes comme dans la récupération des réponses, une à deux semaines plus tard. Pourtant, disposer d'une source ainsi placée au cœur des secrets les plus inavouables du régime syrien représentait un atout inestimable pour la France. Son service secret extérieur faisait tout son possible pour accumuler les preuves de l'implication du régime dans les différentes attaques chimiques dirigées contre l'opposition depuis avril 2013, date à laquelle les premiers incidents avaient été répertoriés. La source devait être protégée le plus longtemps possible, malgré les contraintes évidentes : aucun contact direct n'avait jamais pu avoir lieu entre le service et le scientifique qui ne disposait pas d'autorisation pour se rendre à l'étranger. Une formation à la sécurité n'avait donc pas pu être organisée au profit de la source. Et même si les experts de la direction technique phosphoraient sur un moyen clandestin de communication amélioré susceptible de limiter les risques encourus, ce travail prenait du temps et rien ne serait prêt avant plusieurs semaines. Malgré ces conditions dégradées, la DGSE avait désormais une vision plus claire de l'organisation de la cellule 62. Celle-ci était composée exclusivement de militaires alaouites à la fidélité éprouvée. L'unité était chargée du remplissage des munitions chimiques, mais aussi de la sécurisation des différents sites et stocks chimiques.

Les armes chargées de VX, le plus toxique des agents de guerre chimique connus, et dont la Syrie détenait plusieurs dizaines de tonnes, étaient assemblées juste avant leur utilisation. Le neurotoxique était en effet conservé sous la forme de deux précurseurs chimiques distincts afin de réduire les risques de manipulation. Ce n'est que lors de l'opération de mélange que le produit obtenu acquérait ses capacités hautement létales. Cette technique de stockage sous forme binaire, et les procédures qui en découlaient, révélaient un haut niveau de maîtrise de la part du programme chimique syrien, ce qui faisait froid dans le dos des experts du service.

Tous ces renseignements avaient été communiqués au fil de l'eau. Jusqu'à présent, aucun rapport du scientifique n'avait nécessité que Nawal sollicite une demande de rendez-vous en urgence. C'est pourtant ce qu'elle venait de faire, en contactant l'ambassade par téléphone. Solange s'était donc mise en route et se trouvait à dix minutes de l'appartement de la source, les sens en éveil. Elle effectuait désormais ses itinéraires de sécurité avec une concentration maximale. Il ne s'agissait plus de mesures théoriques qu'elle s'imposait à elle-même par respect des procédures et de la source qu'elle traitait depuis plusieurs mois. Il y avait dorénavant une justification opérationnelle. Travailler sur le programme chimique syrien, c'était se frotter à des organismes qui œuvraient régulièrement main dans la main avec le Hezbollah libanais. Or, ce dernier était le maître des lieux à Beyrouth, même en plein quartier chrétien. Le Parti était tout à fait en mesure de monter des opérations de filature et de contre-espionnage pour lever d'éventuelles suspicions. Si la ligne rouge était franchie, le Hezbollah savait se montrer implacable. Dans le meilleur des cas, il pouvait se contenter d'envoyer un signal clair à l'officier traitant occidental pris la main dans le sac. Une première menace explicite sur sa famille, par exemple. Avec un passage à l'acte si le service visé choisissait d'ignorer le message transmis. Il ne fallait pas plaisanter avec le Parti de Dieu.

Solange venait de passer sur son troisième point de contrôle et se dirigeait vers l'immeuble de Nawal avec la certitude de ne pas faire l'objet d'une surveillance. Qu'est-ce qui pouvait avoir poussé la Syrienne à déclencher la procédure d'urgence ? Si celle-ci avait bien respecté les consignes de sa traitante, il devait s'agir d'un renseignement précis concernant un événement suffisamment anticipé pour permettre le montage d'une opération du service. Le fameux *actionable intelligence* des Anglo-Saxons : l'expression était devenue monnaie courante au sein de la DGSE. Le renseignement « actionnable » était le Graal, celui qui permettait au service de dépasser sa simple fonction d'analyse et de lanceur d'alerte pour basculer sur une posture d'acteur sur le terrain. Déjouer un attentat terroriste, arrêter des criminels ou saisir des armements interdits : des moments trop rares dans une carrière d'officier de renseignement, pendant lesquels chacun retrouvait la raison d'être de son métier et des longues heures passées à travailler dans le secret et la manipulation.

Lorsque Nawal vint ouvrir elle-même la porte de son appartement, Solange sut que ses questions allaient enfin trouver des réponses. Elle espérait juste ne pas être déçue.

* * *

Le chef de poste débattait avec ses deux officiers traitants des options sur la table. Tous parlaient un peu trop fort, un peu trop vite, emportés et exaltés par les perspectives opérationnelles qui s'offraient à eux. Le dossier syrien venait de s'accélérer et c'était encore du poste de Beyrouth qu'arrivait l'étincelle. Jean exultait. La mauvaise passe de ces derniers mois et la remise en cause de son travail par le directeur du renseignement n'étaient plus que des mauvais souvenirs.

Il avait trébuché, pour la première fois de sa carrière, mais il s'était rétabli.

— Rappelez-moi, Solange, s'il vous plaît, qui est Hassan Abbas, demanda Jean.

Le chef de poste cherchait surtout à souligner l'importance du moment qu'ils étaient en train de vivre. Car il connaissait bien sûr déjà Abbas, l'une des cibles prioritaires du service de contre-prolifération.

— C'est l'un des trois principaux pontes du programme chimique syrien. La pierre angulaire de tout le système. En particulier à un moment où la Syrie se trouve dans le collimateur de l'OIAC[1]. Il a visiblement été chargé de la coordination avec les experts de Moscou. La Russie met tout en œuvre pour que son allié syrien trouve une échappatoire aux sanctions internationales qui pourraient découler des accusations de l'OIAC.

— Merci, Solange. Et donc, selon votre Nawal, Hassan Abbas se trouvera à Beyrouth mercredi prochain, avant de s'envoler pour Moscou le lendemain matin ?

— C'est bien ça. Une réunion de coordination est prévue à Moscou, où seront évoquées les mesures concrètes à prendre par le régime pour contrecarrer les inspections des experts de l'OIAC. Le renseignement

1. L'Organisation pour l'interdiction des armes chimiques a été créée en 1997. Elle est basée à La Haye. Sa mission consiste à surveiller et confirmer la destruction des stocks d'armes chimiques dans le monde.

est de première main puisqu'il provient du scientifique de la cellule 62 : Samir Yazbek. C'est donc du béton armé.

— Sauf que si l'on ne sait pas où loge Abbas à Beyrouth, ce renseignement ne sert à rien. Il nous en faut plus.

— Je sais bien. Mais la première main n'a pas accès à cette précision. C'est déjà inespéré qu'elle ait eu vent de cette réunion à Moscou une semaine en avance et qu'elle nous communique le jour exact de son passage à Beyrouth.

— Et si j'orientais le walk-in à ce sujet ? tenta Alexandre.

— J'y pensais, justement, répondit Jean.

— Mais vous n'y pensez pas, quand même ? s'offusqua Solange. On est encore loin de pouvoir lui faire entièrement confiance. On est en phase de validation avec lui. Il ne faut pas griller les étapes sous prétexte de vouloir obtenir des résultats coûte que coûte. Si les Syriens s'aperçoivent que nous détenons ce renseignement une semaine en avance, cela va orienter leurs suspicions sur la première main de Nawal.

— Je pense que c'est un risque à prendre. On aurait très bien pu l'avoir appris autrement. Par l'interception technique d'un échange de mails, par exemple, argumenta Jean. Ou par une source disposant d'accès à Moscou, et non à Damas. Il y a mille et une façons d'obtenir ce renseignement.

Solange considéra son chef d'un œil dur, mais elle se retint d'en dire davantage et de mettre des mots sur les pensées négatives qui s'imposaient à elle en écoutant les arguties de Jean. « Tout pour son poste et sa carrière. C'est clairement sa priorité. Les sources ne sont que des outils. Elles peuvent bien crever la bouche ouverte. »

— N'est-ce pas faire courir un risque inutile à Nawal ? tenta quand même Solange pour défendre la sécurité de sa source.

— Je comprends votre position, Solange, et elle vous honore. Mais c'est votre travail de traitante avec Nawal qui est véritablement le ciment de sa sécurité. Et vous êtes irréprochable sur ce point. Je vois bien que vous ne faites aucune concession sur les mesures de sûreté qui entourent chacun de vos échanges. Je le constate semaine après semaine. Après, dites-moi, quel est l'intérêt d'obtenir des renseignements pointus si l'on n'ose pas les exploiter à fond ? Trop de sécurité est un frein à l'efficacité.

Solange n'était pas dupe du procédé du chef de poste qui tentait de la convaincre en lui lançant des fleurs. Un grand classique ; mais le compliment produisit son effet malgré tout. L'espionne reporta ses pensées sur son propre comportement envers Nawal. Solange connaissait la tendance naturelle des officiers traitants à se rapprocher de leur source et à les surprotéger au fil des rencontres clandestines. Certains OT en venaient à perdre leur distance critique et considéraient le renseignement obtenu par leur protégé comme parole d'évangile. Les critiques émanant des experts de la Centrale sur le contenu de la production étaient dès lors vécues comme des attaques personnelles. Solange était peut-être tombée dans ce piège-là en refusant de faire courir des risques à sa source, quitte à négliger des renseignements potentiellement déterminants pour le service. Elle se résolut à se ranger à l'avis de son chef.

— Bon, alors je quitte l'ambassade pour aller me connecter au point wifi du café d'Hamra et contacter Soleil via *Call of Duty*, proposa Alexandre pour obtenir le go de son chef. Je lui pose la question concernant Hassan Abbas et je démarque l'affaire en lui disant que nous avons bénéficié d'une interception technique qu'il nous faut maintenant confirmer. Ça vous va comme ça ?

— C'est d'accord. Et surtout, qu'il nous trouve l'hôtel dans lequel Abbas passera la nuit de mercredi prochain à Beyrouth. En espérant qu'il s'agisse bien d'un hôtel et non pas d'une *safe house* gardée par le Hezbollah.

* * *

Le T-Marbuta était l'une de ces enseignes à la mode de la rue Hamra. Des concerts intimistes en soirée et de jeunes étudiants de l'université américaine qui venaient profiter le reste du temps du wifi gratuit du café dans une ambiance studieuse. Seuls ou en petits groupes, ils occupaient chaque recoin de l'espace en L, confortablement installés dans des fauteuils disparates et colorés. Lorsque Alexandre avait passé en revue les endroits permettant de disposer d'une connexion Internet sécurisée en étant noyé dans la masse, il avait rapidement jeté son dévolu sur ce café dont il avait apprécié l'atmosphère de totale quiétude. Il suffisait de se procurer une tablette numérique Wifi achetée en liquide sans présenter de carte d'identité pour garantir le secret des connexions clandestines.

Après avoir pataugé lors de ses premiers mois à Beyrouth, Alexandre se sentait désormais pousser des ailes, pleinement investi dans sa mission de traitement du walk-in. Il débordait de vitalité. Sur la Corniche, lors de ses séances de sport, les chiffres affichés sur sa montre connectée le montraient clairement : il mettait de moins en moins de temps à parcourir les douze kilomètres aller-retour de son run hebdomadaire. Le soir, lorsqu'une envie impérieuse de revoir Lana le prenait et qu'elle repoussait sa proposition de quelques jours, il ne s'en formalisait pas. Il se sentait sûr de lui et de sa capacité à séduire. Le plaisir des retrouvailles n'en serait que plus intense. Et puis, comment en vouloir à Lana de l'éconduire ainsi et de ne pas rappliquer séance tenante ? Elle valait bien mieux que cela.

Alexandre jeta un œil à l'horloge qui pendait au-dessus du mur de bouteilles, derrière le bar. En comparant l'heure affichée avec celle de sa montre, il constata qu'elle retardait de cinq minutes. Puis, balayant le café dans un dernier regard circulaire de contrôle, il se connecta à l'espace numérique dédié aux parties en ligne de *Call of Duty* en utilisant son identifiant Damascuscrusader900. Une invitation à rejoindre une nouvelle session de jeu l'attendait. Joueur enregistré : Bloody Syrianbarbarian. Le walk-in avait écrit à son traitant. Sans doute la réponse à la question qu'Alexandre lui avait envoyée l'avant-veille à propos de la délégation syrienne d'experts du programme chimique. L'officier de la DGSE cliqua sur l'enveloppe numérique le cœur battant. Il jubilait, convaincu déjà que Soleil froid avait trouvé une réponse exploitable. C'était évident. Sinon, pourquoi se fendre spontanément d'un message secret pour se contenter de rendre compte de son échec ? Cela n'aurait aucun sens.

Le message était court. Six mots qui s'affichèrent et dévoilèrent l'essentiel : « Hôtel Four Seasons. Quatre chambres réservées. »

« Putain, Majed, t'es un bon », siffla Alexandre, admiratif.

30

Le Four Seasons était l'un des derniers fleurons de l'hôtellerie de luxe de la capitale libanaise. Inauguré six ans auparavant, l'hôtel était un édifice moderne, élégant et élancé, fruit de la vision inspirée d'un architecte talentueux. Avec ses balcons en mille-feuilles, ses fines baies vitrées et le jeu de lumières qui, la nuit tombée, allongeait ses lignes jusqu'au ciel, il avait fière allure. Situé en bord de mer, il dominait Zaitunay Bay, ce Dubaï en miniature avec sa promenade en demi-lune et sa petite douzaine de yachts amarrés face aux terrasses des restaurants. La marina avait été aménagée à grands frais sous la bâtisse vide et sans fenêtres de l'ancien hôtel Saint-Georges, témoin abandonné de la guerre civile. Le Saint-Georges avait été endommagé des dizaines de fois par les tirs des combats et reconstruit inlassablement. En 2005, alors que le bâtiment avait survécu aux affres de la guerre, il avait été encore sévèrement frappé, cinq ans après la fin des combats, par l'attentat à la bombe qui avait coûté la vie au Premier ministre Rafic Hariri et à vingt et une autres personnes. Le cortège officiel avait été frappé juste derrière le vénérable hôtel construit dans les années 1930. Mille kilos d'explosifs avaient creusé un profond cratère en pulvérisant la voiture blindée de l'homme politique et en égratignant encore un peu plus l'ancien joyau du bord de mer. Les propriétaires avaient finalement abandonné leurs rénovations successives, englués dans un imbroglio administratif et judiciaire qui semblait condamner le bâtiment à demeurer une ruine ravagée par la guerre pour le restant de ses jours.

Avant de devenir cette bâtisse pataude et sombre laissée à l'abandon, le Saint-Georges avait connu son heure de gloire avant-guerre, à une époque où il était l'établissement de luxe le plus prisé de la capitale, avec sa piscine donnant sur une petite plage privée de sable fin.

Situé au dernier étage, le bar du Four Seasons, avec son rooftop qui dominait la mer et les lumières du port, était l'un des endroits les plus à la mode de la ville. Ouvert à tous, il offrait un excellent prétexte pour entrer dans le lobby de l'hôtel sans éveiller les soupçons du personnel à l'accueil ; il suffisait de respecter le *dress code* habituel de ce genre d'établissement. Solange arriva la première. Elle portait un tailleur beige et un chemisier en coton blanc soigneusement repassé. À son cou, un petit pendentif en béryl bleu était suspendu à un discret collier en argent. Son apparition ne déclencha aucune réaction de la part des deux employés qui se tenaient derrière le meuble en marbre de l'accueil. Solange se fraya un passage entre les tables du lounge, sous les lourds chandeliers, et choisit l'une des petites tables rondes, laquées de noir, qui lui permettait de disposer d'une vue dégagée sur le tourniquet en verre de l'entrée. Elle sortit son téléphone de son sac à main d'un geste naturel et rédigea un premier message : « Bien arrivée. Je t'attends. »

Dehors, sur le trottoir en face de l'hôtel, à hauteur de l'intersection qui conduisait à Zaitunay Bay, Daniel avait gagné son poste d'observation, le dos appuyé à la rambarde de la Corniche. De là où il se trouvait, il pouvait observer le ballet des véhicules qui se présentaient devant le Four Seasons pour y déposer les clients de l'établissement.

Un quart d'heure après Solange, Alexandre entra à son tour en scène. Lorsqu'il déboucha de la porte tournante, il fut immédiatement repéré par sa collègue qui le héla d'un geste de la main. Il vint la rejoindre à sa table et lui fit la bise comme s'ils se voyaient pour la première fois de la journée. Ils n'attendirent pas longtemps. Deux groupes de visiteurs passèrent, puis Jean se présenta, accompagné de Philippe. Les deux hommes prirent l'ascenseur pour gagner l'étage le plus élevé de l'hôtel, direction le bar en rooftop. Philippe commanda un Perrier citron, Jean un café allongé. Le poste était au complet, engagé dans un dispositif de surveillance, tous les sens en éveil. Il n'y avait plus qu'à attendre la délégation syrienne.

Quatre chambres, cela voulait dire au moins quatre à cinq personnes. Sans doute deux véhicules. De gros 4 x 4 aux vitres teintées avec des plaques syriennes, très certainement. Difficile de les rater. Même en ne connaissant pas l'heure d'arrivée du petit groupe.

Alexandre avait regardé une dernière fois les photos de leur cible principale, Hassan Abbas. Le service de contre-prolifération avait concocté un dossier complet regroupant toutes ses connaissances sur ce haut responsable du programme chimique syrien. Avec deux photos de l'intéressé d'une qualité plutôt médiocre. Un agrandissement flou d'une photo de groupe et la copie d'une ancienne demande de visa déposée au consulat italien de Damas, plus de dix ans auparavant. Ce n'était pas idéal pour identifier l'intéressé à coup sûr. Il fallait espérer qu'il ressemble le plus possible à ces clichés approximatifs. Mais cela n'empêchait pas l'ouverture de la chasse. Il n'y avait plus qu'à attendre le gibier.

Une première heure passa. À chaque véhicule, Daniel se redressait pour regarder les occupants descendre un par un. À l'intérieur, lorsqu'un nouveau groupe de clients se présentait à la réception, Solange et Alexandre se penchaient discrètement sur leur fauteuil pour examiner les nouveaux venus. Jean commençait déjà à s'impatienter et il ne put s'empêcher d'envoyer un message qu'il savait pourtant inutile :

« Alors ? » La réponse de Solange fut immédiate. Quatre lettres. « Rien. »

Une deuxième heure s'écoula, puis une troisième. Le doute sur la qualité du renseignement obtenu commença à tourner en boucle dans la tête de chacun des membres du poste. Solange envisagea une erreur de date. Ou un contrordre de dernière minute que la première main aurait pu avoir manqué. Alexandre, quant à lui, se rassurait en se disant que le walk-in avait implicitement confirmé le renseignement initial obtenu par la source de Solange. Il avait précisé l'hôtel réservé sans remettre en cause la date. Deux renseignements issus de sources aux accès différents : c'était un recoupement. Et ce serait donc bien pour aujourd'hui. Peut-être en fin de journée ? Solange et Alexandre commandèrent une salade et des brochettes de poulet, histoire de se donner une contenance et de justifier une présence qui s'étirait.

« Toujours rien ? » Encore un texto. Décidément, Jean ne tenait pas en place. Cela aurait pu faire sourire Solange, mais elle était dans le même état que son chef, exaspérée par le temps qui semblait se figer. Alexandre était un peu plus détendu. Il connaissait sans doute mieux que ses collègues ces longues nuits d'attente en opération extérieure à regarder les étoiles, à se perdre dans ses souvenirs et à laisser courir son imagination pour s'aérer l'esprit tout en continuant de scruter un débouché de piste ou une ligne de crête. Les yeux faisaient le boulot, pendant que le cerveau vagabondait pour passer le temps. C'était son truc pour tenir de longues heures à l'affût, sans se lasser. Une routine qu'il maîtrisait parfaitement.

Sur le rooftop, d'où l'on pouvait désormais admirer le ciel basculer dans les teintes orangées du soleil couchant, Jean avait préparé un énième message qu'il s'apprêtait à envoyer d'une nouvelle pression de son index : « Encore trente minutes et on décroche. » Son geste resta suspendu au-dessus de l'écran lorsqu'un autre message tomba. C'était Daniel, posté devant l'hôtel. « Ça bouge. » Les quatre autres membres du poste se raidirent d'un même mouvement en fixant leur téléphone. *Daniel écrit…* indiquait l'appli. « Je crois que c'est eux. » Solange et Alexandre tendaient le cou derrière les grands vases du décor du lobby et aperçurent deux 4 x 4 s'immobiliser devant la cour intérieure. « Deux Nissan Patrol. Quatre hommes, plus les conducteurs », compléta Daniel. Le premier individu se présenta au comptoir de l'accueil pendant que les trois autres patientaient avec leur valise, légèrement en retrait. Les deux OT promenèrent des regards fiévreux sur les quatre visages en passant de l'un à l'autre, tâchant de discerner les traits de leur cible. Tandis qu'Alexandre hésitait encore, Solange s'était arrêtée sur le troisième larron. Cible verrouillée. C'était lui. Avec plus d'embonpoint et moins de cheveux sur le crâne. Mais ses épais sourcils et son menton fuyant ne laissaient aucune place au doute. Il s'agissait bien de leur homme. Alexandre le fixait lui aussi, en s'efforçant de dresser à toute allure des parallèles entre le visage qu'il avait sous les yeux et le souvenir qu'il gardait des deux photos envoyées par le service. Puis il observa Solange du coin de l'œil. Il vit que le regard de sa collègue était rivé sur l'homme que le service de contre-prolifération avait dans son viseur depuis 2013. L'assurance de Solange finit par le convaincre : Hassan Abbas se tenait bien là, juste devant eux, dans le lobby du Four Seasons. Il n'y avait plus qu'à dérouler le plan qu'ils avaient concocté à partir des instructions de la Centrale. Une opportunité comme celle-ci ne se renouvellerait pas. Il fallait se montrer audacieux et tenter le coup.

Le Syrien qui s'était présenté au comptoir venait de récupérer les clés des chambres. Solange se leva de son fauteuil et se dirigea calmement vers les ascenseurs, calant son allure de façon à les atteindre au moment exact où les portes s'ouvrirent devant le petit groupe. Ils s'y engouffrèrent tous les quatre et Solange vint se glisser naturellement dans la cabine, en leur adressant poliment un sourire discret. Elle fit mine de choisir l'étage de sa chambre et rappuya sur le sixième bouton, même si celui-ci était déjà allumé, sélectionné par l'un des Syriens de la délégation. Elle espéra que l'un d'eux aurait enregistré son petit manège, mais ils ne firent pas particulièrement attention à elle. Les hommes ne se parlaient pas. « Aucune chaleur, ni complicité, nota l'espionne. Des différences hiérarchiques, sans doute. » Elle se tenait sur le côté en cherchant à prendre le moins de place possible. La cabine s'immobilisa au sixième étage avec la souplesse que l'on attendait de l'équipement moderne d'un établissement de luxe et que Solange, qui détestait prendre l'ascenseur, apprécia. Elle s'effaça encore plus sur le côté et les hommes lui passèrent devant sans un regard, au mépris de toutes les règles de galanterie. L'espionne leur emboîta le pas à quelques mètres de distance, en farfouillant dans son sac pour y chercher une clé magnétique imaginaire. Les Syriens se répartirent les chambres. Solange s'était immobilisée en retournant son sac dans tous les sens, en vain. Jouant l'agacement, elle fit demi-tour pour reprendre l'ascenseur.

Lorsqu'elle retrouva Alexandre dans les salons du rez-de-chaussée, elle lui glissa : « Hassan est dans la 612. » Mission remplie. Il ne restait plus à Alexandre qu'à jouer sa propre partition.

Il fallut encore attendre quelques heures. Deux des Syriens se firent livrer un plateau-repas dans leur chambre, dont la cible. Les deux autres se rendirent au restaurant du Four Seasons pour y commander leur dîner. Heureusement pour les espions du poste, toujours en embuscade, le repas ne s'éternisa pas. Alexandre et Solange enchaînèrent les Perrier citron en écoutant les standards de jazz que jouait paresseusement le pianiste de l'hôtel. L'OT masculin contrôla une dernière fois la présence de l'enveloppe dans la poche intérieure de sa veste, puis il prit congé :

— J'y vais.

— Bonne chance.

Alexandre frappa deux petits coups secs sur la porte de la chambre 612.

— Oui, qu'y a-t-il ? interrogea Hassan de l'intérieur, en arabe.

— *Mister Abbas ? Please...*, répondit Alexandre, sans forcer la voix.

Le responsable du programme chimique se sentait en sécurité à Beyrouth. C'était toujours un soulagement pour lui de franchir la frontière avec le Liban : il quittait son pays en guerre avec ses check-points tenus par des militaires aux abois pour entrer sur des terres où les hostilités avaient cessé. Aussi ouvrit-il la porte sans méfiance, pour découvrir un Occidental au visage affable qui s'adressa à lui en anglais :

— J'ai quelque chose d'important à vous dire. Vous permettez que je rentre ? Cela ne prendra que quelques minutes.

Si le Syrien refermait la porte ou pire, s'il appelait à l'aide, il n'y aurait plus qu'à rebrousser chemin, sans céder à la panique, puis gagner la sortie en profitant du désordre déclenché par Philippe, qui était alors censé faire diversion. Alexandre demeura sur le palier, en se contentant d'afficher un demi-sourire bienveillant, tandis que les secondes s'égrenaient dans un silence de cathédrale.

Heureusement, Hassan Abbas finit par s'effacer pour laisser entrer le Français. Le lit n'était pas encore défait et les rideaux n'avaient pas été tirés. Les lumières de la ville brillaient sur le côté droit de la grande baie vitrée. Mais face à eux, la Méditerranée, plongée dans le noir d'une nuit sans lune, occupait tout le reste de l'espace. Alexandre fit quelques pas en direction de la petite table basse et des deux fauteuils en velours verts près desquels le Syrien avait déposé sa valise. Alexandre lui tournait le dos pour inspecter la pièce, mais gardait un œil sur sa cible en profitant de l'effet miroir de la vitre.

— Monsieur Abbas, je vais faire vite.

Alexandre se tourna alors vers son interlocuteur pour le fixer dans les yeux.

— Nous vous connaissons bien.

— Nous ? C'est qui, « nous » ?

— J'appartiens à un service de renseignement.

— Je vois...

— Nous savons que vous êtes un scientifique talentueux. De loin le meilleur dans votre domaine, en Syrie. Mais votre travail est responsable indirectement de la mort de centaines d'innocents, femmes et enfants compris. Parce que le régime que vous servez se fiche éperdument du sort de sa population. Nous savons aussi que cette situation vous pèse. Vous vous en êtes ouvert auprès de vos proches. Car vous n'êtes pas un monstre. Loin de là.

Hassan Abbas demeura silencieux. Il écoutait attentivement et se demandait ce que ce jeune espion, debout face à lui, allait finir par lui proposer.

— La communauté internationale vous a identifié comme le principal cerveau du programme chimique syrien. Vous risquez d'être très prochainement inculpé par la justice internationale. Si le régime tombe, vous finirez vos jours en prison.

Alexandre retira l'enveloppe de sa poche et la déposa sur la table basse. Le Syrien la regarda, puis dirigea à nouveau son attention vers Alexandre, en attendant la suite.

— Travaillez pour nous, monsieur Abbas. Cette enveloppe contient quarante mille dollars en liquide. C'est une somme importante, même pour un service comme le nôtre, et ce n'est qu'un début. Mais c'est un geste à la hauteur de votre profil exceptionnel et qui témoigne de l'importance que revêt pour nous cette proposition. Travaillez pour nous et nous vous défendrons devant le tribunal international. Nous expliquerons que vous avez subi la pression du régime qui vous menaçait de mort, mais que cela ne vous a pas empêché de faire preuve de beaucoup de courage en collaborant avec nous dans le plus grand secret. Vous ne risquerez rien.

Comme le Syrien demeurait interdit, Alexandre aborda les aspects logistiques de sa proposition.

— Dans cette enveloppe se trouvent également des instructions pour nous contacter clandestinement et en toute discrétion. Sans prendre le moindre risque.

« Sans prendre le moindre risque. » L'officier de renseignement savait pertinemment que c'était un mensonge. Il se comportait comme un vendeur de voitures d'occasion qui omettait de mentionner à un client naïf les problèmes techniques à répétition que rencontrait le modèle proposé.

— Disons plutôt, en prenant le moins de risques possible, se sentit-il obligé de préciser aussitôt pour ne pas se renier totalement.

Hassan Abbas se taisait toujours. Alexandre s'attendait à ce qu'il ne dise plus rien à ce stade. Comme le Syrien ne s'offusquait pas et ne lui jetait pas l'enveloppe à la figure en lui ordonnant de quitter les lieux sur-le-champ, il estima que, selon toutes probabilités, la proposition du service faisait son chemin dans l'esprit du scientifique.

— Je ne vous demande pas de prendre une décision immédiatement. Nous avons conscience qu'il s'agit là d'un pas difficile à franchir. Réfléchissez. Mais n'oubliez pas que le dossier que certains pays européens montent contre vous, avec le concours des Américains, est particulièrement accablant. C'est la prison jusqu'à la fin de vos jours qui se profile pour vous. Laissez-nous vous aider. Et aidez-nous en retour.

L'échange, ou plutôt le monologue d'Alexandre, n'avait pas duré plus de cinq minutes, évalua l'OT.

Ce dernier quitta la chambre et referma la porte derrière lui. Il parcourut la distance qui le séparait des ascenseurs en allongeant le pas, s'attendant à tout moment à ce que le responsable syrien lance l'alerte. Mais le sixième étage demeura plongé dans un silence rassurant. Alexandre appela l'ascenseur. Les portes restèrent closes un long moment, le temps que la cabine atteigne sa destination. L'espion jetait des coups d'œil inquiets derrière lui, pour vérifier qu'aucun gorille ne s'était lancé à sa poursuite. Les portes automatiques s'ouvrirent enfin. Alexandre, dont le cœur battait douloureusement contre sa poitrine depuis qu'il avait quitté la chambre de la cible, ressentit un profond soulagement. Mais une fois au rez-de-chaussée, une nouvelle montée de stress le cueillit par surprise, alors que les portes s'ouvraient. Et s'il tombait nez à nez avec un dispositif de sécurité que l'ingénieur aurait actionné en donnant l'alerte par téléphone ? Heureusement, le lobby était vide. Alexandre quitta l'hôtel sans se retourner et retrouva Solange qui l'attendait quatre cents mètres plus loin, le cœur noué elle aussi.

— Alors, c'est bon ?

— Oui. Enfin, je crois. Il a gardé l'enveloppe, en tout cas.

— Très bien. Il n'y a plus qu'à attendre, maintenant.

— Oui. *Alea jacta est*. On a fait notre part. Bonne nuit, Solange.

— Bonne nuit, Alex. Bien joué.

« Finex », écrivit Alexandre aux autres sur son téléphone, en ponctuant son message d'un smiley à la main jaune et au pouce levé. Jean et Philippe sortirent à leur tour du Four Seasons sans constater de mouvement suspect, ni de fébrilité de la part du personnel de l'hôtel. Daniel, sur son trottoir, attendit encore cinq minutes supplémentaires, montre en main. Il fut le dernier à quitter le dispositif. Parce qu'il était de permanence, il rejoignit l'ambassade de France alors que les quatre autres membres du poste regagnaient directement leur domicile par des itinéraires différents. Daniel rédigea un premier compte-rendu à la Centrale qu'il fit partir sans attendre la validation du chef de poste : « Opération terminée. Aucun incident relevé. Message complémentaire sera transmis dès demain 10 heures. »

31

Samir Yazbek s'était réfugié dans son bureau dès la fin du dîner familial. Il était minuit passé et il se convainquit qu'il serait plus raisonnable d'arrêter de travailler pour rejoindre sa femme qui devait sans doute déjà dormir dans la chambre à coucher à l'étage. Il mit de l'ordre sur sa table, en rangeant les quelques documents papiers pliés en quatre qu'il avait rapatriés des archives de la cellule 62 au péril de sa vie dans leur emplacement secret : une cachette qu'il avait creusée dans le sol, en profitant de la mauvaise jointure entre les dalles, puis recouverte du tapis persan que lui avait offert sa mère à la fin de ses études. Il avait passé sa soirée à prendre en photo ces archives page par page, avant de transférer les fichiers dans le dossier crypté d'une clé USB. Il attendrait la fin de la semaine pour se rendre dans un cybercafé de la vieille ville de Damas afin de transmettre sa dernière production à Nawal. Il changeait de cybercafé tous les quinze jours pour éviter d'attirer l'attention des gérants successifs. Il apprenait sur le tas et imaginait les procédures de sécurité les plus appropriées pour ne pas se faire prendre. Le bon sens était son meilleur allié. Depuis qu'il avait accepté de travailler pour les Français, sept mois auparavant, sitôt après avoir reçu la confirmation que son fils se trouvait en sécurité en France, aucun incident n'était survenu. Bien sûr, il y avait eu ces deux convocations des redoutables services de renseignement de l'armée de l'Air, juste après la disparition de son fils. Mais il était parvenu à leur faire croire que son fils avait agi de sa propre initiative et qu'il était devenu un paria à ses yeux après la traîtrise dont il s'était rendu coupable. Le scientifique avait promis de transmettre toute nouvelle concernant son rejeton dès qu'il aurait une idée de l'endroit où il se cachait pour se soustraire à ses obligations militaires. Il n'avait plus été inquiété par la suite.

Un bruit lointain d'armes automatiques retentit dans la nuit. Samir ne sursauta même pas. C'était la routine de la guerre civile. Tant que l'on ne se battait pas dans sa rue, en face de son immeuble, il n'y avait pas lieu de s'inquiéter. Et son quartier de Mezzeh était l'un des endroits les plus sûrs de la capitale syrienne. Un site stratégique au sud-ouest de la ville, situé sur l'axe logistique Beyrouth-Damas, avec son aéroport, le palais présidentiel et ses casernes qui abritaient les unités d'élite du régime. Mezzeh serait le dernier bastion à tomber si les forces de l'opposition finissaient enfin par l'emporter.

Samir avait eu quarante-six ans deux semaines plus tôt. Cela faisait plusieurs années qu'il ne fêtait plus son anniversaire. Mais cette fois, sa femme avait tenu à marquer le coup en préparant un gros gâteau à la crème et quelques bougies, davantage pour leurs deux filles que pour son mari. Pour instiller un peu de fête en ces temps compliqués pour tous. Elle avait tapé dans le mille et la soirée d'anniversaire fut la plus joyeuse de ces dernières années. Samir avait pris le temps de faire le pitre, en appliquant de la crème sur le bout de son nez et en multipliant les grimaces face à ses filles hilares.

L'apprenti espion monta l'escalier en s'efforçant de faire le moins de bruit possible. Il passa devant la porte fermée de la chambre de ses filles sans prendre le risque de les réveiller en passant une tête pour les regarder dormir. Samir continua quelques mètres dans le couloir, jusqu'à la porte suivante. Il la referma derrière lui avec des précautions de cambrioleur et vint se glisser dans le lit, sous les épaisses couvertures. Il sentit la chaleur du corps endormi de sa compagne, puis sombra très vite dans le sommeil à son tour. Les journées étaient trop chargées et bien trop stressantes. Ce n'était pas une vie. Même s'il avait la conviction d'agir pour le bien de son pays en combattant ce qu'il estimait être le mal absolu : une dictature qui s'accrochait au pouvoir par tous les moyens possibles, y compris en utilisant des armes chimiques contre sa propre population.

* * *

Samir se dressa d'un bond en repoussant les couvertures sur ses jambes : il venait d'entendre quelqu'un frapper à la porte d'entrée, un étage plus bas. Trois coups puissants. Puis trois nouveaux coups, avec encore plus de force que la première fois. Le père de famille regarda l'heure : deux heures du matin. Son sang se glaça. Il n'aimait pas ça. En plein cœur de la nuit, avec cette attitude autoritaire ostentatoire, il n'y avait qu'une explication : les *Moukhabarat*. Les services secrets du régime. Sa femme se réveilla et l'interrogea du regard. Il ne chercha pas à la rassurer et ne dit pas un mot, la tête trop occupée par le tohu-bohu de ses pensées. Il se dépêcha d'enfiler un pantalon et une chemise qu'il ne prit pas le temps de boutonner. Il descendit l'escalier sans se presser, le pas lourd, comme s'il se présentait à son bourreau pour être exécuté. Mais il se hâta d'allumer la lumière pour que ses visiteurs comprennent qu'il les avait bien entendus et qu'il arrivait. À l'étage, les filles ne s'étaient curieusement pas réveillées. Il en fut soulagé.

Lorsqu'il ouvrit la porte, Samir fit face à un petit groupe de quatre hommes au regard hostile. Deux d'entre eux étaient habillés en civil. Les deux autres portaient des treillis, sans écusson ni grade ou bande patronymique susceptibles de les identifier.

— Samir Yazbek ?

— C'est moi.

— Veuillez nous suivre. Immédiatement.

— Une seconde, s'il vous plaît, et je suis à vous. Juste pour dire au revoir à ma femme.

— OK. Dépêchez-vous, concéda celui qui semblait être le chef.

Son épouse arriva derrière lui, affolée.

— Mais Samir, qu'est-ce qui se passe ? Qu'est-ce qu'on nous veut à cette heure-là ?

— Ne t'inquiète pas. Je t'aime.

Il parvint à se retenir de pleurer, mais sous le tissu de son pantalon, ses jambes tremblaient. Il embrassa sa femme puis se laissa embarquer par les quatre hommes qui le jetèrent sans ménagement à l'arrière d'un 4 x 4 aux vitres fumées.

Ces hommes, se dit-il, appartenaient sans doute au service de renseignement de l'armée de l'air du sinistre général Jamil Hassan. Les bâtiments qu'ils occupaient ne se situaient pas très loin de son domicile. Dix minutes en voiture, tout au plus. Il goûta chaque minute de ce trajet avec toute l'intensité dont il était capable. Il ne savait que trop bien ce qui se passerait ensuite, lorsqu'il descendrait du 4 x 4. Il s'apprêtait à entrer dans un gouffre où l'animalité régnait en maître et où il serait déchu de sa condition même d'être humain. Il avait entendu les rumeurs, les témoignages des familles et ceux aussi, terribles, des survivants. Les *Moukhabarat* aimaient enlever leurs victimes la nuit. Sans doute pour éviter les scandales publics et les réactions imprévisibles de la population. Et puis agir par surprise, dans les ténèbres, permettait aussi d'accroître la terreur. Les victimes disparaissaient ainsi plusieurs mois, des années parfois. Mais le plus souvent, elles étaient englouties pour toujours et ne refaisaient plus jamais surface. Un avis de décès finissait quelquefois par parvenir des années plus tard aux familles endeuillées les plus chanceuses, d'une manière parfaitement aléatoire. Sans qu'aucune explication ne soit jamais donnée sur les causes du décès. Torture, maladie, exécution sommaire, ou les trois à la fois : tel était le système de terreur que le régime de Bachar al-Assad avait institué pour juguler toute opposition.

Dehors, le couvre-feu avait apposé une chape de sommeil sur la ville. Samir regardait devant lui, les yeux dans le vide, dans l'axe des phares de la voiture. Le pire, ce n'était pas de disparaître et de rejoindre Dieu. Il était prêt à donner sa vie. Le pire, c'était ce qui allait précéder. La suite ne serait que délivrance. Il avait peur de la souffrance. Peur de l'imagination sadique de ses futurs tortionnaires. Peur de l'absence de limites. D'abord, il serait sans doute battu. Avec des barres de fer, des câbles électriques. On lui briserait les articulations. On lui martèlerait la plante des pieds. Et dans le même temps, il serait interrogé pendant plusieurs jours, toujours en vie, pour son plus grand malheur. Car les services voudraient savoir pour qui il travaillait. À quel réseau de renseignement il appartenait. Quels étaient ses complices. Il faudrait protéger Nawal. Le pourrait-il ? En aurait-il seulement la force ?

Il n'avait pas conscience du temps qui s'était écoulé depuis qu'ils roulaient dans les rues désertes. Il savait seulement qu'ils allaient vite et que son répit serait de très courte durée.

Le corps, lorsqu'il est soumis à d'intenses douleurs, déclenche un mécanisme d'autodéfense en sécrétant des endorphines, une morphine naturelle. Est-ce que ce phénomène allait l'aider ? Pourrait-il échapper au supplice, au moins une heure ou deux, grâce à la magie interne de ses cellules ?

Le 4 x 4 contourna trois chicanes successives, placées au travers de la route, jusqu'à déboucher sur une barrière que le planton de faction releva immédiatement. Le véhicule traversa la cour principale de la caserne puis longea plusieurs bâtiments dont seules les silhouettes massives se détachaient dans la nuit. Il s'immobilisa enfin. La portière s'ouvrit et Samir fut éjecté. Il n'avait pas eu le temps de prendre son manteau et la température était glaciale. Le scientifique tremblait comme une feuille. De froid et d'épouvante mêlés.

32

Alexandre était souvent passé devant l'hôtel Albergo, sans jamais s'y arrêter. Lorsqu'il remontait du centre-ville en voiture, avant de rejoindre la rue de Damas et l'ambassade de France, il empruntait fréquemment la rue Furn el-Hayek. La délicate façade années 1930 de l'hôtel servait de point focal au bout de la rue, juste avant de déboucher sur la place de Sodeco. Avant de prendre sur sa droite et de dépasser l'établissement, l'officier traitant avait pour habitude de tendre le cou sous son pare-brise pour admirer un peu plus longtemps les murs ocre soigneusement repeints et le portique ottoman bleu turquoise. À chacun de ses passages, il se disait qu'il aimerait bien réserver une chambre dans ce lieu enchanteur, pour passer un séjour en amoureux avec Lana. Mais il n'en faisait rien. Le luxe trop ostentatoire, la proximité de l'ambassade ou bien les regards insistants des clients qui s'observaient dans un quant-à-soi exaspérant l'en dissuadaient.

Il avait donc accepté avec enthousiasme l'invitation de Jean lorsque celui-ci lui avait proposé de se retrouver au restaurant italien de l'Albergo en compagnie de Solange. Il allait enfin pouvoir découvrir l'endroit de l'intérieur. Une sortie de cohésion entre les officiers traitants et le chef de poste : c'était une situation qu'il aurait été impossible d'envisager il y a quelques mois à peine. Mais la dynamique était désormais tout autre. Beyrouth occupait à nouveau le centre de l'échiquier opérationnel du service sur le dossier syrien. Les membres du poste étaient portés par un vent d'optimisme, avec le sentiment de participer enfin à l'histoire ; du moins la petite histoire d'un service de renseignement, invisible au profane, mais qui circulait en interne dans les discussions feutrées de la cafétéria du boulevard Mortier et les réunions de commandement.

Le restaurant était situé au neuvième étage et bénéficiait d'une vue panoramique, occultée le soir par des stores vénitiens de couleur beige qui plongeaient la salle dans une ambiance feutrée au charme oriental. Les tables hexagonales en nacre étaient déjà occupées par les premiers clients. Jean s'était installé dans un coin, en partie dissimulé derrière les branches d'un palmier planté dans un gros pot en terre cuite. Il fit signe à Alexandre de le rejoindre.

— Solange n'est pas avec vous ? demanda le chef de poste.

— Non, elle m'a dit qu'elle aurait sans doute un peu de retard. Elle a dû repasser à l'ambassade après son entretien.

— Je vous propose de prendre un verre alors, en l'attendant.

Alexandre choisit de commander une coupe de champagne. Jean se lança dans une discussion avec le serveur pour s'enquérir des ingrédients utilisés pour la piña colada de l'établissement. « Vous utilisez bien de la crème de coco, n'est-ce pas ? » Le détail semblait revêtir une importance stratégique.

— Bien sûr, monsieur !

— Dans ce cas, ce sera une piña colada pour moi, s'il vous plaît.

Alors que les deux hommes commençaient à boire, Jean agrippa discrètement l'avant-bras de son OT pour attirer son attention. Il accompagna son geste d'un mouvement de la tête en direction d'une des tables voisines.

— Regardez-la, celle-là : elle vaut son pesant de cacahouètes.

— Laquelle ? interrogea Alexandre en se retournant discrètement pour passer en revue les clients du restaurant.

— Mais comment ça, laquelle ? La bimbo toute refaite en fuseau noir, voyons !

— Ah, oui, effectivement. Impressionnant.

Alexandre prit une gorgée de champagne, puis se retourna à nouveau vers la grande jeune femme désignée par Jean, captivé par cette vision irréelle. Elle était belle, il fallait le reconnaître. Elle irradiait même, et attirait tous les regards avec ses formes parfaites et longilignes. À première vue, du moins. Mais quelque chose clochait. Dès qu'elle souriait, ou qu'elle regardait autour d'elle, ses traits se figeaient. Ses lèvres se tordaient d'une curieuse manière à chaque mot prononcé. Son nez de poupée Barbie, sculpté artificiellement, semblait avoir été planté au milieu de deux pommettes exagérément relevées. La beauté de cette jeune femme n'était qu'un leurre façonné par une cascade d'opérations de chirurgie esthétique.

— Vous avez très certainement remarqué ces publicités vantant les opérations de chirurgie esthétique qui sont affichées partout dans la rue. Rares sont les femmes libanaises qui n'y ont pas recours. Pas autant que notre voisine, bien sûr. Mais pour se refaire le nez, augmenter la taille de sa poitrine ou rehausser ses fesses dès la quarantaine passée, là, ça se bouscule au portillon.

— Vous exagérez, non ?

— Oh, à peine. À la différence de la France où les femmes qui passent sous le bistouri se cachent en attendant que les cicatrices disparaissent, ici, elles sont fières de sortir avec leur pansement sur le nez, bien visible. « Regardez : j'investis sur mon physique. Je vais devenir encore plus belle. Travaux en cours. » Voilà ce que disent tous ces bandages.

— Pourtant, entre nous, la plupart des Libanaises n'ont pas besoin de modifier leur apparence. Elles sont naturellement belles et séductrices.

— Bien sûr. C'est bien là le drame de ce pays.

Jean, décidément inspiré sur le sujet, poursuivit sur sa lancée.

— Notez bien que les mecs ont également recours à la chirurgie esthétique. Il y a une mode assez incroyable qui commence à voir le jour : certains hommes se font implanter de faux biceps pour avoir l'air plus musclés. Mais comme il serait impossible de distinguer le résultat d'une opération cher payée et celui de simples séances de musculation, ces messieurs se font greffer des muscles carrés ! Comme si c'était un marqueur de réussite sociale.

— Maintenant que vous le dites, j'en ai remarqué deux ou trois, effectivement.

— Ah, la voilà enfin.

Alexandre se retourna pour apercevoir Solange. Celle-ci arriva à leur table et se laissa tomber sur sa chaise. Elle était livide.

— Quelque chose ne va pas ? s'inquiéta Jean.

Solange avait le souffle coupé. Elle baissa le ton pour s'adresser aux deux hommes qui la considéraient d'un air fébrile :

— Le scientifique. Le gars du programme chimique syrien. La source de Nawal…

— Oui, eh bien ? Il lui est arrivé quelque chose ? Dites-nous, bon sang.

— Il a été arrêté chez lui, la nuit dernière.

— On en est sûrs ? interrogea le chef de poste.

Alexandre ne disait mot. Il regardait sa collègue qui tâchait tant bien que mal de maîtriser ses émotions. Mais à l'évidence, Solange était touchée.

— Oui, on en est sûrs, lâcha l'officier traitant, exaspérée que l'on remette en cause ce qu'elle venait de dire. Sa femme a prévenu Nawal. Les services syriens l'ont enlevé en pleine nuit.

— C'est peut-être encore un contrôle de routine, non ? tenta Alexandre.

— Non ! Pas en pleine nuit. Vous ne semblez pas réaliser que c'est une catastrophe, là. Et je suis en train de perdre Nawal, par-dessus le marché. Elle est en panique totale. Elle s'en veut à mort. Et elle m'en veut aussi.

Solange regardait dans le vide. Elle réfléchissait à toute vitesse, en soupesant les hypothèses et en reprenant dans sa tête la chronologie de ces dernières journées. Les deux hommes, eux, restaient interdits, leur verre vide à la main, sans trouver les mots pour réconforter la jeune femme.

— Quelqu'un a parlé. C'est sûr. C'est le walk-in. Je vous l'avais dit, c'était bien trop tôt pour lui faire confiance, affirma la jeune femme.

— Ce n'est pas possible, Solange, argumenta Alexandre. Il nous a donné l'adresse de l'hôtel. Sans lui, on ne pouvait pas monter l'opération.

Solange était hors d'elle.

— Et alors ? Ça a donné quoi ? On l'a recruté, le gars ? Qui vous dit que ce n'est pas une manip des Syriens ?

— J'ai l'impression que vous êtes un peu jalouse du succès d'Alexandre avec son walk-in, suggéra Jean en regrettant aussitôt ses mots face à la réaction furieuse de Solange.

— C'est ça, votre dîner cohésion ? Si vous me chargez comme ça, je vous laisse.

Elle s'était déjà levée.

— Attends, Solange. Reste ! Au prochain entretien, je lui rentrc dedans et je l'accuse de nous avoir trahis. On va le tester pour en avoir le cœur net.

— De toute façon, je n'ai pas faim. Je suis incapable d'avaler une seule bouchée. Je vais y aller. Désolée.

— Je comprends, Solange. Tâchez de dormir, conseilla le chef de poste. On refait un point complet demain matin.

La jeune femme quitta les lieux en naviguant entre les tables. Les voisins considérèrent les deux Français d'un regard oblique, en suspectant une dispute amoureuse. De qui la jeune femme qui venait de quitter le restaurant exaspérée était-elle la maîtresse ? Elle avait certainement découvert une infidélité quelconque. Qui était le coupable : le plus vieux à la mise toute britannique ou le jeune homme athlétique ?

— Qu'est-ce qu'on fait, Alexandre ? On commande quand même ?

Sa première expérience au restaurant panoramique de l'Albergo laissa au jeune officier traitant un souvenir amer. Les deux diplomates sous couverture ne prirent ni dessert ni café. Le repas se déroula en silence. Alexandre proposa à plusieurs reprises quelques sujets de discussion pour détendre l'atmosphère. Mais le cœur n'y était pas. Devant le peu d'empressement de Jean à lui répondre, l'OT se retrancha à son tour dans ses pensées. Il ne songea dès lors plus qu'au walk-in et à l'entretien à venir. Un nouveau tête-à-tête entre deux professionnels. Il ne croyait pas à la culpabilité de l'officier syrien. Mais l'incident de l'arrestation de la première main de Nawal allait lui permettre de reprendre l'ascendant sur Majed. Il fallait qu'il en donne plus, s'il voulait les convaincre de sa loyauté.

33

Majed était installé depuis cinq bonnes minutes dans l'appartement Airbnb qui leur servait de local de contact. Depuis le petit salon où il se trouvait, il pouvait observer Alexandre qui préparait le café avec la machine qu'il avait transportée dans son sac à dos, comme à son habitude. L'officier traitant restait silencieux. Il s'était simplement contenté de demander au walk-in s'il voulait un café. Alexandre ne souriait pas. Il gardait le visage fermé. Par calcul. Pour laisser s'installer une gêne, une tension qu'il comptait ensuite exploiter lors de l'entretien. Majed, en officier de renseignement expérimenté, avait compris le petit manège du Français. Il décida de jouer, lui aussi. Il ne souhaitait surtout pas être celui qui romprait le silence. Le dos bien campé dans un vieux fauteuil en cuir patiné, il ne quittait pas l'OT des yeux. Celui-ci venait de faire couler le deuxième café et revint s'installer dans le salon, les deux tasses à la main. Un léger tintement se fit entendre lorsqu'il posa la première tasse sur la table basse. Il garda la deuxième pour lui et s'assit à son tour. Il avala une première gorgée en regardant Majed. Puis une deuxième, en se concentrant sur ses notes, devant lui.

— Majed, comment avez-vous récupéré le renseignement concernant le passage au Four Seasons de la délégation syrienne ?

L'entrée en matière directe de son traitant laissa le walk-in perplexe. Il bascula légèrement la tête sur le côté.

— Pourquoi cette question ?

— Tout simplement parce que nous n'avons pas encore eu l'occasion d'en parler. Vous avez transmis l'information par le canal de communication dédié. J'aimerais maintenant comprendre comment vous l'avez obtenue.

— Le renseignement était faux ?

— Non. La délégation était bien présente, le jour dit, au Four Seasons.

— Alors, quel est le problème ?

— Qui vous dit qu'il y a un problème ? demanda Alexandre. Je veux juste comprendre le mécanisme.

L'officier syrien se redressa dans son fauteuil, abandonnant sa posture attentiste. Il ne jouait plus.

— Je vois bien qu'il y a un problème. Depuis le début. Depuis le moment où je suis entré. Vous n'êtes pas comme d'habitude. Il y a une distance que vous avez choisi d'instaurer et j'aimerais comprendre pourquoi.

— OK. Mais répondez d'abord à ma question, Majed ; s'il vous plaît.

— Comment j'ai obtenu l'information ?

— Précisément.

— C'est assez simple. Lorsque des délégations comprenant un ou plusieurs responsables du programme chimique se rendent à l'étranger, que ce soit au Liban, à Dubaï ou en Russie, elles sont escortées par un membre des services de renseignement syrien. Il se trouve que c'était l'un de mes anciens camarades de promotion du collège de police qui était en charge de cette mission. Un coup de chance, quoi.

— Et comment vous y êtes-vous pris pour le questionner sans éveiller ses soupçons ?

— C'est un peu mon métier, ça, non ? Je lui ai demandé s'il était logé dans un hôtel bas de gamme ou s'il était traité comme un prince… Et il m'a naturellement indiqué le nom de l'hôtel, sans que j'aie à lui poser la question. Il était fier, je crois.

— Son nom ?

— Ça, je préfère ne pas vous le donner.

— Pourquoi ?

— C'est un ami cher. Un proche de ma famille. J'aurais l'impression de le trahir. Je travaille contre le régime. Pas contre lui.

Majed n'avait pas encore touché à sa tasse et le café devait sans doute être tiède lorsqu'il le porta enfin à ses lèvres. La réponse du walk-in convenait à Alexandre, même s'il avait noté que le Syrien avait multiplié les atermoiements, comme s'il avait souhaité se donner du temps pour construire une argumentation valable.

— Vous avez remarqué que je m'abstiens de vous demander les raisons qui vous ont poussé à vous intéresser à cette délégation. Je ne vous demande pas ce que ces renseignements vous ont permis de faire par la suite. Cela ne m'intéresse pas. C'est votre combat. Je vous aide. C'est tout.

— J'ai remarqué, oui. Et j'apprécie, concéda Alexandre dans un souci d'apaisement.

Le walk-in venait de marquer un point. Solange se méfiait peut-être injustement de lui. La posture de Majed lui paraissait cohérente. Elle n'était pas, en tout cas, celle d'un homme qui chercherait systématiquement à mentir. Il fallait néanmoins savoir à quoi s'en tenir avec ce volontaire mystérieux, dont la coopération était à géométrie variable. Alexandre avait prévu de passer à l'offensive lors de ce nouvel entretien. S'il était momentanément rassuré par les premières réponses de Majed, il n'était pas question pour lui de changer son fusil d'épaule. Il devait dérouler la liste des points de friction qu'il avait prévu d'aborder.

— Majed, que ce soit bien clair entre nous : nous sommes ravis de travailler avec vous. Et nous sommes bien conscients des risques que vous prenez.

— Je suis heureux de vous l'entendre dire, répondit spontanément le walk-in qui s'attendait à une suite moins agréable après cette introduction enrobée dans du miel, sans doute destinée à mieux faire passer la pilule qu'il allait bientôt devoir avaler.

— Mais compte tenu de vos accès au cœur du renseignement syrien, je trouve que vous n'en donnez pas assez. Comme si vous vous reteniez. C'est en tout cas mon impression, lorsque je relis tous les rapports que j'ai rédigés à votre sujet depuis notre première rencontre à l'ambassade.

Le walk-in fit une moue qui lui déforma les lèvres. Il se retrouvait mis en accusation comme un élève découvrant la mauvaise note donnée par son professeur devant toute la classe. « Vous n'êtes pas à la hauteur », voilà ce que lui disait cet officier traitant dont Beyrouth constituait la première expérience en mission extérieure. « Quel blanc-bec », pensa-t-il. Majed décida pourtant de rester silencieux et de ne pas se défendre sur le coup de l'émotion. Il prendrait son mal en patience. Alexandre, qui s'attendait à être interrompu par un nouvel accès de colère de sa source, fut soulagé de pouvoir poursuivre la liste de ses griefs.

— Par exemple, lors de notre dernière rencontre, je vous ai transmis trois orientations qui intéressent fortement le service : l'assassinat d'un colonel en plein Damas, l'utilisation répétée d'armes chimiques par le régime dans le quartier de la Ghouta, et le trafic d'essence entre l'État islamique et l'armée syrienne. J'espère que vous avez des éléments à m'apporter sur ces trois points.

— Sur ces points spécifiques, non. Mais j'y travaille. Et je vous ai apporté d'autres éléments qui me paraissent très importants. Voire beaucoup plus importants.

Saisissant la balle au bond, Alexandre enchaîna de plus belle :

— C'est justement ça le problème : vous nous apportez ce que vous voulez bien nous transmettre, en vous fiant à votre intuition. Mais vous ne répondez pas à nos interrogations. Quand un service de renseignement travaille, il suit ses propres pistes et recherche des recoupements. Vous devez bien le savoir. Mieux que moi, même. Il est donc crucial que vous mettiez davantage d'énergie à répondre à nos orientations de recherche.

Majed devait se rendre à l'évidence : il avait pris à la légère les trois dossiers prioritaires de la DGSE, qui lui avaient semblé accessoires. La critique était justifiée et il ne se chercha pas d'excuses. Il passa ses doigts dans les poils de sa moustache d'une manière pensive, comme il en avait l'habitude lorsqu'il tentait de reprendre ses esprits ou qu'il était plongé dans une intense réflexion.

La surprise d'Alexandre face à l'absence de réaction brutale de sa source ne faisait que s'accroître. Il aurait été si simple pour Majed de ruer dans les brancards en jouant la carte de la source exaspérée de n'être pas jugée à la hauteur de sa valeur exceptionnelle. Il aurait pu s'étendre sur les risques inconsidérés qu'il prenait au quotidien. Au lieu de cela, le walk-in gardait son calme, sans remettre en question les reproches de son traitant.

— J'ai une question technique à vous poser, poursuivit Alexandre. Cela va aussi me permettre de vous transmettre une proposition de nature à faire passer un cap significatif à notre collaboration.

— Je vous écoute.

— Est-ce que les ordinateurs de votre service sont reliés à l'extérieur par Internet, ou sont-ils enfermés dans un réseau interne sans passerelles ?

— C'est initialement un réseau fermé, bien sûr. Et cela dépend des bureaux et des sites utilisés. Mais c'est la guerre et en temps de crise, je dois dire que les consignes de sécurité les plus élémentaires ont tendance à être délaissées. Pour aller plus vite, les administrateurs réseaux balancent des données récupérées directement sur Internet sans les passer par un antivirus.

— Parfait. Cela va nous faciliter les choses.

Alexandre retira une clé USB de la poche intérieure de sa veste et la déposa face au Syrien.

— Vous trouverez dans cette clé USB des photos d'actualité sur la guerre en Syrie. Ces photos sont sans intérêt. Elles ne sont là que pour rassurer un éventuel officier de sécurité qui voudrait contrôler le contenu de la clé. En réalité, notre service technique y a placé, dans une partition cachée et chiffrée, un exécutable qui se déclenche dès que vous introduisez la clé sur le port USB d'un ordinateur.

— L'ordinateur sera immédiatement contaminé et vous pourrez en prendre le contrôle à distance, n'est-ce pas ?

— C'est exactement ça. À vous de contaminer tous les ordinateurs possibles susceptibles d'avoir un intérêt pour nous. Je vous la confie.

Le walk-in l'inspecta sous toutes les coutures, l'air songeur, avant de la mettre dans sa poche de pantalon.

— Faites-en bon usage !

— La plupart des ordinateurs du réseau ont leurs ports USB condamnés. Mais je sais où trouver des portes d'entrée. Je pense que je vais bien m'amuser avec cette clé.

L'officier traitant sourit, pour la première fois de l'entretien. Et Majed lui renvoya son sourire. Le duel anticipé par Alexandre n'avait finalement pas eu lieu. La séance se déroulait au mieux, dans un esprit constructif.

— Je nous fais couler un autre café ? proposa Alexandre.

— Je veux bien, merci.

Tout en rejoignant l'espace cuisine, le traitant choisit de lancer un sujet de conversation plus léger.

— Dites-moi, Majed, je suis toujours impressionné par votre niveau de français. Tout ça vous vient seulement des cours de français dispensés par les sœurs de votre école chrétienne de Lattaquié ?

— Ma mère parle aussi couramment français. Elle a fait ses études à la Sorbonne. Je ne crois pas vous l'avoir déjà dit. C'étaient d'ailleurs les meilleures années de sa vie. Elle me l'a souvent répété. Du coup, lorsque j'étais enfant, elle me parlait régulièrement en français. Je connais tous vos auteurs classiques, sans doute mieux que les petits Français. Je peux vous citer par cœur la tirade du Nez, de Cyrano. *La Légende des siècles* également : « Ce siècle avait deux ans ! Rome remplaçait Sparte. Déjà Napoléon perçait sous Bonaparte… »

— Pas mal, siffla Alexandre impressionné.

— Et celui-ci ? « Caramba ! Le coup passa si près que le chapeau tomba, et que le cheval fit un écart en arrière. »

— Encore Victor Hugo ! Bravo. Vous êtes un puits de culture française.

— Mon père, quant à lui, ne sait dire que « C'est la vie », « Vive l'amour » et c'est à peu près tout !

— C'est déjà très bien, s'esclaffa Alexandre en rapportant la nouvelle tournée de cafés.

Lors d'un entretien clandestin, les officiers traitants doivent systématiquement poser des questions personnelles sur la vie de leurs sources, afin de mieux les comprendre et saisir leurs manières de fonctionner. Ces informations sont ensuite soigneusement consignées par écrit, au même titre que les renseignements recueillis. Alexandre se rendait compte que cette technique, qu'il appliquait à la lettre avec Majed, comportait un autre avantage : elle permettait aux deux hommes de se rapprocher imperceptiblement, en abordant des sujets sans rapport avec la recherche de renseignements. La discussion s'éloignait du rapport de force habituel où les objectifs poursuivis se révélaient parfois contradictoires. L'officier traitant imaginait la jeunesse du walk-in, ses échanges avec sa mère, ses cours de français avec les religieuses syriennes. En pénétrant ainsi l'intimité et le passé de l'homme qui lui faisait face, il le considérait dans toute son humanité. Pas seulement comme un volontaire dont il fallait tirer le maximum, dans l'intérêt du service.

— J'adorais mes cours de français et la bienveillance dont faisaient preuve les religieuses. Lattaquié... Je suppose que vous n'y êtes jamais allé ?

— Effectivement. La Syrie est devenue pour nous un territoire interdit. Et ce n'est pas près de changer, j'en ai peur.

— Le port est au milieu de la vieille ville, reprit le Syrien, embarqué dans ses souvenirs. C'est une ville pauvre mais les bâtiments du littoral construits lors du protectorat français confèrent à la ville une unité architecturale unique. C'est beau, Lattaquié, vous savez. Quand vous avez la Méditerranée face à vous, vous oubliez la misère du quotidien. Tous les habitants, familles aisées ou prolétaires, profitent d'une même richesse infinie : l'espace, le soleil et la lumière des villes du bord de mer.

L'officier de renseignement syrien froid et calculateur des débuts, qu'Alexandre se figurait même brutal à l'occasion, lui apparut soudain nettement plus aimable.

Après avoir terminé leurs cafés, les deux hommes se remirent au travail. Le walk-in avait apporté de nouveaux documents. L'un d'eux retint l'attention du Français. Il concernait la base russe de Hmeimim, située à vingt minutes en voiture de la ville de Lattaquié, dans les montagnes. Il relatait les réunions de coordination entre l'armée syrienne et l'état-major russe. Alexandre se dit que les analystes de la Centrale allaient sans doute apprécier.

Au moment de se quitter, l'officier traitant rappela une nouvelle fois sa consigne principale :

— Concernant les trois questions posées par le service qui restent en suspens… Vous essayez de me rapporter quelque chose ?

— Oui, j'ai bien compris le message. Je vais bosser là-dessus. Ne vous inquiétez pas.

Lorsqu'il referma la porte sur le walk-in, Alexandre se lança dans la routine invariable qui consistait à disposer des indices d'une utilisation normale de l'appartement : lit défait, passage dans la salle de bains et vaisselle laissée à sécher, à côté de l'évier. Il vida aussi le réservoir d'eau de sa cafetière avant de la ranger dans son sac.

La séance avait été constructive. Restait à voir si le commandant syrien tiendrait toutes ses promesses. Mais Majed pouvait certainement s'imposer comme l'une des meilleures sources du service, pronostiqua avec entrain le jeune officier traitant en son for intérieur avant d'inspecter une dernière fois l'appartement pour vérifier qu'il n'y laissait rien de compromettant.

Il exécuta ensuite scrupuleusement son itinéraire de sécurité et ne remarqua aucune filature. Un sentiment euphorique l'accompagna durant son trajet jusqu'à l'ambassade. Il eut une pensée pour son père. Comme il aurait aimé lui raconter ses succès et la manière dont il avait fini par contourner les obstacles ! Réussir à Beyrouth, c'était assurément un excellent jalon pour la suite de sa carrière à la DGSE.

34

— Jean ? Ici Catherine. Ne quittez pas. Le DR veut vous parler.

Le combiné plaqué sur l'oreille, le chef de poste se demanda ce qui motivait l'appel du directeur, qu'il n'avait pas eu en ligne depuis plusieurs semaines.

— Jean ?

— Oui, c'est moi. Que puis-je pour toi ?

— Je viens de lire le compte-rendu de ton OT sur son dernier entretien avec notre walk-in…

Le directeur du renseignement marqua une légère pause. Jean attendait la suite, en tâchant de deviner l'état d'esprit de son supérieur : content ou furibard ?

— Dis donc, il faut qu'il se calme, ton OT. Pour qui se prend-il ? Pour le *king* de la manipulation ? S'il continue comme ça, on va la perdre, notre perle rare. Et le walk-in va finir par aller voir les Américains. Je le vois gros comme une maison. On ne peut pas se permettre un nouveau coup dur après votre problème avec la source de ton OT féminin. Au fait, pendant que j'y pense, on peut la récupérer ?

— La chrétienne de Damas ?

— Évidemment, la chrétienne de Damas. De qui veux-tu que je parle ?

— J'ai confiance en Solange. Elle va nous rattraper le coup. Mais ça va prendre du temps. En tout cas, pour la première main, le scientifique de la cellule 62, c'est définitivement fichu. Il n'est pas réapparu. Il a dû se faire prendre la main dans le sac.

— Oui, c'est fâcheux.

— En revanche, concernant Alexandre et le walk-in, je trouve que la manip se déroule plutôt bien. On joue sur l'ego de la source, là. On essaye de faire en sorte qu'il se surpasse et qu'il nous en donne plus. De mon point de vue, la dernière entrevue s'est déroulée d'une manière très satisfaisante.

— Eh bien, veille quand même à ne pas tuer la poule aux œufs d'or. On transmet régulièrement le renseignement que nous fournit le walk-in aux Américains et aux Brits, et ils adorent. Ils en redemandent.

— Je vois, commenta simplement Jean.

Mais sa réponse tomba dans le vide : le DR avait mis fin à la conversation.

35

Le télésiège les avait conduits au point culminant de la station de ski. Avant de dévaler la pente, ils profitèrent de la vue sous le soleil radieux de la fin de l'hiver. Le Liban était si ramassé que, du haut de leur promontoire, ils pouvaient apercevoir les montagnes du haut Liban et la frontière syrienne, à l'est. En portant leur regard vers le sud, au-delà de la pellicule de pollution qui stagnait au-dessus de Beyrouth, il était possible de distinguer les premiers paysages israéliens. Le pays tout entier semblait ainsi à portée de main. Mais ce qui attirait immanquablement l'attention, c'était le bleu de la Méditerranée qui tranchait avec la montagne immaculée et son manteau neigeux. Les sportifs du domaine skiable de Faraya, en s'y prenant bien, pouvaient parfaitement skier le matin sur une poudreuse souple et damée, avant de filer vers les plages de Batroun pour prendre leur bain de mer l'après-midi. Peu de pays au monde offraient à leurs visiteurs une telle palette de loisirs : le ski en même temps que la plage, du moins pour ceux qui n'étaient pas trop frileux.

Alexandre était émerveillé par tout ce qui l'entourait.

— Ce pays a tout pour lui, s'enthousiasma-t-il.

— Ne t'aveugle pas avec ce que tu vois ici. Plus bas, dans la plaine, les gens se débattent comme ils peuvent avec les problèmes du quotidien. Mais j'en conviens, vu d'en haut, avec ce soleil et cette mer si bleue, on se croirait au paradis, concéda Lana.

— Mais je suis au paradis, avec toi, Lana ! lança Alexandre, en ponctuant sa remarque d'un clin d'œil appuyé.

La belle Libanaise adressa un coup de sa main gantée sur l'épaule d'Alexandre : « Quel Don Juan tu fais ! » Puis elle s'élança sur la piste en décrivant des lacets élégants, ses deux skis parfaitement parallèles. « Elle a dû venir souvent à Faraya », estima Alexandre : Lana godillait avec l'assurance d'une skieuse confirmée. Le style d'Alexandre était moins aérien. Avec lui, il n'était plus question de délicatesse : la vitesse ne l'effrayait pas. Il filait tout droit, en défiant les lois de la gravité, sans ralentir sur les bosses ni s'embarrasser de virages. « Tu skies comme un militaire », lui dit Lana en riant.

Alexandre avait posé son lundi et la station de ski était presque déserte. Il se ruait à l'assaut des pistes avec la délectation du privilégié pleinement conscient de sa chance de nager à contre-courant de la foule. Quant à Lana, elle était libre de son emploi du temps, toujours prête à s'adapter aux opportunités, guidée par son seul plaisir et ses envies du moment. Ils étaient partis de la capitale à huit heures du matin, en roulant dans le sens opposé aux embouteillages créés par les Libanais qui se rendaient à Beyrouth pour le travail. La route vers Faraya était superbe, s'élevant rapidement en lacets après avoir quitté l'axe principal du bord de mer. Alexandre, sur les conseils de Lana, avait réservé une chambre à l'Intercontinental. Ils avaient loué des skis sur place et le diplomate français s'était encore une fois extasié sur son expérience libanaise. Le service offert aux clients de l'hôtel lui paraissait hors norme : les pistes étaient accessibles directement depuis l'établissement. La neige venait en effet lécher les murs du rez-de-chaussée. Nul besoin de prendre un bus pour accéder au bas des pistes ou de marcher les skis sur l'épaule, les pieds engoncés dans de grosses chaussures bruyantes. La vie lui paraissait si facile. Tout lui souriait.

Après un long après-midi sportif passé sur les pistes, ils se retranchèrent dans leur chambre. Lana voulut prendre sa douche. Comme Alexandre restait dans les parages et qu'il exprimait même le désir de la regarder se laver, la Libanaise le poussa résolument hors de la chambre : « Va prendre un thé dans les salons de l'hôtel. Tu me gênes, là. Je me prépare pour le dîner et j'ai besoin d'un peu de temps. » Le jeune homme exprima sa déception en boudant de la manière la plus démonstrative possible, comme un garçon à qui ses parents refuseraient un nouveau tour de manège. Lana l'embrassa sur la bouche avant de lui refermer la porte au nez. « Lana, décidément, tu me plais », se dit-il en prenant son mal en patience. Il profita de ce moment de calme pour arpenter les boutiques de l'hôtel. Il n'avait nullement l'intention d'acheter quoi que ce soit, mais il parcourut nonchalamment les devantures, ébahi par le prix des divers articles proposés, manifestement réservés aux Libanais les plus aisés ou aux touristes fortunés.

Lana et Alexandre évitèrent la fondue savoyarde et optèrent pour des plats plus légers, préférant s'assurer une bonne digestion. Ils s'accordèrent cependant tous les deux un verre de vin : un Ksara blanc pour Lana, un Ixsir rouge de la région de Batroun pour Alexandre, qui suivit le conseil de son amie.

— Tu as pris des couleurs, Lana. Ça te va bien.

— Et toi, tu as pris un coup de soleil sur le nez.

— Aïe. Pas terrible, alors ?

— Si, ça va. Tu es beau. Rassure-toi.

— Tu as envie de moi ?

Lana ne releva pas la remarque. Elle ne répondait que très rarement aux allusions grivoises d'Alexandre. Il se demanda si elle les trouvait déplacées. Il lui faudrait peut-être éviter à l'avenir de prendre ainsi le risque d'être en décalage avec les désirs de son amante. Heureusement, lorsqu'ils se retrouvaient ensemble sous les draps, les barrières sautaient les unes après les autres et aucun d'eux n'appuyait sur le frein.

— Tu as l'air beaucoup plus épanoui, ces derniers temps. Je me trompe ? demanda Lana.

— Non. Tu as raison. C'est une bonne période pour moi. Et ici, avec toi, j'ai toutes les raisons d'être heureux.

Alexandre ne quittait pas son amie du regard, captivé par ses yeux et la sensualité de cette bouche qui embrassait si avidement.

— C'est le travail qui va mieux ? Tu ne m'en parles presque jamais.

Décidément, l'espion français n'aimait pas les questions sur son métier. Il se raidit sur sa chaise et l'expression sur son visage se fit un peu plus dure, ce que Lana perçut immédiatement. Elle posa doucement sa main sur la sienne, dans un geste de tendresse inhabituelle pour elle. L'effet fut immédiat. Alexandre se détendit. Et ils passèrent vite à autre chose, comme s'il existait un accord tacite entre eux deux pour éviter de s'engager dans des sables mouvants.

Au lieu du dessert, ils prirent un thé vert. Puis Lana revint à la charge.

— Je comprends que tu ne veuilles pas me parler de ton travail. Cela ne me regarde pas. Mais lorsque tu maintiens cette distance entre nous, je perçois un manque de confiance. Et cela me désole. Vraiment. Je suis la première surprise de ressentir ça.

— Ce n'est pas un manque de confiance, Lana. Ce n'est pas ça. Mon travail doit rester confidentiel. C'est tout.

— Tu travailles pour les services de renseignement français. Je ne suis pas idiote. Cela ne me gêne pas.

Alexandre répondit par un silence qui valait assentiment. Les choses étaient si simples, avec Lana.

36

Un jour sur deux, y compris le week-end, Alexandre devait se rendre sur son point de connexion wifi du quartier d'Hamra, pour relever les éventuels messages envoyés par le walk-in à son intention. Certains soirs, lorsqu'il était particulièrement fatigué, la tentation était grande de se connecter à partir de son boîtier Internet personnel, une fois rentré tranquillement chez lui. « Qui irait vérifier ? Qui viendrait fouiller dans les bases de données de mon fournisseur d'accès libanais pour checker des connexions avec la Syrie, sur un serveur de jeu qui plus est ? » Les probabilités étaient assurément minces et même proches de zéro. Mais il s'agissait des sacro-saintes règles de sécurité. Ne pas les respecter une fois, c'était s'engager sur une pente glissante. Une facilité concédée ici et là, jusqu'à une lâcheté insignifiante ou un renoncement ponctuel : rien de déterminant, si l'on considérait chaque manquement, un par un. Mais l'accumulation pouvait se révéler fatale. Et il était hors de question qu'Alexandre se laisse aller à un tel dilettantisme. La sécurité de Majed était sa priorité. Alors, avant de rentrer chez lui se plonger dans la lecture d'un bon roman ou de profiter des salles de cinéma de l'ABC Achrafieh, il descendait dans le parking souterrain de l'ambassade, retrouvait son éternelle Hyundai blanche et s'armait de courage pour traverser la ville et ses embouteillages. Arrivé au T-Marbuta, son café fétiche, il commandait un simple expresso et sortait son iPad pour regarder rapidement si Majed lui avait laissé un message. La plupart du temps, il n'y avait rien. La procédure d'urgence était rarement engagée. Les entretiens physiques étaient fixés d'une séance à l'autre, à la voix, pour éviter de laisser d'inutiles traces numériques. Cette routine qui ne débouchait que sur du vide était peu valorisante. Seule la discipline permettait de maintenir le cap. Alexandre prenait garde de ne pas quitter trop rapidement le café. Il emportait régulièrement un livre avec lui pour s'aider à adopter une posture naturelle. L'un des serveurs du T-Marbuta avait fini par le reconnaître et Alexandre avait droit à un sourire de sa part, assorti d'un « *Ahlan wa Sahlan*[1] ». L'officier français le saluait alors d'un geste de la main.

Ce jeudi soir-là, il ressentait une lassitude dont il avait du mal à identifier la raison. Il pensait à sa fille qui lui manquait dès qu'il avait du temps devant lui

1. « Bienvenue ! »

et que le boulot le laissait enfin tranquille. Lors de ses premières missions à l'armée, jeune lieutenant en opérations extérieures, Internet en était à ses balbutiements. La seule liaison possible avec sa famille se faisait alors via des téléphones satellitaires mis à disposition des militaires et installés dans des cabines individuelles. Celles-ci étaient prises d'assaut dès la fin de l'après-midi, et ce jusqu'au soir. Il fallait patienter dans des files d'attente interminables avant de pouvoir parler à ses proches quelques minutes. Le prix des communications était insensé. On téléphonait les yeux rivés sur le chrono pour ne pas faire gonfler la facture. Alexandre s'estimait donc chanceux de pouvoir organiser, au moins une fois par semaine, une visio avec sa fille. La voir ainsi devant lui, lui parler et jouer avec elle aux cartes, c'était le jour et la nuit par rapport à ce qu'il avait connu par le passé. Les progrès technologiques permettaient une bien meilleure gestion de la distance et des séparations familiales. Diane s'organisait pour que leur fille soit toujours connectée à l'ordinateur familial à l'heure dite, dans leur appartement parisien. Le couple échangeait quelques mots à l'occasion. Des phrases convenues. Sans chaleur. La procédure de divorce suivait son cours. Ils seraient bientôt convoqués au tribunal pour signer les derniers papiers. « Divorcé ». Ce mot le mettait mal à l'aise. Il le vivait comme un échec personnel. Un opprobre dont il faudrait bientôt s'expliquer à chaque nouvelle rencontre.

Il savait qu'il aurait honte. Avec à la clé, la même question prévisible :

— Vous avez des enfants ?

— Oui, une fille, allait-il devoir répondre pour étancher la curiosité de ses interlocuteurs.

— Ah, désolé. Pas trop dur ? Ça se passe comment pour elle ?

Mal. Ça se passait forcément mal. Mais les parents faisaient au mieux pour limiter la casse.

Le petit symbole d'une enveloppe fermée s'afficha à l'écran et le fit tressaillir. Ses pensées noires s'envolèrent comme une volée d'oiseaux surpris par le coup de fusil d'un chasseur. Un message de Majed. Quelque chose bougeait. Une urgence. Il fallait que ce soit une urgence. Un incident imprévu ou une chance à saisir ? Il allait bientôt le découvrir. Un petit clic sur le message en attente.

« Bonjour, mon ami. Il faut se voir au plus vite. J'ai très peu de temps. Infos importantes à vous remettre. RDV au restaurant Al Shams à Anjar, demain vendredi. 13 heures. » Alexandre eut la sensation d'avoir reçu un électrochoc. Son esprit venait de plonger dans un bain d'adrénaline. Le walk-in lui proposait un rendez-vous à Anjar, en plein cœur de la plaine de la Bekaa, mais à quinze minutes en voiture, à peine, du poste-frontière de Masnaa, sur la route de Damas. C'était parfaitement inhabituel dans le plan de liaison clandestin qu'ils avaient mis au point. Ils n'avaient jamais évoqué ensemble la possibilité de se rencontrer ailleurs qu'à Beyrouth, dans des endroits choisis à l'avance. Mais la demande n'était pas dénuée de bon sens. Peut-être que Majed n'avait pas suffisamment de temps à lui consacrer. Il fallait donc qu'Alexandre se rapproche de lui et qu'ils se retrouvent à mi-distance, entre Beyrouth et Damas. Pourquoi pas. Il fallait tenter le coup, même si le lieu de rendez-vous n'avait pas été sélectionné et reconnu en avance. Il lui suffirait d'arriver une heure avant l'horaire de rendez-vous, pour effectuer un premier contrôle rapide de l'environnement. Après leur dernière rencontre, pendant laquelle Alexandre avait délibérément piqué au vif sa source pour obtenir plus de résultats, il n'était pas surprenant que celle-ci revienne avec des billes. Sans doute des réponses concrètes aux orientations du service.

* * *

— Jean, je peux vous voir ?

Solange venait de passer la tête dans l'embrasure de la porte du bureau du chef de poste.

— Bien sûr, Solange. Qu'y a-t-il ?

— Est-ce qu'Alexandre vous a parlé de Lana ?

— Non. Pas du tout. Qui est cette Lana ?

— Il est avec elle depuis quelques mois. Je lui ai conseillé de vous en parler et de signaler cette liaison à notre service interne de sécurité.

— Visiblement, il ne l'a pas fait. Mais vous savez, il est en plein divorce. Je ne suis pas scandalisé à l'idée qu'il aille un peu voir ailleurs. C'est plutôt sain pour sa santé mentale, non ?

— Ce n'est pas le problème, Jean. En fait, cette Lana m'inquiète. Il y a une semaine, elle est apparue dans l'environnement de Nawal. Elle a exprimé le souhait de participer aux rencontres informelles que ma source organise chez elle, autour d'un thé, une à deux fois par mois. Cette demande me paraît parfaitement incongrue et déplacée. Même si Lana est passée par l'intermédiaire de l'une des participantes qu'elle semble connaître, c'est une coïncidence qui me déplaît fortement.

— OK, soit. Et vous me proposez quoi ?

— Vous pouvez demander à votre contact à la Sûreté générale libanaise de contrôler si Lana se rend à Damas, par exemple ?

— La Sûreté générale, c'est un organisme proche des Syriens. Je ne sais pas si c'est judicieux. Quel prétexte vais-je pouvoir leur présenter pour justifier cette demande ?

— Vous avez l'air d'avoir une bonne relation avec le chef de leur direction du renseignement. Vous pouvez lui demander de rester discret. C'est la section des visas de l'ambassade qui vous réclame l'info, par exemple, dans le cadre du traitement du dossier d'un réfugié syrien pour lequel Lana se porte garante.

— Pourquoi pas. Quel est le risque, après tout ? Vous avez son nom de famille, à votre Lana ?

— Karam. Lana Karam.

37

Alexandre avait laissé derrière lui le palais présidentiel de Baabda une heure auparavant et s'élevait au-dessus de Beyrouth, la mer dans son dos. Il progressait sur la route de Damas, virage après virage, en traversant des centres urbains accrochés aux collines et entrecoupés de rares zones boisées de pins et de végétation méditerranéenne. Il était régulièrement contraint de ralentir lorsqu'il rencontrait un vieux camion brinquebalant, chargé bien au-dessus de la ridelle et qui luttait péniblement pour remonter la pente.

Mille idées lui trottaient dans la tête et il éprouvait toutes les peines du monde à mettre de l'ordre dans son cerveau en ébullition. Daniel s'était installé sur le siège passager et se contentait d'admirer le paysage, sans engager la conversation. Il voyait bien qu'Alexandre était ailleurs, réfléchissant à toutes les options possibles. Pourquoi le walk-in se montrait-il aussi pressant ? Il affirmait avoir besoin de transmettre un renseignement important. « Il va nous transmettre du lourd, je le sens », avait-il dit à Jean pour le pousser à valider l'opération et permettre une rencontre impromptue, à quelques kilomètres de la frontière syrienne.

— Le restaurant Al Shams, c'est une bonne et une mauvaise option, avait dit le chef de poste à son subordonné. C'est un endroit très couru au Liban avec une grande salle commune et des serveurs en nombre. On y mange très bien, par ailleurs. Aucune crainte à avoir d'un point de vue sécuritaire : vous ne risquez rien. Mais la foule et le côté touristique constituent aussi le point faible de l'endroit : si quelqu'un reconnaît notre walk-in, il ne faut surtout pas qu'il soit vu en votre compagnie.

— Majed le sait. Je pense que nous allons nous retrouver sur le parking. Et je le traiterai en voiture. Dans la sienne ou la mienne. On verra sur place. Si Daniel peut m'accompagner, il nous servira de guetteur pour assurer une surveillance des alentours.

— Bon. Allez-y, Alexandre. Préparez un message pour informer Paris. Mais je prends sur moi : nous n'avons pas le temps d'attendre le go de la Centrale. Celui-ci arrivera peut-être dans la soirée, ou demain matin avant votre départ. En cas de contrordre, je vous appelle.

Alexandre repensa à la conversation de la veille avec le chef de poste. La relation était devenue de plus en plus fluide entre eux. Jean lui faisait désormais confiance. Il suivait la manipulation de près, mais se rangeait la plupart du temps aux opinions de son OT, sans remettre en question son raisonnement, ni les propositions qu'il adressait au service pour la suite des opérations. Quelle était la nature des renseignements que s'apprêtait à transmettre Majed ? Alexandre listait mentalement les différentes options, entre un scoop sur la conduite de la guerre civile, un bouleversement dans les arcanes du pouvoir syrien ou une pièce à conviction sur les questions que se posait la DGSE ces derniers mois. À choisir, Alexandre préférait cette dernière éventualité. Car une réponse précise à l'une des orientations qu'il avait transmises à sa source apporterait la preuve de la qualité de son travail de traitant. Cela viendrait valider la posture de fermeté et d'exigence qu'il avait adoptée lors du dernier entretien avec le walk-in.

Après une ultime courbe où la pente se fit plus douce, Alexandre et Daniel débouchèrent de l'autre côté de la montagne. La vue sur la Bekaa s'imposa alors dans toute sa majesté. La grande plaine fertile du pays, coincée entre le mont Liban et l'Anti-Liban, lorsqu'elle se découvrait ainsi, par surprise, au détour d'une route, produisait toujours son petit effet. Les champs de betteraves et de céréales alternaient avec de larges espaces dédiés aux vignes. La partie centrale de la plaine était parfaitement irriguée et le vert des cultures s'imposait à perte de vue, en ce début de printemps, jusqu'à la frontière syrienne.

En arrivant à Anjar, Alexandre n'eut aucun mal à trouver la route jusqu'au restaurant. Il restait plus d'une heure avant le rendez-vous. Avec Daniel, ils localisèrent rapidement le parking. Après avoir garé la Hyundai, ils firent quelques pas à l'extérieur, pour s'imprégner des lieux et identifier les éventuels points bloquants. Pas de caméra. Les clients étaient encore peu nombreux.

— Si on se gare là, on évite d'être visibles de la grande baie vitrée de la salle principale du restau, proposa Daniel.

— Oui, pas mal, effectivement.

Alexandre se déplaça d'une dizaine de mètres afin de prendre en enfilade la route d'accès du restaurant.

— Si tu te places trente mètres en contrebas, tu seras parfaitement situé pour voir arriver tous ceux qui se pointeront sur zone. Tu n'auras qu'à m'alerter par téléphone, en cas de problème, et j'aviserai. Dans un premier temps, tu me préviendras de l'arrivée de Majed.

Daniel rejoignit Alexandre pour estimer par lui-même la qualité de la vue et valider son poste d'observation pour le contact clandestin du début d'après-midi.

— Oui, ça devrait le faire, déclara le secrétaire, satisfait. Mais il vaudrait mieux que je stationne avec la voiture pour éviter de me faire repérer. Si je reste statique sur le bord de la route pendant une heure, je vais rapidement devenir suspect.

— On aurait dû venir à deux voitures.

— Je te l'avais dit.

— C'est pas très grave. Je prendrai un café dans le restaurant, en attendant l'arrivée de Majed.

— Oui, mais on va repérer que tu es français. Ce n'est sans doute pas souhaitable.

— Aucune importance. On ne va pas rester longtemps et je ne remettrai plus jamais les pieds ici. Et puis l'endroit est touristique. Un Français de passage, cela ne constitue pas non plus un événement. Je suppose que c'est fréquent.

Leur reconnaissance effectuée, Alexandre et Daniel quittèrent le parking du restaurant pour s'éloigner de quelques kilomètres avant l'heure fatidique.

« Ça y est : un 4 x 4 avec des plaques syriennes. Ça doit être lui », annonça Daniel au téléphone. Le véhicule passa devant lui et le secrétaire du poste put clairement observer l'intérieur de l'habitacle par le pare-brise avant. Alexandre avait déjà payé l'addition. Sa tasse était vide depuis longtemps. Il se tenait prêt à se porter à hauteur du walk-in.

— Merde, Alex, il n'est pas tout seul. Il y a un conducteur en plus.

Le tout-terrain s'engagea dans le parking et s'immobilisa sur l'une des places à l'ombre. À peine une dizaine de secondes plus tard, le conducteur, ou plutôt le garde du corps de Majed, estima Alexandre au regard de la stature imposante du personnage, sortit de la voiture. Il claqua la portière derrière lui d'un mouvement énergique et se dirigea vers le restaurant. Alexandre le suivait des yeux, tout en jetant des coups d'œil en direction du 4 x 4. Majed ne bougeait pas. Il attendait tranquillement, à l'intérieur, retranché derrière les vitres fumées qui le dissimulaient aux regards extérieurs.

— Tu me dis ce qu'il se passe, Alex ?

— Oui, oui. Majed est resté dans sa voiture. L'autre cerbère arrive sur moi.

Le Syrien, plus grand que la moyenne et dont la physionomie lui fit penser à celle d'un boxeur entrant sur le ring, sûr de lui, se dirigea directement vers le personnel du restaurant posté à l'accueil. « Il se croit chez lui, ma parole. On n'est pas à Damas, ici », s'agaça Alexandre devant tant d'arrogance. Un serveur vint à la rencontre du garde du corps et le conduisit à une table, une dizaine de mètres plus loin. L'OT n'avait pas quitté son téléphone qu'il portait toujours plaqué sur son oreille droite.

— Bon. Problème réglé. L'accompagnateur est occupé. J'y vais. Reste où tu es, pour continuer à surveiller les accès du restau.

— OK. Bonne chance, Alex.

Personne ne sembla faire attention à lui lorsqu'il quitta le restaurant Al Shams de sa démarche féline d'ancien des forces spéciales. Comme un combattant aux aguets, prêt à toute éventualité, l'espion s'approcha du 4 x 4 noir. L'une des vitres à l'arrière se baissa de quelques centimètres. Majed avait quitté le siège passager pour mieux se dissimuler au fond du véhicule.

— Entrez, lui dit le walk-in.

Alexandre ouvrit la portière et vint s'asseoir à côté de sa source. Les deux hommes se sourirent, chacun cherchant à démontrer à l'autre qu'il était calme et que tout était sous contrôle. L'OT était soulagé. Depuis qu'il avait quitté l'ambassade, au petit matin, il redoutait ces retrouvailles dans un environnement qui lui était étranger. Il évoluait clairement en dehors de sa zone de confort. Mais Majed était là, à côté de lui, détendu. Et une bonne partie des problèmes qu'Alexandre avait anticipés étaient désormais derrière lui. L'essentiel était acquis : le traitant et sa source étaient à nouveau réunis dans un espace clos, à l'abri des regards. Ils allaient pouvoir travailler, échanger, évaluer la qualité du renseignement obtenu et évoquer la suite, jusqu'au rendez-vous suivant.

— Alors, Majed, qu'est-ce qu'on fout dans la Bekaa, dites-moi ?

— Je n'avais pas le choix. Vous allez comprendre.

— On dispose de combien de temps ?

— Dix minutes au maximum.

Le walk-in tenait sur ses genoux une pile de documents papier ainsi qu'un grand rouleau retenu par un élastique. Il fit glisser ce dernier pour libérer et déployer trois grandes feuilles. Des cartes au cent millième, estima Alexandre d'un œil expert.

— Voilà, regardez ça. Ce sont des cartes de la région de Deir ez-Zor. Elles répertorient tous les gisements de pétrole du coin, révéla le walk-in.

— OK, mais encore ?

— Là, en haut à gauche, c'est le logo de l'État islamique. Ce sont des cartes de Daech. Des documents internes.

— Pas mal, jugea Alexandre, un peu déçu, faute de comprendre ce qui justifiait ce rendez-vous clandestin décidé à la va-vite.

— Sur ces cartes figurent des indications manuscrites en arabe. On comprend rapidement qu'il s'agit de points de rendez-vous entre les forces du régime et les combattants de Daech. Et là, en bleu, si vous regardez bien, vous allez voir que des axes ont été tracés.

Alexandre commençait à comprendre. Cette prise de conscience déclencha chez lui une euphorie qu'il n'avait encore jamais éprouvée au cours de sa carrière d'officier de renseignement.

— Ces axes contournent les positions tenues au nord par l'État islamique et rejoignent Alep. De là, vous vous apercevez qu'ils obliquent vers la frontière turque.

— Des axes de contrebande, non ? souffla l'OT en espérant que son raisonnement était le bon. La preuve que le régime achète du pétrole aux terroristes pour le refourguer ensuite aux contrebandiers turcs, n'est-ce pas ?

— Précisément. Vous la tenez, votre preuve irréfutable de la collusion entre Daech et le régime syrien.

— Génial, Majed. Bravo. Vraiment.

— Et le plus beau, c'est que j'ai récupéré ces cartes dans le bureau à côté du mien, celui de l'officier en charge de la région de Deir ez-Zor, à l'état-major des SR Terre de Damas. C'est un document de travail actualisé. Des dates ont été ajoutées à la main, au stylo rouge, sur différents points. Elles correspondent sans doute au passage des convois successifs. Ce sera à vos experts de confirmer tout ça.

— Avec un peu de chance, nous récupérerons des images satellites correspondant à ces dates. La région est prioritaire depuis pas mal de temps maintenant et elle est très bien couverte. Un expert en imagerie devrait pouvoir retrouver la trace des camions-citernes sans difficulté. C'est de l'or en barre, Majed, s'exclama Alexandre qui réfréna l'envie, aussi soudaine que ridicule, d'embrasser le walk-in.

— Filmez les cartes avec votre portable. Je dois les remettre à leur place au plus vite. Le collègue chez qui je les ai récupérées est en réunion tout l'après-midi. C'est chaud pour moi. Mais ça valait le coup, non ?

Alexandre étala la première carte face à lui et déclencha la vidéo de son téléphone.

— Oui, Majed, ça valait le coup.

— Vous êtes toujours persuadé que je ne vous suis pas utile ?

— Je ne l'ai jamais pensé, Majed. Jamais. Mais vous pouviez faire plus. La preuve.

Alexandre balaya chaque carte de gauche à droite, en deux passages, pour être sûr de bien les filmer dans leur intégralité. Le walk-in consulta sa montre.

— Les dix minutes sont passées. Allez-y. Bon retour à Beyrouth.

— Et vous, bon retour à Damas.

* * *

Juste après avoir raccroché, Jean appela Solange en forçant la voix pour que sa subordonnée l'entende sans qu'il ait besoin de quitter le siège de son bureau.

— Solange !

L'officier traitant perçut une certaine fébrilité dans la voix du chef de poste. Elle interrompit aussitôt la rédaction de son message et se déconnecta de sa session de travail.

— Oui, Jean. Qu'est-ce qu'il y a ?

— Mon copain de la Sûreté générale libanaise vient de m'appeler pour me donner le résultat de son criblage.

— Il n'a pas traîné, dites-moi.

— Je crois qu'il m'aime bien, oui.

— Et alors, ça donne quoi ? questionna Solange avec impatience.

— Eh bien, vous aviez raison : votre Lana se rend régulièrement à Damas. À raison de deux séjours par mois, en moyenne, depuis deux ans. Elle passe en général par le poste de Masnaa. Mais aussi parfois par Aarida, au nord de Tripoli.

— Jean, je n'aime pas ça. J'ai un mauvais pressentiment. Il ne fallait pas valider ce rendez-vous dans la Bekaa, à deux pas de la frontière syrienne. C'est un piège.

38

Quelqu'un venait de frapper trois grands coups avec le poing contre la vitre du 4 x 4. Le bruit résonna sur la carrosserie. Puis tout s'accéléra. Le regard d'effroi de Majed. Le cœur d'Alexandre qui fit un bond comme s'il voulait sortir de sa cage thoracique. Et soudain, il les vit : les hommes armés qui entouraient le véhicule. L'espion ne les avait pas vus venir, tout concentré qu'il était sur les cartes qu'il avait filmées consciencieusement. Ils étaient cernés. Une demi-douzaine de gaillards, peut-être plus, disposés en un sinistre croissant. La moitié brandissaient des armes de poing, quand d'autres agrippaient des armes longues, en les pointant vers les deux occupants.

— *Out ! Get out, Yallah*[1] !

On ouvrit la portière du côté d'Alexandre et des mains le saisirent brutalement. L'officier traitant se sentit submergé, totalement dépassé par le déchaînement de violence qui s'abattait sur lui : il n'y avait plus rien

1. « Vite ! » Expression courante au Moyen-Orient.

à faire. Il reçut un coup sur la mâchoire, puis fut plaqué au sol, sans ménagement, en même temps qu'une volée de coups de pied s'abattait sur ses flancs. Le stress avait pris possession de tout son être et il ne sentait plus la douleur. Il notait les coups qui l'atteignaient. Certains, désordonnés, le frappaient de travers. D'autres étaient assénés plus durement. Mais il n'avait pas mal. Les hommes autour de lui vociféraient des ordres en arabe qu'il ne comprenait pas. On lui attacha les mains dans le dos avec des serflex que l'on serra jusqu'à lui taillader la peau des poignets. Un homme au-dessus de lui appuyait avec son genou contre sa colonne vertébrale et pesait de tout son poids pour qu'il ne puisse pas se relever. Aucun mot ne sortait de la bouche d'Alexandre qui assistait impuissant à sa propre arrestation. Il regarda sur le côté pour tenter de compter ses agresseurs. Il ne voyait que leurs chaussures. Des baskets et des chaussures militaires. C'est alors qu'il aperçut Majed, allongé comme lui, à même le sol, de l'autre côté du 4 x 4. Une main puissante maintenait son visage contre l'asphalte. Ses yeux étaient écarquillés. Alexandre y perçut une peur panique qui lui fit mal au cœur. Il fut désolé pour lui.

Des voitures se mettaient en place autour d'eux. Les bruits d'accélérateurs nerveux, les coups de frein et les portières que l'on ouvrait, tout se succédait en un tourbillon de fureur qui le cernait de toutes parts. Il se sentit soulevé du sol par deux hommes qui l'encadraient fermement. Il n'eut même pas le temps de reprendre ses appuis. Il fut jeté sur la banquette arrière et deux gardes prétoriens implacables s'installèrent de chaque côté. Un convoi de quatre véhicules se forma en quelques secondes puis déboula sur la route où était posté le secrétaire du poste. Alexandre aperçut la Hyundai toujours garée sur le côté. Mais pas de tracc de son compagnon. « Daniel ! Est-ce qu'ils l'ont pris, lui aussi ? Et pourquoi n'a-t-il rien vu venir ? »

Le paysage défilait à vive allure. Alexandre regarda les quatre hommes qui avaient pris place dans la voiture avec lui. Ni le conducteur, avec son cou de buffle, ni son voisin, une kalachnikov maintenue entre ses jambes, crosse vers le sol, n'avaient quoi que ce soit à envier, en termes de musculature, aux deux colosses qui l'avaient embarqué de force dans le véhicule. L'homme assis sur le siège passager vérifiait constamment les distances entre les véhicules du convoi. Il jetait des regards exaltés sur le véhicule de tête, puis se reportait sur celui qui les suivait. Leurs yeux se croisèrent plus d'une fois. Alexandre n'y discerna aucune compassion.

Au bout de dix minutes, les véhicules débouchèrent sur le poste-frontière de Masnaa. L'officier traitant espéra que les douaniers libanais ne les laisseraient pas passer. Pas avec un diplomate enlevé à bord. Un Français, qui plus est. Il se tenait prêt à crier et appeler à l'aide. Il vit défiler les blocs de béton peints aux couleurs du drapeau libanais qui canalisaient habituellement le flot des véhicules : bords rouges et bande blanche au milieu. Mais la route était déserte. Ils ralentirent à peine en passant sous le porche qui marquait la fin du territoire libanais. Ça y est : ils étaient en Syrie. Ce pays en guerre interdit aux diplomates européens. Une grande affiche rectangulaire de propagande lui confirma sa présence en terre syrienne : une photo de Bachar al-Assad portant lunettes noires et casquette camouflée trônait aux côtés de la figure du père, Hafez al-Assad, arborant lui aussi des lunettes de soleil, mais affublé d'un béret noir. Non loin, la figure débonnaire d'un Hassan Nasrallah souriant, le chef du Hezbollah libanais, rappelait, à la frontière entre les deux pays, l'apport de la puissante milice pro-iranienne. Les collines arides qui se détachaient sur le ciel bleu furent la dernière image qu'Alexandre emporta de la Syrie. Les deux hommes à ses côtés venaient de lui placer une cagoule sur la tête. Le tissu était épais. Il ne voyait plus rien. Il ne percevait plus que les oscillations de la lumière traversant le tissu, signe que le convoi alternait entre endroits ensoleillés et zones d'ombre.

Dans l'heure qui suivit, la tension de l'arrestation fit progressivement place à une phase d'introspection. Les idées d'Alexandre devenaient plus claires, en même temps que la douleur faisait son apparition. Sa mâchoire le faisait souffrir. Il ressentait également un gonflement de sa paupière droite à chaque fois que le tissu de sa cagoule entrait en contact avec son arcade sourcilière. Les mains toujours maintenues dans le dos, il jouait avec les muscles de son visage pour tenter d'évaluer au mieux les coups reçus lors de son arrestation. « Ils se sont bien lâchés, les salauds », se dit-il. À plusieurs moments, le convoi s'immobilisa à l'approche de check-points tenus par l'armée syrienne. L'attente fut de courte durée. Quelques échanges oraux, des ordres assénés avec l'aplomb des officiels convaincus de leur toute-puissante autorité et les voitures reprenaient leur marche en avant. Direction Damas, selon toute vraisemblance. Brinquebalé à l'arrière à chaque virage, le visage plongé dans l'obscurité et la respiration rendue difficile à cause du sac, Alexandre avait mal au cœur. Ses mains, où le sang ne circulait plus, le tourmentaient. Il essaya à plusieurs reprises de bouger ses poignets meurtris dans l'espoir de trouver une position moins douloureuse. Mais les serflex ne lui laissaient aucun espace, dans un sens comme dans l'autre. Ses tentatives ne faisaient qu'empirer la situation.

Après avoir fait l'état des lieux de son corps en souffrance, le flot des pensées d'Alexandre prit un autre tournant et convergea vers une seule et même question : comment en était-il arrivé là ? Il avait commis des erreurs. Très certainement. Mais lesquelles ? Puis une réflexion le bouleversa. La conviction qu'il était le principal responsable du désastre actuel ébranla le professionnel du renseignement. En forçant Majed à sortir de sa zone de confort, en lui demandant plus de résultats, il l'avait poussé à prendre des risques inconsidérés. Ses pairs avaient fini par découvrir qu'il les avait trahis. Et voilà qu'ils tombaient tous les deux, la source et son traitant, par la faute de son ego. Tout, trop vite. Il avait recherché avidement le succès, à tout prix. Il allait le payer cher. Mais Majed, très certainement, le paierait de sa vie.

En arrivant à Damas, alors que la circulation se faisait plus dense et que le convoi se frayait un passage toutes sirènes hurlantes, Alexandre se sentait écrasé par un sentiment qui dominait tous les autres : la honte.

Au bout d'une longue ligne droite, Alexandre comprit qu'ils étaient arrivés à destination. Dans la voiture, ses gardiens s'activaient. Les échanges au talkie-walkie se faisaient plus toniques. Suffoquant sous son sac, privé de sa capacité d'observation, le prisonnier déployait toute son énergie pour deviner ce qui se tramait autour de lui avec les sens qui lui restaient. Les bruits, la tonalité des voix qui prononçaient des mots qu'il ne comprenait pas et la lumière qu'il percevait au travers des mailles du tissu. La portière sur sa gauche s'ouvrit et deux gardes l'empoignèrent sous les aisselles. Le mouvement brusque pour l'extirper du véhicule se répercuta sur ses poignets tailladés par les entraves. Il jura de douleur, ce qui n'eut aucun effet sur les deux hommes qui le traînaient à l'écart. La lumière se fit plus vive avant que sa vision ne s'assombrisse à nouveau, lorsqu'ils pénétrèrent dans un bâtiment froid où leurs pas résonnèrent sur le carrelage et les murs étroits. Les ordres avaient dû être donnés en amont. Les gardiens progressaient en silence et chacun semblait savoir ce qu'il faisait. Le petit groupe croisait d'autres personnes qui s'effaçaient pour les laisser passer. L'espion sentait leur présence par leur souffle et les bruits de pas de plus en plus nombreux. Il trébucha sur une marche mais fut solidement retenu par les deux hommes qui l'avaient accompagné jusque-là. Il tâcha de retrouver son équilibre sur les marches suivantes. Ils descendaient des escaliers. Et la descente semblait se poursuivre interminablement. On l'emmenait dans les sous-sols d'un bâtiment qui semblait vouloir l'engloutir tout entier. Ils marchèrent à nouveau sur une surface plane et s'immobilisèrent quelques mètres plus loin. Il reconnut le bruit d'une porte métallique qui s'ouvrait devant lui. On le poussa à l'intérieur d'un mouvement vigoureux. Puis on coupa ses serflex à l'aide d'une pince. Le sang, en affluant à nouveau dans ses doigts comprimés, le fit grimacer de douleur et de soulagement mêlés. Le garde lui ôta sa cagoule avant de se retirer dans un claquement lugubre de porte. Alexandre se retrouva seul, dans une toute petite cellule d'à peine quatre mètres carrés, sans fenêtre, ni matelas, ni tabouret. Un pot de chambre malodorant avait été disposé dans un coin. L'éclairage blafard d'une vieille lampe à filament dispensait une lumière à déprimer le plus optimiste des hommes.

Alexandre se demanda combien de temps il lui faudrait rester dans ce trou à rats. Il ne contrôlait plus rien. Seuls les Syriens étaient désormais maîtres de son sort.

39

Quelle heure était-il ? Alexandre n'en avait qu'une vague idée. Le milieu de la nuit, sans doute. Il avait dû s'assoupir quelques minutes, par intermittence, sa tête glissant alors entre ses mains. Il avait préféré s'asseoir, adossé à l'un des murs, plutôt que de se coucher sur le sol. La lumière allumée en permanence et le passage régulier d'un garde qui martelait la porte de sa cellule d'un coup de matraque l'avaient empêché de dormir davantage. Depuis qu'il avait été jeté dans sa cellule, l'espion repassait en boucle le film des événements, de son arrestation jusqu'à son arrivée dans cette pièce lugubre, en passant par le trajet en voiture. Sans miroir pour examiner ses blessures, il évalua l'étendue des dégâts du bout des doigts. Sa mâchoire était toujours aussi douloureuse et son arcade sourcilière gonflée. Ses côtes étaient également endolories, à cause des multiples coups de pied reçus. Mais il n'avait apparemment aucune fracture. Il ne souffrait pas lorsqu'il gonflait les poumons ; c'était bon signe. Il avait pris cher, c'était certain, mais rien de dramatique non plus. Il se massait régulièrement les poignets pour adoucir la sensation de brûlure, tout en se rassurant sur son état physique général. En revanche, son mental l'inquiétait. Il se sentait anéanti et humilié de se retrouver entre les mains des Syriens. Il avait failli. Livré à lui-même, sans que personne puisse lui venir en aide, il pensa à ses collègues qui faisaient sans doute tout leur possible, en ce moment même, pour comprendre ce qui lui était arrivé. Ils devaient activer toutes les sources et tous les contacts du poste. Ils surveillaient aussi certainement les médias libanais et syriens, à la recherche d'un incident impliquant un diplomate français dans la Bekaa. Leurs coups de téléphone sur son portable avaient dû aboutir systématiquement sur sa messagerie vocale. Plongés dans l'incertitude, pour eux comme pour lui, le pire était une option qui ne pouvait être exclue.

Au fil des heures, le sommeil prenait progressivement le dessus sur son cerveau embrumé. La journée avait été éprouvante. La pire, sans doute, de son existence. Il se sentait vidé de toute énergie vitale. Son corps tout entier réclamait du repos. Et Majed, dans tout ça ? Était-il encore en vie ? Cela devait sans doute être le cas. Il était vraisemblable qu'il soit interrogé en ce moment même par son service de sécurité. Il imaginait les tortures les plus terribles imposées sans relâche à sa source. Majed avait décidé de travailler contre le régime en toute connaissance de cause. Il était conscient des risques qu'il prenait. Mais le combattant, lorsqu'il s'élance à l'assaut, imagine volontiers que la balle ennemie frappera son voisin plutôt que lui-même. Et l'espion qui se livre à ses activités de l'ombre considère, de la même manière, qu'il passera forcément entre les mailles du filet, malgré la crainte omniprésente de se faire prendre. Parfois, pourtant, les choses ne se déroulent pas comme prévu. Et la pièce de monnaie, dans un jeu de pile ou face, bascule du mauvais côté. Alexandre savait pertinemment que le sort de la source était beaucoup moins enviable que celle du traitant, en partie protégé par son statut diplomatique. Dévasté par la conscience de sa responsabilité dans cet échec pitoyable, il était du moins convaincu qu'il aurait personnellement la vie sauve. Ce qui ne serait pas le cas du walk-in. Le sort des traîtres, dans un pays totalitaire plongé dans la guerre civile, laissait peu de place au doute. Il serait exécuté.

Alexandre fut brusquement sorti de sa torpeur par un premier cri. Un cri déchirant de souffrance et de peur. Un cri qui semblait ne pas vouloir s'interrompre. Le cri d'un homme que l'on torture. Là, à quelques mètres de lui, dans une cellule voisine. Il s'était redressé et collait son oreille à la porte pour mieux percevoir les bruits du couloir. Le cri s'était interrompu, remplacé par des gémissements entremêlés de sanglots. Était-ce Majed que les Syriens torturaient ainsi, tout près ? Était-ce pour eux une manière de faire payer à Alexandre son opération de recrutement, en le faisant assister à la torture de sa source ? Mais il ne reconnaissait pas sa voix. « Ce n'est pas lui. C'est quelqu'un d'autre », tenta de se convaincre l'officier. Mais comment en être certain ? Il n'avait jamais entendu Majed crier. Sa voix pouvait très bien se transformer jusqu'à en devenir méconnaissable, quand son corps était soumis à un tel niveau de violence.

Un deuxième cri, plus déchirant encore, agressa les tympans d'Alexandre. Il se boucha les oreilles par réflexe, pour tenter d'atténuer l'intensité de ce hurlement glaçant. Il s'était mis à transpirer. Son cœur s'affolait. Allait-il être torturé à son tour ? Personne ne pourrait empêcher les services syriens de lui faire subir les pires supplices, avant de l'exécuter et de maquiller sa disparition en un simulacre d'accident de voiture. Cela leur permettrait d'envoyer un message : une ligne rouge avait été franchie et ils n'accepteraient pas qu'une opération similaire soit à nouveau tentée par la DGSE. Comment la France réagiraitelle, de son côté, à la disparition et à la possible exécution de l'un de ses fonctionnaires ? Le bombardement d'une caserne des services syriens serait probablement envisagé. Dans les semaines qui suivraient, les tensions diplomatiques seraient à leur paroxysme. Puis les choses se tasseraient. Et le service passerait à autre chose, tout en honorant, chaque année, la mémoire de son espion tombé au front. Mais lui, Alexandre, aurait été torturé et exécuté froidement d'une balle dans la tête. Il sentait la panique le gagner. Puis, dans sa détresse, un mouvement de révolte commença à prendre racine. S'il devait mourir, alors que ce soit dignement. En montrant aux Syriens qu'il avait de la ressource, et du courage à revendre. Alexandre s'accrocha à cette idée.

Dans sa carrière, il avait déjà subi plusieurs séances de torture. Bien sûr, il s'agissait alors d'entraînements, dont l'utilité ne lui avait d'ailleurs pas semblé criante, à l'époque. À ses yeux, ces exercices lui avaient permis, au mieux, de tester sa volonté et de se forger le caractère. Mais était-il réaliste de se former à la torture ? Quel était l'objectif recherché : résister ? Ne pas parler ? S'habituer à la souffrance ? Se préparer à subir un interrogatoire, dans le cadre d'une sorte de jeu de rôle, lui avait paru stérile. Les stagiaires savaient pertinemment que la fin de la partie serait rapidement sifflée. Les masques tombaient et les pseudo-tortionnaires reprenaient leur rôle d'instructeurs. L'entraînement n'atteindrait jamais le niveau de réalisme d'une situation de guerre ; celle dans laquelle était précisément plongé Alexandre.

Il décida malgré tout de s'immerger dans le souvenir de ces entraînements pour tâcher d'y puiser une inspiration, une clé, quoi que ce soit qui puisse l'aider à supporter l'épreuve qu'il traversait.

Il avait expérimenté son premier exercice de torture lors d'un stage commando en Guyane, alors qu'il était élève officier à Saint-Cyr. Son instructeur, un sergent métis de la Légion étrangère au physique imposant, s'était convaincu qu'il était le dépositaire d'une mission sacrée envers les jeunes officiers dont il avait la charge et qu'il lui incombait de les endurcir en les soumettant à un exercice inédit. Il avait donc pris l'initiative d'organiser une séance de torture qui n'était pourtant pas prévue dans l'emploi du temps établi par ses supérieurs. Alexandre et ses camarades s'étaient retrouvés allongés dans la boue, des heures durant, contraints de tenir des positions de stress douloureuses, avec des sacs de jute sales sur la tête qui rendaient leur respiration difficile. Le sergent avait été dégradé par la suite, et puni de plusieurs jours d'arrêt. Et Alexandre, quelle leçon en avait-il retirée ? Pas grand-chose, en vérité. Un souvenir qui le poursuivrait toute sa vie. Et la conviction, peut-être, qu'il était dur au mal. Il avait crié de toutes ses forces sous l'effet de la douleur. Mais ses cris lui avaient permis de franchir l'épreuve sans flancher.

Sa deuxième expérience avait eu lieu pendant sa formation initiale dans les forces spéciales. L'exercice était alors bien plus encadré et suivait un protocole rigoureux, sous la supervision d'un médecin. Aspergés d'eau glacée pendant des heures, les yeux bandés et soumis à des musiques stressantes toute la nuit, les futurs commandos avaient été conduits ensuite, les uns après les autres, dans une salle à l'écart. Là, ils s'étaient retrouvés face à une brute qui leur avait intimé l'ordre de fournir le nom de leurs chefs et de leurs camarades. Les stagiaires parachutistes avaient été attachés à une chaise et torturés à l'électricité. La séquence avait été traumatisante pour certains. Le but de cette expérience brutale n'était pas d'apprendre à résister jusqu'au bout à un interrogatoire musclé. Elle était censée donner des clés permettant de tenir au moins une heure sans parler. C'était la durée estimée pour offrir au reste du commando, qui n'avait pas encore été arrêté, le temps nécessaire pour s'enfuir sans être pris à son tour. Lors de cette formation, Alexandre avait découvert, par la pratique, les techniques habituelles des interrogateurs : briser par la surprise, fatiguer pour faire baisser le niveau de résistance et alterner entre les techniques. Le *good cop, bad cop*[1], le grand classique des séances de torture pour faire parler le supplicié, était une méthode systématiquement utilisée. En se remémorant cette expérience singulière, Alexandre se convainquit qu'il y puiserait des repères utiles pour décrypter la stratégie de ses tortionnaires syriens. Comprendre et analyser, voilà qui l'aiderait sans doute à mieux supporter l'épreuve à venir.

Le jeune officier traitant avait ensuite dû encaisser un dernier entraînement, lors d'un stage de formation à la DGSE. Dans le cadre d'une fausse arrestation par les services de police, il avait passé plusieurs heures à devoir réciter sa légende, sans se mélanger les pinceaux, face à la multiplication des questions pièges. En guise d'entrée en matière, l'un des inspecteurs lui

1. « Bon flic, mauvais flic. »

avait fait subir l'humiliation réservée aux trafiquants de drogue : à quatre pattes, le pantalon baissé, on lui avait ordonné de tousser, pour vérifier qu'il n'avait pas dissimulé un sachet de drogue dans son derrière. Radical pour lutter contre un ego déplacé. Mais inefficace sur Alexandre, qui ne s'était pas laissé intimider et s'était donc contenté de tousser, un brin agacé, mais nullement déstabilisé.

En faisant défiler les images de ces souvenirs enfouis, lors desquels il ne s'était jamais départi de sa dignité ni de sa lucidité, Alexandre se bâtit une cuirasse qu'il espérait suffisamment épaisse pour parvenir à faire bonne figure quel que soit le niveau de violence qui lui serait imposé dans les heures à venir.

40

Trois gardiens firent irruption dans la cellule et encadrèrent le prisonnier. Ils lui saisirent les bras pour lui maintenir les mains dans le dos et lui passèrent des menottes. L'un des geôliers lui enfila à nouveau une cagoule sur la tête, et Alexandre fut replongé dans l'obscurité. Une fois dans le couloir, le prisonnier sentit la présence d'autres gardes, prêts à prêter main-forte à la première équipe en cas de problème. On lui fit gravir les escaliers pour remonter quelques étages. Puis ce fut un nouveau couloir, éclairé par des néons, et Alexandre pénétra dans un bureau où on le fit asseoir. La salle se révéla à lui lorsque sa cagoule lui fut retirée. Une pièce sans fenêtre, avec un large miroir sans tain. Celui-ci devait dissimuler une salle attenante, dans laquelle pouvaient prendre place des observateurs sans crainte d'être vus par le prisonnier. Une simple table en bois le séparait de deux interrogateurs qui le scrutaient d'un air sévère. Sur une petite chaise à l'écart se tenait un homme au physique passe-partout, qui semblait intimidé de se retrouver là et regardait ses pieds en évitant de croiser les yeux d'Alexandre.

Le premier interrogateur commença à parler en arabe. Des petits yeux malfaisants, jugea Alexandre, et une bouche disgracieuse, tordue, encadrée de deux profondes rides. Un visage antipathique, de circonstance. L'homme au regard fuyant parla à son tour, depuis sa chaise en retrait. Il s'exprimait en français. Il s'agissait donc de l'interprète, manifestement mal à l'aise. Il avait dû être convoqué spécialement dans le cadre de l'arrestation du diplomate français.

— Vous êtes accusé de vous être livré à des opérations d'espionnage contre la République arabe syrienne. En agissant ainsi, vous vous êtes auto-désigné comme ennemi de la Syrie. Vous devez maintenant collaborer avec nous et répondre avec sincérité à toutes nos questions.

Le cadre était tracé et l'interrogatoire allait pouvoir commencer. L'interrogateur en chef s'attela à une première série de questions courtes, en marquant à chaque fois une pause suffisante pour laisser au traducteur le temps de retranscrire ses propos en français.

— Nom, prénom et date de naissance.

— Alexandre L., né le 1er juillet 1982.

— Nationalité et fonction.

— Je suis commandant. Mon numéro de matricule est le 82 750 50926. Conformément au droit international et à la convention de Genève, je ne vous dirai rien d'autre.

L'interrogateur fit une grimace de dégoût qui lui déforma encore un peu plus la bouche.

— Vous vous croyez où ? Encore en Europe ? Vous vous permettez de nous faire la leçon ? Le statut de prisonnier de guerre ne vous est pas accordé. Vous opérez en civil en camouflant votre identité militaire. Vous êtes un espion et vous serez traité comme tel.

Le militaire syrien cria cette dernière phrase et ponctua son intervention d'un coup sur la table, de toute la force de sa main. Le traducteur sursauta. Puis il répéta en français chaque point le plus fidèlement possible, mais d'une petite voix gênée, en décalage avec la posture originelle de l'interrogateur.

— Vous travaillez à l'ambassade de France à Beyrouth, pour le compte des services français. Le confirmez-vous ?

Alexandre ne répondit pas. Il se mura dans le silence en regardant le plafond. Les questions se firent encore plus précises, mais l'espion adopta le même comportement mutique. Puis l'interrogateur mentionna un nom qui fit sursauter Alexandre : « Majed Ali ». Le Français tendit l'oreille en attendant fébrilement la traduction.

— Vous avez rencontré clandestinement à Beyrouth, à plusieurs reprises, le colonel Majed Ali. Et vous l'avez convaincu de trahir son pays.

Alexandre réfléchit en une fraction de seconde. Il se demanda s'il ne devait pas modifier sa stratégie initiale et sortir du silence. Il fallait défendre Majed.

Pourtant, il ne répondit pas à la question. Ne rien dire, c'était protéger le walk-in. Nier et expliquer ne servait à rien. Il décida qu'il ne devait donner aucune information, aucune confirmation. Il jouait crânement l'insouciant. Le Syrien poursuivit méthodiquement ses questions, en faisant référence à plusieurs entretiens que Majed avait eus avec Alexandre. L'OT ne se rappelait pas précisément les dates des rencontres, mais celles que mentionnait l'interrogateur étaient cohérentes avec ses souvenirs. L'adversaire savait beaucoup trop de choses. C'était inquiétant. Majed s'était donc déjà mis à table, sous la torture. Les cris horribles entendus dans la nuit devaient être les siens. Puis le flot des questions s'interrompit et le silence s'imposa dans la pièce. Les deux hommes qui faisaient face au prisonnier s'abstinrent de tout commentaire supplémentaire et quittèrent la pièce sans un regard pour Alexandre. Celui-ci resta un instant seul avec l'interprète, toujours aussi embarrassé. Puis un autre homme se présenta alors, en costume, mais sans cravate. Sans doute un officier d'un grade supérieur à celui des deux premiers intervenants.

— Mon commandant… Je suis désolé de la tournure prise par les événements. Mes hommes vous ont un peu rudoyé lors de votre arrestation et je vous prie de m'en excuser. Très officiellement.

« Le *good cop*, se dit Alexandre. Classique. Surtout ne pas se faire prendre au piège. »

— Mais croyez-le bien : vous bénéficiez d'un traitement de faveur. J'ai demandé à ce que vous ne soyez pas torturé. Vous ne le serez donc pas. Si ce n'est pas nécessaire, ajouta l'officier, en détachant chaque syllabe.

Alexandre comprit parfaitement le message : la torture n'était pas exclue.

— J'ai une proposition à vous faire, mon commandant. Nous oublions votre action hostile contre la Syrie et vous rentrez chez vous. Vous continuez votre travail à l'ambassade, comme si de rien n'était.

L'officier syrien se leva de sa chaise et vint s'asseoir sur la table. Il plongea son regard dans les yeux d'Alexandre qui ne fixait plus le plafond depuis déjà un petit moment. Sa curiosité était piquée.

— Travaillez pour nous, lança le Syrien avant de marquer une pause, le temps de guetter la réaction d'Alexandre.

Le jeune officier français avait beau s'efforcer de maîtriser ses émotions, il était manifestement décontenancé. Il ne s'attendait pas à une telle proposition.

— Nous vous fournirons du renseignement de qualité. Du renseignement fiable, que vous pourrez faire remonter à votre service. Vos chefs seront impressionnés par votre travail. Grâce à notre collaboration, votre carrière va enfin prendre son essor.

— Et en échange de quoi ? demanda Alexandre, renonçant à garder le silence.

— Oh, trois fois rien, précisa le Syrien. Juste l'état des connaissances de la DGSE concernant notre pays. Et l'identité de vos sources syriennes.

— Il est hors de question que je trahisse mon service et mon pays. Hors de question.

L'interprète traduisit la réponse d'Alexandre en arabe. L'officier eut un sourire en coin, comme s'il s'attendait à ce refus. Il fit un commentaire que l'interprète n'estima pas nécessaire de prendre en compte. L'officier se rassit. Il sortit calmement un paquet de cigarettes de la poche de son veston, en alluma une et commença à aspirer la fumée. Une première bouffée, puis une seconde, sans quitter Alexandre des yeux.

— Votre réticence vous honore. Mais voyez-vous, vous me contraignez à remettre en cause l'engagement que j'ai pris avec vous.

Une nouvelle pause, pour une troisième bouffée. L'officier syrien prit le temps de regarder la forme de la volute de fumée au-dessus de sa cigarette, jusqu'à ce qu'elle se dissolve dans l'air de la pièce.

— J'avais dit : « Pas de torture, avec vous. » Je n'en suis plus si sûr, maintenant.

L'interprète sentait son malaise s'accroître face à la tournure que prenait l'entretien. Alors qu'il s'était évertué à ne pas regarder Alexandre, il jetait désormais des regards furtifs en sa direction. Peut-être souhaitait-il signifier à ce Français qu'il ne connaissait pas qu'il éprouvait une véritable compassion à son égard.

— Si vous acceptez de collaborer avec nous, vous aurez droit à tous les égards. Vous serez évidemment libéré. Mais, si vous refusez, je ne vois plus l'intérêt pour nous de vous préserver. Et vous devrez subir alors le sort que méritent les ennemis déclarés de la Syrie. Le choix est entre vos mains.

L'officier ne quittait toujours pas Alexandre des yeux. Il n'y avait pas de haine dans son regard. Pas de jugement non plus. Juste l'expression d'une curiosité, comme s'il participait à une expérience scientifique et qu'il guettait la réaction que produirait le mélange de différentes substances chimiques. Il portait une barbe coupée courte dont il s'occupait visiblement avec soin. L'arête rectiligne de son nez et l'expression intense de ses yeux lui conféraient l'allure d'un aigle à la recherche d'une proie sur laquelle fondre. Alexandre observa les mains du Syrien. Elles étaient délicates et fines. Il ne devait pas se salir à participer lui-même aux séances de torture. Mais Alexandre l'imaginait sans peine en train d'ordonner à ses subordonnés de se conduire en véritables barbares. Sans éprouver ni remords ni pitié.

Pourtant, avant de mettre un terme à son échange avec le prisonnier, l'officier se fit plus doux :

— Si votre sort personnel ne vous intéresse pas et que vous êtes prêt à souffrir, je vous suggère de penser au colonel Ali. Si vous voulez le protéger, travaillez pour nous. Je vous offre ma promesse d'officier qu'il sera simplement placé en détention et qu'il aura la vie sauve. Nous avons encore besoin de lui. Je comprends que ce soit une décision difficile. Aussi, je vais vous laisser y réfléchir tranquillement, dans votre cellule au sous-sol.

Les gardiens se saisirent du prisonnier, et son visage disparut à nouveau sous la cagoule opaque.

* * *

Ce fut une deuxième nuit sans dormir. Alexandre s'allongea cette fois sur le sol en béton pour tenter de récupérer, gagnant ainsi quelques minutes de sommeil. Mais la lumière allumée en permanence, la faim qui le tenaillait et la soif qui lui desséchait la bouche l'empêchaient de fermer l'œil plus longtemps. À intervalles réguliers, le garde de faction ouvrait le judas de la porte métallique pour l'observer. Le surveillait-il réellement, ou essayait-il simplement de l'empêcher de s'endormir ? Le Français penchait plutôt pour cette deuxième option. Ses gardes faisaient tout leur possible pour le déstabiliser et battre en brèche sa capacité de résistance.

Alexandre repensa à la proposition que lui avait faite l'homme en costume. Il s'interrogea sur les raisons qui poussaient ainsi les Syriens à lui proposer de travailler pour eux. Le service de contre-espionnage syrien avait découvert la manipulation en cours avec le walk-in et cherchait à retourner la situation en sa faveur : un classique dans le monde obscur des services secrets.

Les cris reprirent alors dans l'une des cellules du couloir. Alexandre entendait les coups s'abattre sur le malheureux, puis les supplications en retour, dont il ne comprenait pas le sens. Il ne percevait que la détresse d'un être humain abandonné au déchaînement sadique de ses tortionnaires. Il chercha encore à reconnaître la voix de Majed. Il lui sembla qu'il s'agissait d'un autre homme que celui de la nuit précédente. Alexandre se rappela la bande-son qu'il avait été forcé d'écouter en boucle, lors de son exercice de résistance à l'interrogatoire. L'expérience avait été pénible, mais cela n'avait rien à voir avec la détresse tragique et réelle d'un compagnon d'infortune frappé sans aucune retenue. Le jeune officier traitant se demanda comment il allait faire pour ne pas devenir fou. Allait-il être torturé à son tour ? Ne préférait-il pas cette option, finalement ? Tout, plutôt que d'entendre cet autre martyrisé et d'imaginer les gestes des tortionnaires.

La porte de sa cellule s'ouvrit soudain et un homme en treillis militaire vint lui donner un coup de pied dans les flancs. Le coup n'était pas destiné à lui faire mal. Juste à le secouer pour obtenir son attention.

— Debout ! Allez, lève-toi.

L'homme parlait français. C'était la première fois qu'Alexandre le voyait. Un rondouillard dégarni, cheveux ras, avec de petits yeux vifs. Un deuxième gardien se tenait sur le pas de la porte, en soutien. Le militaire francophone vint se placer à quelques centimètres de l'espion de la DGSE et, d'une voix à peine audible, il chuchota :

— Tu ne tiendras pas longtemps. Quand on va s'y mettre pour de vrai, tu vas chialer, comme les autres. Comme la pauvre merde à côté. D'ailleurs, rassure-toi, il ne t'embêtera plus. Il est mort.

Sur ces mots, l'homme se retira, referma la porte derrière lui et s'éloigna de la cellule. Son comparse lui emboîta le pas.

La peur submergea d'un coup Alexandre, avec une force qu'il n'avait encore jamais expérimentée. Comment ne pas craquer complètement si la situation s'éternisait ? Si sûr de lui peu de temps auparavant, le jeune Français doutait à présent de sa faculté à faire bonne figure jusqu'à la fin.

* * *

Le prisonnier passa une journée entière seul dans sa cellule. Privé de sommeil et de nourriture, ses forces l'abandonnaient. En fin de matinée, il fut pris d'une crise de larmes en pensant à sa fille qu'il redoutait de ne plus jamais revoir. Il se cacha le visage dans les mains et fit de son mieux pour reprendre ses esprits. « Ne craque pas. Je t'en prie, ne craque pas. Ne leur fais pas ce plaisir », s'encouragea-t-il. Il inspira longuement et se concentra sur son souffle, reprenant peu à peu le contrôle de ses pensées.

Un gardien vint enfin déposer devant sa porte un verre d'eau et un bol de soupe. Le prisonnier attendit que le geôlier quitte la pièce pour se jeter sur son repas. Il but, gorgée après gorgée, le plus lentement possible. La soupe était fade. Il ne reconnut aucun des aliments qui la constituaient. De vagues légumes, sans doute.

Le militaire francophone fit une nouvelle apparition en début de nuit.

— Alors, mon commandant, vous avez pu réfléchir à notre offre ? Travaillez avec nous et nous vous sortons de là, formula-t-il avec un sourire qui se voulait réconfortant.

Alexandre n'avait pas assez de salive pour cracher au visage de l'intrus. Il ne lui restait plus que sa haine, dont il chargea à la fois son regard et ses mots :

— Je vous emmerde tous, espèces de salopards.

Le Syrien ne fit aucun commentaire. Il tendit une enveloppe à l'officier traitant.

— Tenez. C'est pour vous.

Alexandre considéra un instant l'enveloppe, sans l'ouvrir tout de suite. Elle n'était pas cachetée. Il y avait une photo à l'intérieur. Il crut défaillir lorsqu'il la découvrit : sa fille, prise au téléobjectif, devant son école. Il reconnaissait les lieux. Il l'y avait accompagnée à plusieurs reprises. Alexandre fut pris d'une rage soudaine et se jeta sur l'officier qui recula pour l'éviter. Les gardes avaient anticipé la réaction désespérée de leur prisonnier. Quatre d'entre eux attendaient derrière la porte et intervinrent aussitôt. Ils bloquèrent le Français en le maintenant solidement contre le mur du fond de sa cellule.

— Si cela ne marche pas en vous le demandant gentiment, on va devenir méchants ! lui cria l'officier francophone en plein visage.

Puis les gardiens se retirèrent, laissant le prisonnier seul dans sa cellule. La photo de sa fille traînait à ses pieds.

41

Alexandre ne tenait plus en place. Il marchait en rond, frappant les murs de ses mains. Il transpirait. Une photo de sa fille : la situation était encore plus grave qu'il ne le pensait. Les Syriens déployaient les grands moyens pour tenter de le retourner. Ils étaient donc allés jusqu'à mener des opérations de surveillance en plein Paris. Ils avaient enquêté à son sujet, ils étaient parvenus à trouver l'adresse de sa femme, puis ils avaient suivi leur fille jusqu'à son école. Ce n'était plus une opportunité saisie au vol après la découverte de la trahison d'un de leurs officiers supérieurs. Il s'agissait vraisemblablement d'un montage ambitieux, élaboré avec soin, en se donnant toutes les chances de réussir. Visiblement, ils étaient fâchés et ils frappaient fort.

Mais lorsque l'officier francophone revint lui proposer une nouvelle fois de coopérer, il se heurta à nouveau à un mur. Alexandre tenait bon. Il était convaincu que les Syriens bluffaient. Ces derniers ne pouvaient pas mettre leur menace à exécution. Même s'il était épuisé et nerveusement vidé, son esprit ne lâchait pas prise. L'officier français était toujours capable de raisonner et d'analyser les faits, sans perdre totalement les pédales.

Le bruit d'une clé dans la serrure de sa cellule interrompit le fil de ses pensées. La porte s'ouvrit et les gardiens menottèrent Alexandre comme ils l'avaient fait lors de son premier interrogatoire, à l'étage. Son visage fut recouvert de l'habituelle cagoule, ce qui ne l'empêcha pas, malgré tout, de reconnaître l'itinéraire qu'il avait précédemment emprunté. On le conduisait exactement dans la même pièce. On le fit asseoir et on lui retira sa cagoule. À sa grande surprise, le premier visage qu'il vit fut celui du walk-in.

— Majed ! Vous êtes vivant !

Alexandre ressentit un immense soulagement. Majed, vivant ! Il s'agissait de la première bonne nouvelle de ces derniers jours. Mais son cerveau vrilla en constatant que l'homme qui se tenait devant lui était en parfaite santé.

— Mais… vous n'avez pas été torturé ?

Il n'y avait qu'une seule explication.

Les convictions d'Alexandre s'effondrèrent d'un coup, comme un barrage qui cède face à la pression d'une eau accumulée en trop grande quantité.

Il était tombé dans un piège.

Depuis le début.

* * *

L'officier français était sous le choc. Les deux hommes se retrouvaient à nouveau dans une pièce discrète, sur un mode quasi clandestin, mais les rôles étaient inversés. Le walk-in était à la manœuvre.

— Eh non, Alexandre. Je suis en pleine forme, comme vous pouvez le constater. Vous nous donnez du fil à retordre, dites-moi. Avouez que vous n'avez rien vu venir.

C'était la première fois que Majed appelait Alexandre par son prénom. La première fois, aussi, qu'il arborait ce sourire moqueur que le Français ne lui connaissait pas.

— Travaillez pour nous, reprit le walk-in. Pour éviter l'humiliation. Vous voyez bien que vous êtes ridicule, dans toute cette affaire. Vous n'avez rien vu venir. Vous vous êtes fait entièrement berner. Avouez que c'est plutôt gênant, non, pour un officier de renseignement digne de ce nom ? Qu'avez-vous fait de votre deuxième sens, cette capacité à sonder l'âme humaine et déceler les mensonges ? Envolé, visiblement. Je vais vous dire ce qu'il s'est passé, Alexandre.

Les mots du Syrien s'enchaînaient rapidement, sans ménager de pause. Le walk-in poursuivait son raisonnement jusqu'à l'estocade finale.

— Vous étiez aveuglé par votre désir de faire vos preuves dans votre nouveau poste. Vous étiez en train de perdre pied et vous avez désespérément saisi la bouée que je vous ai tendue. Vous aviez tellement besoin de cette victoire. Vous avez pris tout ce que je vous ai servi pour argent comptant, jour après jour, sans rien remettre en question. Comme si, nous Syriens, nous étions incapables de monter une opération de contre-espionnage. Je reconnais bien là toute l'arrogance française.

Alexandre demeura interdit. Il n'y avait rien à dire. Les souvenirs de ses entretiens passés avec Majed lui revenaient en désordre et se bousculaient dans son esprit embrumé par la privation de sommeil. Avait-il mal fait son travail ? Pourquoi n'avait-il décelé aucun signe de manipulation ? Il s'était précipité la tête la première dans le piège qui lui avait été tendu. À aucun moment, il n'avait perçu que Majed lui mentait. Pas une seule fois. À ce moment précis, face à cet homme qu'il haïssait de s'être si facilement joué de lui, l'officier français se sentait anéanti, au bord d'un gouffre prêt à l'engloutir.

— Ne soyez pas trop dur avec vous, Alexandre, poursuivit le Syrien. Ces choses-là arrivent, dans notre métier. Nous évoluons dans un monde de mensonges et de faux-semblants. Un espion est un homme comme un autre. Parfois, il arrive qu'il soit trompé à son tour. Mais si vous coopérez, votre service n'en saura jamais rien. Je jouerai à nouveau mon rôle de parfait walk-in. Et vous, vous redeviendrez l'officier traitant en pointe de la DGSE. Et vous irez plus haut encore. On vous alimentera avec d'excellents renseignements, vous verrez.

— Vous me faites le coup classique du retournement d'une opération de contre-espionnage : une collaboration pour éviter l'humiliation de l'échec. J'hallucine. Ça ne peut pas fonctionner, Majed.

— Et pourquoi pas ? Vous avez toutes les cartes en main. Vous n'êtes pas obligé de subir les conséquences de votre échec et de votre aveuglement.

— D'abord parce que le service va comprendre ce qui se passe. Si j'ai disparu ces trois derniers jours, c'est forcément parce que **je** suis entre vos mains. Je suis devenu suspect aux yeux de mes propres collègues. On va me renvoyer à Paris.

— Vous pensez que nous n'avons pas prévu cette éventualité ? Nous avons arrêté votre secrétaire un peu avant vous. Il a vu mon 4 x 4 quitter les lieux sans être inquiété, avant de se faire serrer. Il est aujourd'hui aux mains du Hezbollah. Il va être libéré dès ce soir et il expliquera ce qu'il a compris de la situation. On lui fait croire que vous avez été suivi depuis Hermel, dans la Bekaa. Une fausse dénonciation. Une méprise du Hezbollah, qui pensait que vous meniez des reconnaissances sur des positions sensibles dans la région. Mais le Parti va se montrer clément. Et il va vous libérer aussi. C'est l'explication que vous donnerez : vous avez été arrêté sur une méprise. Rien à voir avec l'opération walk-in. Bonne nouvelle : celle-ci peut continuer comme si de rien n'était. Paris va être rassuré, non ?

— Le pire, c'est que cela pourrait passer, laissa échapper Alexandre, les yeux dans le vague.

— Songez que l'on peut tout effacer ensemble et reprendre le fil de nos échanges. Vous ne travaillerez pas contre les intérêts de votre service et de la France : je vous transmettrai du renseignement de valeur, je vous le garantis. Je vous laisse réfléchir. On vous transfère dans une autre salle. Et on vous y servira un vrai repas.

Un vrai repas. « *Good cop, bad cop.* »

42

Requinqué par son déjeuner, Alexandre observait la vue à travers la fenêtre. Il n'y avait pourtant rien d'extraordinaire à admirer : un bâtiment voisin, en béton, occupait la majorité de l'espace. Mais il y avait là deux arbres simplement dressés entre les deux édifices. Et surtout, le ciel chargé de nuages, dont l'officier traitant avait été privé ces derniers jours dans sa cellule froide. Alexandre avait parfaitement conscience qu'un moment de repos, qui permettait au prisonnier de se détendre, succédait généralement à une séquence d'interrogatoire brutale. Le but était de briser la résistance du supplicié en soufflant le chaud puis le froid. Il profitait donc de l'instant présent, en goûtant chaque seconde, tout en emmagasinant des forces pour les épreuves futures.

— Alors, le repas était bon ? Vous avez apprécié la nourriture syrienne ? lança Majed d'un air enjoué dès qu'il eut rejoint Alexandre.

Tandis que le Syrien s'asseyait sur l'une des chaises disposées autour de la table, l'officier français réfléchissait à une réponse adaptée à la situation. Un trait d'humour ou une remarque ironique qui aurait montré qu'il ne se démontait pas et qu'il était prêt à riposter. Mais il ne trouva aucune formule satisfaisante. Le silence fut sa seule réponse.

— Alexandre, avez-vous réfléchi à notre proposition ? C'est la seule option qu'il vous reste pour éviter un drame et reprendre le fil de votre existence.

L'officier français se retourna vers la fenêtre. Il regarda le ciel à la recherche d'un oiseau, d'une vie animale légère et libre, qui l'aurait aidé à se sentir ailleurs. Mais le ciel était vide.

— Si je vous disais oui, je renierais tout ce en quoi je crois. Tout le sens de mon engagement. Je renierais l'armée. La DGSE. Je cracherais sur l'histoire de ma famille. Je ferais honte à mon père. Je me ferais honte à moi-même. C'est impossible, Majed. Plutôt mourir. Même si c'est dans la souffrance.

Alexandre s'était retourné vers l'officier syrien et avait planté son regard dans le sien pour appuyer ses mots. Ce que vit alors Majed lui déplut fortement : les yeux d'Alexandre brillaient d'une détermination implacable.

Le walk-in soupira. La partie semblait lui échapper. Le Français ne lâchait pas et le temps manquait pour réussir son coup. Il allait échouer dans sa tentative de retournement alors qu'il avait manœuvré jusque-là d'une main de maître. « Encore un effort, se dit-il. Je suis si près de réussir mon chef-d'œuvre. »

— Si vous êtes convaincu de votre propre valeur, et je le suis autant que vous, il serait contre-productif de priver la DGSE d'un officier de votre trempe. Vous ne vous relèverez pas de cet échec, vous pouvez me croire. Il vaut mieux pour tout le monde que vous marchiez avec moi. Pour votre carrière, et pour la DGSE, qui pourra toujours compter sur votre compétence. Tout le monde en sortira gagnant. On apprend toujours beaucoup plus de ses échecs que de ses réussites, Alexandre. Je suis persuadé que dans les années qui viennent, vous deviendrez un officier de renseignement exceptionnel. Ne gâchez pas cette chance-là.

Le Français esquissa un sourire narquois. L'argumentation du walk-in glissait sans convaincre. Celui-ci dut se rendre à l'évidence : il n'avait plus de prise sur son prisonnier. Des mois et des mois d'un patient travail d'environnement et d'intoxication de l'adversaire débouchaient sur une impasse.

— Bon…, fit Majed en claquant ses cuisses de ses deux mains, comme un clap de fin, avant de se lever. OK, Alexandre. Vous avez gagné. Mon opération de retournement a échoué. Nous n'irons pas plus loin.

Le prisonnier cherchait à démêler le vrai du faux. S'agissait-il d'un nouveau mensonge pour mieux le désarçonner ? Était-il seulement capable de reconnaître la sincérité dans le regard de Majed, lui qui avait été trompé dans les grandes largeurs ? Les événements lui avaient prouvé le contraire. Avec le walk-in, il avait été aveugle, trop obnubilé par la recherche d'un premier succès et de la reconnaissance de ses pairs. Il n'avait pas d'autre choix que d'attendre et de voir ce qu'il adviendrait. Alexandre s'en remettait à son destin, impuissant.

— Vous allez partir demain matin. Vous pourrez prendre une douche et nous vous remettrons des vêtements propres pour vous rendre figure humaine. Parce que là, vous faites franchement pitié. Et vous puez. Je suppose que vous ne sentez même plus votre propre odeur.

Alexandre ne releva pas. Il attendait la suite. Mais pour la première fois depuis son arrestation, il se permit d'espérer.

— La Sûreté générale libanaise vous récupérera au poste de Masnaa. Nous préviendrons également votre ambassade. Je suppose qu'ils enverront un binôme de gendarmes pour accompagner les Libanais. Et vous serez libre, Alexandre.

Le walk-in s'approcha de son ancien officier traitant et lui tendit la main :

— Sans rancune ?

Alexandre garda ses bras le long du corps.

— En tout cas, moi, je n'en ressens pas contre vous. Et pourtant, je viens d'échouer. J'ai fourni beaucoup d'efforts, depuis notre première rencontre. Et avant cela, même. Des mois et des mois de travail pour aboutir à un refus de votre part. J'y ai cru, pourtant. Tout se mettait doucement en place.

Majed s'alluma une cigarette avec un briquet Zippo doré qu'il ouvrit d'un mouvement sec, du premier coup. En habitué.

— Je ne savais pas que vous fumiez.

— Et si, pourtant. Mais c'est vrai, jamais devant vous. Je ne sais pas trop pourquoi. Peut-être pour mieux entrer dans mon personnage.

— Pourquoi moi ?

— Parce que j'ai jugé que vous étiez le plus faible.

— Vous n'avez rien contre les femmes, n'est-ce pas ? Lorsque vous disiez ne pas vouloir être traité par un espion féminin, c'était calculé ?

— En effet. Il m'a semblé que l'OT féminin de votre poste était plus coriace. Plus solide dans sa tête. Plus déterminée. Ce que nous recherchions, c'était une vraie collaboration. La torture physique n'a jamais été une option.

— Qu'est-ce qui vous a fait croire que j'étais le plus faible ?

Le walk-in eut un sourire énigmatique avant de répondre.

— Nous avons fait notre travail d'environnement. Qu'est-ce que vous croyez, que les Syriens sont incapables de monter une opération de contre-espionnage digne de ce nom ? Quel mépris !

— Quel travail d'environnement ? Comment est-ce que vous vous y êtes pris ?

— Je n'ai pas de commentaire à vous faire à ce sujet. Vous n'espérez quand même pas que nous vous révélions tous nos secrets de fabrique ?

Le walk-in se leva et s'apprêtait à quitter la pièce.

— Nos chemins se séparent ici, Alexandre. Nous ne nous reverrons plus, je suppose. Mais je tiens encore à vous dire une chose.

Majed avait déjà une main sur la poignée de la porte. Il interrompit son mouvement et se retourna vers Alexandre.

— Lorsque je jouais avec vous et que je constatais à chaque fois votre aveuglement, j'avoue que je finissais par vous prendre un peu de haut. C'est naturel, je suppose. J'ai effectué un vrai travail de composition, vous savez, pour apparaître à vos yeux comme un serviteur zélé, profondément anti-régime. Et vous n'avez rien vu. Mais votre attitude, ici, face à tout ce que l'on vous a fait subir, force le respect. Vous êtes plus solide que je ne le pensais.

Puis il ajouta, en retrouvant une voix autoritaire et menaçante :

— Enfin, si votre service veut se venger de notre tentative de retournement, sachez que nous le prendrions mal. Car, vous en conviendrez, vous aussi avez essayé de recruter un membre de nos services de renseignement. Nous avons une campagne de presse dans nos cartons pour affirmer que la DGSE a officieusement repris contact avec les services syriens, en envoyant l'un de ses représentants à Damas. Évitons ce genre de désagrément, voulez-vous ?

Ce furent les derniers mots prononcés par le walk-in. Alexandre resta seul dans la pièce. Les restes de son repas, dont il ne subsistait que quelques os de poulet, et la vaisselle blanche, qui semblait immaculée tant le détenu avait raclé son assiette, s'étalaient encore sur la table. Le jeune homme se tenait là, sans savoir quoi faire. Trop de fatigue. Trop de stress accumulé. Et trop d'informations à digérer.

Il se sentait terriblement las.

Épilogue

Comme annoncé par Majed, Alexandre fut remis à un détachement de la Sûreté générale libanaise au poste-frontière de Masnaa, à neuf heures trente du matin, quatre jours après son arrestation. L'officier traitant ne se détendit qu'une fois la frontière franchie. Jusqu'au bout, il craignit un mauvais coup des Syriens pour éprouver définitivement son moral, avant de le ramener dans sa cellule.

Le convoi suivit la route jusqu'à Beyrouth sans aucun incident. En regardant par la vitre les paysages qui défilaient, Alexandre constatait tristement que la vie suivait son cours. Des Syriens étaient actuellement détenus et torturés dans les sous-sols des *Moukhabarat*, à moins de cent kilomètres de là, et personne n'en avait cure.

Après avoir dépassé Jamhour, il aperçut au loin, en contrebas, les immeubles de Beyrouth, nimbés d'une brume de pollution. Son épaule appuyée contre la portière, Alexandre considéra les meurtrissures à ses poignets, témoins des heures éprouvantes qu'il venait de vivre dans les geôles syriennes. La douche qui lui avait été accordée et les vêtements propres, un peu trop amples pour lui, remis par ses gardiens, lui avaient rendu figure humaine. Sans doute avait-on jugé nécessaire, en haut lieu, de faire disparaître les traces des mauvais traitements infligés au prisonnier de la DGSE.

Alexandre songeait aux derniers mots prononcés par Majed pour tenter de le recruter. Il s'agissait bien sûr d'une manœuvre destinée à influencer sa décision finale. Mais le Syrien avait vu juste à son égard. Son aveuglement obstiné et son incapacité à prendre du recul avaient causé sa perte. Il se sentait profondément ridicule. Majed avait également raison sur un autre point : le jeune officier traitant ne se relèverait probablement pas de cette débâcle. Il avait été un jouet entre les mains de l'adversaire. Or, lui seul était au contact du walk-in. Il était en première ligne. Le service lui faisait confiance. Il lui revenait à lui, le traitant, la responsabilité de débusquer la supercherie. Son jugement lui avait fait défaut. Perdre une source parce que son activité clandestine a été détectée par un service de contre-espionnage, passait encore. Cela faisait partie des risques. Mais devenir le pantin d'une machination était autre chose. Se faire ainsi mystifier par sa propre source, sur la durée, tout en affirmant haut et fort qu'il maîtrisait habilement les échanges, lui était insupportable.

Alexandre retrouva malgré tout avec soulagement les paysages urbains de la capitale libanaise qui lui étaient devenus si familiers. Lorsque la porte d'accès à la chancellerie diplomatique de l'ambassade de France s'ouvrit pour laisser entrer les deux véhicules français de son escorte, Alexandre fut assailli par un sentiment d'intense mélancolie. C'était sans doute l'une des dernières fois qu'il foulait l'espace intérieur de l'ambassade. Ses collègues du poste de Beyrouth l'attendaient à l'étage, retranchés dans les bureaux dédiés à la DGSE. Il avait envie de les revoir, de partager avec eux l'expérience douloureuse qu'il avait traversée ces derniers jours. Mais il redoutait également ce moment. S'il se sentait soulagé d'avoir retrouvé la liberté, il se morfondait aussi dans la fange de son échec, honteux d'avoir failli et de s'être ainsi fait embobiner. Comment Jean allait-il se comporter ? Alexandre se demandait s'il ferait preuve d'empathie à son égard. Endosserait-il une partie de la responsabilité du fiasco de l'opération walk-in, ou préférerait-il prendre ses distances, pour mieux laisser son subordonné sombrer seul ? La recherche humaine telle qu'elle est conduite dans un poste de la DGSE demeure un travail collectif, sous l'autorité d'un chef de poste expérimenté. Et Solange ? Allait-elle parader et l'assommer d'une phrase assassine, martelant sa conviction que le walk-in était un agent double ?

En montant l'escalier qui menait au poste, Alexandre s'appuya sur la main courante métallique. Il prit conscience que son corps était fatigué et que les forces lui manquaient. Il avait aussi besoin de courage et d'énergie pour affronter le regard de ses pairs et le jugement de l'ensemble du service sur ses mésaventures.

Jean attendait dans son bureau. En apercevant Alexandre, il se leva et le rejoignit pour lui serrer la main, sans dire un mot. Puis il lui saisit amicalement l'épaule.

— Comment ça va, Alexandre, vous tenez le coup ?

— C'est bon, Jean. Ça aurait pu être pire. Je suis soulagé d'être de retour.

Jean le considéra avec attention. En découvrant ses traits tirés et ses joues creusées par l'épreuve, le chef de poste s'inquiéta :

— Ils vous en ont fait baver, apparemment.

— Les services syriens ne plaisantent pas. Ça, on le savait. Eh bien, on peut dire que rien ne vaut l'expérience de première main.

Il sentit derrière lui la présence de Solange. Il se retourna et celle-ci se jeta dans ses bras, en le serrant fort contre elle.

— Tu nous as fait peur, dis donc, lâcha-t-elle, emportée par l'émotion.

Alexandre pouvait sentir ses seins comprimés contre son corps. Il prit note de cette sensation physique, dont il savait qu'il ne fallait pas la surinterpréter. Mais ce contact entre eux lui laissa une impression étrange, qui s'estompa ensuite lorsqu'elle se dégagea pour le regarder.

— Ils t'ont torturé ?

— Non, pas vraiment. À part les coups reçus lors de mon arrestation, je n'ai pas subi de tortures physiques. Mais j'ai pris cher. Ça a été très dur. Et Daniel ?

— Il a été relâché hier, répondit Jean. Il se repose chez lui, en famille.

— Ils ont essayé de me recruter, vous savez ? lança Alexandre à destination de Jean, autant que de Solange.

— Vous allez bien sûr nous expliquer tout ça par écrit. La Centrale veut savoir ce qui s'est passé et cherche à comprendre. C'est la priorité du moment. Si vous vous en sentez capable. Si vous avez besoin de rentrer chez vous, pour vous reposer quelques heures, vous en avez bien sûr la possibilité.

— Non, ça ira. Je préfère m'y mettre tout de suite, pour mieux souffler ensuite.

— Et Majed, il était dans le coup, ce fumier, n'est-ce pas ? C'était un piège des Syriens ? demanda Solange, impatiente de savoir.

— Majed ? Non, ils l'ont pris avec moi. Ils ont dû le torturer à mort. C'est horrible.

Solange marqua sa surprise. Elle regarda Alexandre dans les yeux, incrédule. Ce qu'elle vit ne la convainquit guère. Il ne chercha pas non plus à la persuader qu'il disait la vérité à propos de Majed. Elle garda pourtant son intime conviction pour elle, sans faire part de ses doutes au chef de poste. Si son collègue ressentait le besoin de mentir pour atténuer la honte qu'il devait éprouver, il en avait peut-être le droit, après tout. Elle pouvait le comprendre, après la terrible épreuve qu'il venait de traverser. Le service se montrait parfois si implacable et froid. Il n'hésitait pas à briser des carrières, sans état d'âme, pour sanctionner une faiblesse passagère. Pourtant, dans l'esprit de Solange, maquiller ainsi une partie de la vérité constituait une faute professionnelle difficilement pardonnable.

Alexandre s'installa à son poste de travail et s'attacha à retranscrire, dans le détail, le cours des événements, de l'organisation de la rencontre clandestine avec le walk-in jusqu'à la tentative de retournement dont il avait fait l'objet. Son compte-rendu passa sous silence l'activité d'agent double de Majed. Dans son récit, les services syriens avaient monté toute l'opération de contre-espionnage après s'être aperçus de la traîtrise de leur officier. Il énuméra diverses hypothèses pour expliquer la détection des rencontres clandestines entre le walk-in et son traitant. La source avait peut-être fait preuve d'imprudence à Damas, en voulant trop bien faire. Il était également envisageable qu'ils aient fait l'objet tous deux d'une surveillance de la part des Syriens qu'ils n'auraient pas détectée.

Alexandre n'avait pas encore terminé son rapport que Jean vint l'informer du programme des jours à venir. Le chef de poste adopta une petite voix gênée pour expliquer la décision du service. Alexandre savait à quoi s'attendre.

— Après cet incident majeur et compte tenu du traumatisme que cela a dû représenter pour vous, la Centrale a décidé de vous rapatrier au plus vite. Votre sécurité n'est plus garantie ici, à Beyrouth. Les Syriens pourraient chercher à poursuivre leur opération de recrutement à votre encontre. On ne peut courir ce risque. Nous vous avons réservé un avion pour demain, en fin de journée. Une fois à Paris, vous serez reçu par les principales autorités du service. Vous avez également rendez-vous avec la psy. Puis vous aurez droit à des vacances bien méritées, Alexandre.

L'officier traitant regarda son chef en le gratifiant d'un sourire indifférent. Jean n'avait pas terminé. Il souhaitait donner à son subordonné un dernier petit conseil.

— Ces vacances vous feront du bien. Profitez-en pour reprendre des forces. Quand vous rentrerez, vous verrez que vos collègues vous regarderont d'une drôle de manière. Dans les couloirs, les gens parleront à voix basse en vous regardant passer. Cet échec va vous coller aux basques un certain temps, même si vous n'êtes pas totalement responsable de ce qui est arrivé. Vous étiez le traitant d'une source qui a été la star du service, pendant plusieurs mois, et la clandestinité de vos rencontres a été compromise, d'une manière ou d'une autre.

Jean posa à nouveau sa main sur l'épaule de son subordonné.

— Soyez convaincu que cette épreuve constitue également pour vous une opportunité de grandir. Vous avez appris, en quelques mois, ce que la plupart de vos collègues mettront des années à apprendre. Je vous considère comme faisant partie de mon écurie, désormais. Si vous avez besoin d'un coup de pouce, je serai toujours là pour vous.

Alexandre le remercia poliment. Il n'était pas certain de vouloir prêter ainsi allégeance à un chef qui n'assumait pas une partie de l'échec de son poste.

— J'ai peut-être commis une erreur de sécurité qui aura été fatale au walk-in. Mais vous avez validé en amont l'ensemble des procédures, avança Alexandre.

— Que voulez-vous dire ?

— Rien de particulier. Je ne sais pas. Je suis fatigué.

Les deux hommes se jaugèrent en silence, mais ni l'un ni l'autre ne jugea nécessaire d'en rajouter. Sans pouvoir l'exprimer de vive voix, le jeune officier traitant blâmait également son chef de n'avoir pas su jouer son rôle de guide à son égard. Il aurait dû tirer la sonnette d'alarme. Mais lui aussi avait cru en la sincérité de Majed. Ils s'étaient fait berner tous les deux. Et la Centrale avait suivi.

Après avoir terminé son compte-rendu, Alexandre éteignit sa station de travail. Il se redressa sur sa chaise et regarda par la fenêtre le jour qui se couchait sur Beyrouth. Il ne reverrait pas Lana avant son départ. Jean et Solange lui avaient signalé les passages de frontières fréquents de son amie libanaise pour se rendre en Syrie. Lors de l'interrogatoire qu'il avait subi, il avait de toute manière compris le double jeu de Lana. Il décida qu'il ne l'appellerait pas. Mais il ne put résister à l'envie de lui envoyer un dernier texto.

— Je quitte définitivement le Liban demain. *Yallah bye*, Lana.

L'appli de messagerie signala à Alexandre que le message avait été lu. La belle Libanaise était en ligne.

— J'espère que tu es fière de toi, écrivit-il encore.

Lana ne répondit pas.

Enfin, Alexandre eut une pensée pour Majed. Le walk-in s'était bien joué de lui. Les risques du métier d'espion, sans doute. *Sans rancune.*

NORD COMPO
multimédia

Composition et mise en pages
Nord Compo à Villeneuve-d'Ascq

CET OUVRAGE
A ÉTÉ ACHEVÉ D'IMPRIMER
SUR ROTO-PAGE
PAR L'IMPRIMERIE FLOCH
À MAYENNE EN OCTOBRE 2024

N° d'édition : 637272-0. N° d'impression : 105666
Dépôt légal : octobre 2024
Imprimé en France